오직
땅고만을
추었다

걸어본다
12

부에노스
아이레스

오직
땅고만을
추었다

오디세우스 다다 지음

차례

땅고를 춘다는 것은
자신의 걸음에 대해 생각한다는 것이다.
걷기에 대한 본질적 탐구 없이
땅고를 춘다는 것은 불가능하다.
수십 년을 쉬지 않고 땅고를 춰도,
오직 땅고만을 춰도,

걷기를 멈추는 순간
시시포스의 바위처럼 굴러떨어진다.
자전거 페달을 밟으며 언덕길을 오를 때처럼
땅고를 추기 시작하면, 오직 땅고만을 출 수밖에 없다.
평생 동안 걸어도 걸어도 그 끝은 보이지 않는다.
아니다, 끝은
처음부터 존재하지 않았을 것이다.

폐족의 땅고

밤이슬이 사막의 모래 위에 시도 때도 없이 꽃핀다 하옵니다
일교차가 클수록 위험한 사랑에 빠지기 쉽사오니
지골피 달인 물이나 심심한 구기차로 피를 튼튼하게 하옵시고
거리의 여자들이 부는 휘파람 소리처럼
저녁 지평선에 달의 눈썹이 걸리거들랑
부디 문밖출입을 삼가시옵소서
굶주린 승냥이들이 인가로 내려오는 기척이 느껴지시거든
별의 그네를 타고 궁륭의 천장 위로 몸을 피하신 뒤
해가 기지개 켜는 동쪽 끝으로 속히 말달려가옵소서

멸문지화를 당한 폐족들은 삼보일배를 하며 땅의 끝으로 떠났다 하옵니다
땅끝의 끝에 마주선 그들은 서로의 끝과 끝을 끌어안으며
좌심방 우심실 우심방 좌심실 심장과 심장을 맞대고
하나가 된 심장에서 뿜어져나오는 피의 뜨거운 기운으로 춤을 추었는데
그들의 땅고 뒷머리에 달이 비녀처럼 꽂히고
네 개의 다리는 어긋난 사랑처럼 꼬이고 꼬였다가
풀리면서 사막의 밤을 가로지르며

승냥이들이 허기질 때까지 자신들의 몸을 제물로
폐족의 땅고를 추었다 하옵니다

그들이 춤을 출 때
달의 둥근 빗장이 열리고 거리의 여자들은
절굿공이를 내던지고 달려왔으며 물살을 거슬러
온 곳으로 되돌아가던 연어들은 수면 위로 뛰어올라
새가 되어 날아갔다 하나이다
삼강오륜의 도덕과 윤리를 저버리고
도덕적 기강의 해이와 체제 전복의 사회적 위험성을 내포하고 있는 선동
적 힘이
그 춤에는 숨어 있는 게 분명하오니

엎드려 호소하나이다
심장과 심장이 만나 다시는 하나가 될 수 없도록
햇빛의 창으로 영혼을 관통하는 말뚝을 박아주시고
피의 강이 모세혈관 끝까지 내려갈 수 없도록 석 달 열흘을 식음 전폐케 한 뒤
지하 황금 동굴에 유배하라는 칙령을 내려주시옵소서, 그리하여
바라건대 폐족들의 그림자의 그림자도
꿈속에서라도 다시는 춤을 출 수 없도록 엄벌에 처하셔서서
후대에 길이 그 위험을 경고할 수 있도록, 윤허하여 주시옵소서
통촉하여 주시옵소서

intro
●
●

육체로 쓰는 영혼의 서사시, 땅고

땅고는 걷는 것이다. 땅고에서 걷는다는 의미가 차지하는 비중은 거의 전부이다. 땅고는 걷기이지만 그러나 그 걷기는 혼자 걷는 것이 아니라 두 사람이 함께 걷는 것이다. 그리고 그냥 걷는 게 아니라 음악과 함께 걷는 것이다. 그러니까 땅고를 정의하자면, 땅고는 두 사람이 음악을 들으며 함께 걷는 것이다. 우리는 땅고를 출 때 음악이 전달하는 어떤 느낌을 함께 공유하며 그 느낌과 가장 잘 어울리는 걸음으로 걷기 위해 노력한다. 어떤 때는 빠르게 혹은 느리게, 때로는 서서히 호흡을 다듬고 멈추며 사색하다가 또 어떤 때는 격렬하게 서로의 감정을 드러내며 걷기도 한다.

혼자 걷는다는 것과 함께 걷는다는 것은 커다란 차이가 있다. 걷는다는 단어 속에는 얼마나 많은 의미가 함축되어 있는가. 우리의 삶은 이 세계라는 시간과 공간 속을 관통하며 걷는 것이다. 땅고도 그렇다. 혼자서만 걸을 수 없는 것이 인생이다. 누군가와 함께 걸어야만 한다. 함께 걷는 사람이 바뀌기도 하고, 모르는 사람과 함께 걸어야 할 때도 있으며, 또 어떤 때는 같이 걷는 사람들과 다투기도 한다. 서로 증오의 마음을 갖고 있으면서도 어쩔 수 없이 같이 걸어야 할 때도 있다.

　타인과 함께 걷는다는 것은 매우 어려운 행동이다. 두 사람이 만나 서로 충돌하지 않고 함께 걷기 위해서는 상대에 대한 집중과 배려가 필요하다. 혼자만의 생각으로 두 사람이 함께 걸을 수는 없다. 나만의 방식만을 고집해서도 안 된다. 타인처럼 생각되었던 나의 상대는, 사실은 나의 내면이 투영된 또다른 나는 아닌가? 땅고를 추는 행위 속에는 삶의 본질적 의미를 찾으려는 노력과 세계 속을 걷는 자신에 대한 탐구가 들어 있다. 잠깐 방심하거나 눈을 다른 데로 돌리면 두 사람 사이의 거리는 멀어지고 다시 혼자가 된다. 함께 걷기 위해서는 늘 서로에 대한 무서운 집중이 필요하다.

　두 사람이 함께 걷는 것이 땅고지만 거기에는 동반자가 있다. 바로 음악이다. 음악이 없다면 그들의 걷기는 단순한 신체적 움직임, 오직 걷기일 뿐이다. 음악이 있기 때문에 우리의 걷기는 어느 순간 춤이 된다. 따라서 땅고에서는 음악에 대한 해석이 아주 중요하다. 아름다운 춤을 춘다는 것은 세계에 대한 그들만의 독창적 해석이 있을 때 가능하다. 그 해석을 바탕으로 자신들의 내면을 표현할 때 그들의 걷기는 땅고가 된다. 땅고의 본질은 걷는 것이며, 함께 걷는 것이고, 음악의 느낌으로 세계에 대한 생각을 표현하며 걷는 것이다. 가장 큰 문제는 두 사람이 필연적으로 노출하는 세계에 대한 해석의 차이다. 모든 사람이 똑같을 수는 없기 때문에 서로에게 집중하며 걸으려고 노력해도 해석의 차이에서 오는 갈등은 필연적이다. 자신만의 해석을 상대에게 강요할 수 없다. 그 필연적 차이에서 오는 갈등을 극복하고 두 사람이 함께 걸을 때 땅고는 비로소 땅고가 된다.

나는 시인이다. 소설가이기 전에 시인이었고, 방송을 하기 전에 시인이었으며, 연극 연출과 영화평론, 영화감독을 하기 전에 나는 시인이었고 시인이며 시인일 것이다. 땅고는 육체로 쓰는 영혼의 시다. 나의 시가 글로 쓰는 것이라면, 나의 땅고는 육체로 쓰는 나의 시다. 땅고를 추면서 나는 항상 시를 쓰고 있다고 생각했다. 언어로 쓰는 것만이 시는 아니다. 육체의 언어인 땅고로 쓰는 시는, 활자에 박혀 영원히 남는 시와는 달리 몸이 움직여지는 순간 나타났다 사라진다. 삶이 그러하듯 붙잡을 수 없는 그 덧없음이 땅고를 더 아름답게 한다.

이 책은 육체로 쓰는 영혼의 시이며 걷는 것이 거의 전부인 땅고의 본질에 대한 이야기이다. 그리고 땅고의 발생지인 부에노스아이레스에서 땅고를 좀더 잘 추기 위해 내가 걸었던 이야기들이다. 나는 지금까지 여러 차례 부에노스아이레스에 갔고, 갈 때마다 한 달 혹은 두 달을 생활하며 땅고를 추었다. 오직 땅고만을 추었다. 그래서 땅고 이외의 부에노스아이레스는 잘 모른다. 그러므로 이 책은 내가 부에노스아이레스를 걸으며, 밀롱가Milonga 안에서 땅고를 추면서 만난 사람들에 대한 이야기이고, 땅고를 추면서 생각한 땅고의 본질과 나 자신의 걷기에 대한 의미를 추적한, 사실은 내 삶에 대한 은밀한 기록의 한 부분이다.

1부

땅고는 걷는 것이다

●
●

Tango라 쓰고 땅고라 읽는다

Tango의 어원

    Tango라 쓰고 땅고라고 읽는다. 중남미의 국가들은 포르투갈 식민지였던 브라질을 제외한 모든 나라가 스페인어를 쓴다. 그래서 우리들은 Tango를 탱고라고 발음하지만, 영어권 일부에서는 탕고, 국제적으로는 Tango가 처음 발생한 아르헨티나, 우루과이 등에서 쓰는 스페인어 발음 그대로 땅고라고 읽는다. 땅고의 어원에 대해서는 매우 다양한 의견들이 있다. 아프리카에서 커다란 드럼을 땅, 땅거리며 두드리는 의성어에서 땅-고가 파생했다는 설, 접촉touch을 뜻하는 라틴어 땅게레Tanguere에서 왔다는 설, 깐돔베Candombe를 추는 장소를 땅고라고 불렀다는 설, 아프리카 노예들이 자신들의 음악과 춤을 땀보라고 부른 데서 기원했다는 설 등이 그것이다.

JTBC의 〈비정상회담〉에서 아르헨티나 대표로 나온 가브리엘 슈베츠가 설명한 대로, 땅고는 원래 흑인들이 춤추는 장소를 뜻했다. 19세기 중반 라틴 아메리카에서 Tango는 이미 익숙한 단어였다. 땅고는 처음에 아프리칸 흑인들의 춤, 혹은 흑인들이 춤추기 위해 모이는 장소를 뜻했다. 유럽 이민자들이 대거 유입되기 이전의 스페인 식민지 시절, 부에노스아이레스 거주민의 25% 정도가 흑인이었다. 이민 사회가 형성되고 사회가 팽창되자 흑인 사회는 상대적으로 축소되어 소규모가 되었지만 스페인 정복자들에 의해 라틴 아메리카로 끌려온 흑인 노예의 후손들은 그들만의 문화를 유지하고 있었다. 밀림 속에서 주술 의식을 펼칠 때 사용하던 음악에서 깐돔베라는 춤곡이 만들어졌고 여기에 스페인의 꼰트라단싸contradanza가 변형된 쿠바의 춤곡 아바네라Havanera가 결합되어 1860년경 2박자의 밀롱가 음악이 사람들을 매혹시켰다. 문화적 용광로였던 보까 항구에서 1880년을 전후로 땅고가 하나의 장르로 발현되기 이전, 이미 깐돔베는 흑인 땅고Tango Negro라는 이름으로, 아바네라는 아메리칸 땅고 혹은 땅고 안달루쓰Tango Andaluz라는 이름으로 발전하고 있었다.

〈Tango Negro〉〈Toca Tango〉 등의 작곡자이자 연주자인 아르헨티나의 유명한 피아니스트 후안 까를로스 까쎄레스Juan Carlos Caceres를 등장시킨 앙골라 출신 돔 페드로 감독의 다큐멘터리 〈Tango Negro: 땅고의 아프리카 뿌리〉를 보면, 라틴 아메리카로 끌려온 아프리카 노예들의 사회생활에서 춤과 음악이 갖고 있는 문화적 중요성이 매우 컸다는 것을 알 수 있다. 사하라 사막 남쪽의 아프리카 음악과 즉흥적인 춤이 대서양의 파도를 건너와 흑인들의 사회생활에 크게 영향을 미쳤다. 춤과 음악을 통해 속박의 생활을 견딘 흑인들의, 혹은 그뒤에 고향을 떠나온 고독한 이민자들의 존재의 깊이가 땅고로 승화된 것이다.

땅고의 정의

인류가 만든 가장 아름다운 춤, 육체로 쓰는 영혼의 서사시, 그림자처럼 두 사람이 하나가 되어 움직이는 신비한 교감의 춤. 그래서 땅고는 네 개의 다리와 하나의 심장으로 추는 춤이라고 정의된다. 땅고를 처음 보는 사람들은 춤추는 사람들의 현란한 발동작에 현혹되지만 사실 그것은 본질이 아니라 눈속임이다. 땅고에서 하체의 움직임은 철저하게 상체의 움직임에 지배되고 있으며, 상체의 움직임보다 더 우선되는 것은 서로 가슴과 가슴을 맞댄 두 사람 사이에 은밀하게 교류되는 무언의 에너지, 그리고 정서적 감성이다. 그래서 땅고를 출 때, 밖으로 드러나는 외적 기교보다 더 중요한 것이 두 사람 사이의 내면적 교감이다. 아무리 화려한 테크닉으로 치장된 춤이라고 해도 만약 그런 내면적 교류 없이 춤을 췄다면 그것은 땅고가 아니다.

땅고를 추기 전에 먼저 우리는 상대를 가슴에 안고 걸어야 한다. 걷는 동안 상대의 심장 소리를 듣지 못한다면 지금 땅고를 추고 있다고 결코 말할 수 없다. 그만큼 서로에게 깊이 집중해야만 가능한 춤이 땅고다. 아무리 뛰어난 테크닉이 있어도 꼬라손corazon(심장)으로 상징되는 감정의 내적 교감이 없다면 그것은 죽은 땅고다. 땅고가 지구상에 존재하는 수많은 형태의 춤 중 하나에 불과하다고 생각하는 사람들에게 땅고의 이런 정의는 당황스럽고 과장된 것이라고 생각될 것이다.

춤으로서의 땅고는 커플 댄스Couple Dance이고, 소셜 댄스Social Dance이며, 창조적 상상력이 가장 중요하게 요구되는 즉흥의 춤Improvised Dance이다. 가령 벨리 댄스나 재즈 댄스, 브레이크 댄스 등은 여럿이 어울려서 그룹으로도 출 수 있지만 기본적으로는 혼자 움직이는 춤이다. 하지만 땅고는 혼자서 움직이는 것이 불가능하다. 아브라쏘Abrazo를 통해 언제나 두 사람이 하나가 되어 함께 걸어야만 한다. 두 사람의 몸이 분리되어 각각 하나가 되는 순간 땅고의 미학은 파괴된다. 물론 땅고에도 살또Salto나 솔따다Soltada처럼 두 사람의 몸이 분리되거나 아브라쏘가 해체되는 동작이 있기는 하지만 그것은 극히 짧은 찰나에 불과하다. 그리고 살또나 솔따다 같은 동작은 살론 땅고Salon Tango가 아닌 스테이지 땅고Stage Tango나 땅고 누에보Tango Nuevo에서 볼 수 있다. 전통 땅고에서는 그런 동작도 용납되지 않는다. 셀리 포터 감독의 영화 〈땅고 레슨Tango Lesson〉에서는 남자 두 사람과 여자 한 사람이 빗속에서 함께 춤을 추는 세 사람의 댄스가 등장하기도 하고, 뮤지컬 〈포에버 땅고Forever Tango〉에서는 열 명이 넘는 댄서들이 춤을 추는 군무도 등장하지만, 기본적으로 땅고는 두 사람이 아브라쏘를 하고 함께 추는 커플 댄스다.

또 땅고는 특별히 훈련된 소수의 전문가들만이 출 수 있는 댄스가 아니라 누구나 서로 어울려 즐길 수 있는 소셜 댄스이다. 인간이 사회적 동물이듯이 땅고도 사회적 관계 안에서 형성되는 춤이다. 땅고를 추는 공간인 밀롱가도 나만을 위해 마련된 특별한 무대가 아니라 다수의 사람들과 함

땅고를 추는 공간인 밀롱가는 나만을 위해 마련된 특별한 무대가 아니라 다수의 사람들과 함께 어울리는 곳
이다. 땅고를 추는 파트너들도 독점적 관계가 아니라 자유의지에 의한 선택적 관계이다. 부부나 연인이라고
해도 밀롱가에 오면 파트너를 바꿔가며 여러 사람들과 함께 춤을 춰야 한다.

께 어울리는 곳이며, 땅고를 추는 파트너들도 독점적 관계가 아니라 자유의지에 의한 선택적 관계이다. 부부나 연인이라고 해도 밀롱가에 오면 파트너를 바꿔가며 여러 사람들과 함께 춤을 춰야 한다. 춤을 추는 밀롱가 안에서 파트너란 일시적으로 맺는 관계에 불과하다.

땅고가 소셜 댄스라는 인식은 땅고 내에서의 사회적 관계를 깨닫게 하는 중요한 포인트다. 땅고를 추는 공간은 사적 공간과 공적 공간으로 구별해볼 수 있다. 아브라쏘를 한 각 커플들은 다수가 공유하는 공적 공간 안에서 다른 사람들의 사적 공간을 침해하거나 부딪치지 않고 일정한 방향으로 걸어야 한다는 전제가 있다. 이것은 소셜 댄스로서의 땅고의 불문율이다.

또 땅고를 추는 파트너들과의 독점적 관계는 용납되지 않는다. 어떤 커플은 밀롱가에 와서 자신의 파트너와만 춤을 추는 경우가 가끔 있는데, 이럴 때 다른 사람들의 따가운 눈총이 쏟아진다. 밀롱가에서 오직 한 상대와만 춤을 춘다는 것은 이해하기 힘든 일이다. 독점하고 싶다면 밀롱가에 오지 말고 스튜디오나 혹은 두 사람만의 공간을 찾아 춤추는 것이 좋다. 밀롱가라는 공간은 두 사람만을 위해 존재하는 것이 아닌 하나의 공적 공간이다. 물론 예외는 있다. 부에노스아이레스에서 매주 토요일 밤마다 개최되는 밀롱가 삐에드로 에차게Pedro Echague는 커플끼리만 참석하는 시니어 밀롱가이다. 대부분의 참석자들 연령대가 60대에서 70대이다. 아주 가끔 60대 이하가 보이기도 하지만 이런 시니어 밀롱가에서는 거의 파트너 체인지가 없다. 밤 10시에 문을 연 클럽 레스토랑에서 저녁 식사를 마친 뒤 레스토랑 안의 사각형 넓은 공간에서 새벽 4시까지 자기 파트너와

만 땅고를 추며 즐긴다. 또 매주 금요일 밤에 개최되는 부에노스아이레스의 밀롱가 신 룸보Sin Rumbo도 한때는 수많은 사람들로 북적댔지만 지금은 대부분 60대의 부부 커플이 참석해서 파트너 체인지 거의 없이 춤을 즐긴다. 땅고의 시인이라 불리는 아드리안 코스타의 말처럼 땅고는 아브라쏘의 예술이며 밀롱가 자체가 하나의 거대한 아브라쏘여야 한다. 땅고 내부에는 이렇게 질서 있는 사회적 관계가 형성되어 있다.

땅고는 독창적 상상력이 요구되는 춤이다. 지구상의 모든 춤 중에서 가장 창의적 상상력이 필요하기 때문에 땅고를 추는 행위는 시를 쓰거나 그림을 그리는 것과 같은 예술적 행위에 속한다고 볼 수 있다. 다른 춤들과 달리 땅고를 예술의 영역으로 올려놓는 것은 땅고만이 갖고 있는 즉흥성의 요구, 독창적 상상력의 필요, 우아한 동작들을 끊임없이 개발하고 추구하는 춤의 미학 때문이다. 즉 땅고는 춤 동작이 정형화된, 미리 만들어진 레디-메이드 형태를 반복 복습해서 연기하는 학예회적인 춤이 아니라 두 사람의 창의적 상상력을 순간적으로 극대화해서 추는 즉흥의 춤이다. 즉흥이라고 해서 아무렇게나 막 한다고 생각하면 큰 잘못이다. 즉흥이기 때문에 더욱 무서운 집중이 필요하고, 즉흥이기 때문에 더욱 놀라운 창의성이 필요하다. 한순간 아름답게 피었다 지는 꽃이 조화보다 훨씬 아름다운 것처럼 땅고는 밀롱가라는 세계의 무대에서 잠시 피었다 사라진다.

땅고의 종류

땅고는 음악과 춤, 시 이렇게 크게 세 개의 장르로 구성된다. 보통 땅고라고 하면 춤과 음악만 생각하는데 음악의 가사 혹은 땅고 시가 차지하는 비중은 아주 크다. 시는 원래 소리 내어 읊조리거나 노래함으로써 전달되는 청각적 장르였다. 그래서 시를 쓰고 노래하는 사람들을 음유 시인이라고 했다. 산업혁명 이후 인쇄술의 발달과 함께 시인들의 언어는 활자화되어 종이 안에 갇혔고 사람들은 더이상 귀를 열고 노래를 들으려 하지 않으며 눈으로 시를 읽었다. 2016년 노벨문학상이 포크 가수 밥 딜런에게 돌아간 것은 시가 가진 원래의 노래하는 기능이 회복되기를 바라는 뜻도 담겨 있다. 1930년대에서 1950년대까지 땅고의 황금시대에는 땅고 시를 쓰는 시인들이 많이 있었다. 그들은 대부분 남자였다. 땅고를 추는 사람이 남자가 압도적으로 많았기 때문에 초창기의 땅고는 남자와 남자가 손을 맞잡고 추는 경우가 빈번했고, 가끔씩 유곽의 몸 파는 여자들이나 춤을 좋아하는 여자들이 그 무리에 합류하여 같이 땅고를 추기 시작했다.

땅고가 널리 보급되어 아르헨티나의 국민적 춤이 되고 국민적 음악이 되었을 때도, 땅고의 시는 대부분 사랑의 상실에 대한 내용들이 주를 이루었다. 땅고 시의 화자는 대부분 남자들이고 그들은 자신이 사랑했던 옛 여인에 대한 그리움, 과거의 사랑에 대한 추억 등을 노래했다. 그래서 실연의 상처를 노래하는 땅고 가수들 또한 남자들이 압도적으로 많았다. 더 직설적으로 말하자면, 자신을 차버린 옛 여인들에 대한 원망, 그리움, 추억 등을 노래한 것이 땅고 시이며 땅고 노랫말들이다. 이것은 땅고 발생지인 19세기 말 부에노스아이레스 보까 항구의 극단적인 남녀 성비의 불균형에 원인이 있다. 보까 항구 주변 환경은 선원, 부두 노동자, 도박사, 피혁 공장 직원들, 도살장 인부들 등 남성들이 대부분이어서 여성이 상대적으로 적었기 때문에 여성들은 다른 남자를 선택할 수 있는 기회가 얼마든지 많았다. 실연의 아픔을 맛보는 남성들이 늘어났고 그들은 자신들의 슬픔, 그리움, 원망을 시로 담아 표현했으며 그것이 이민자들의 애환이 섞인 땅고 속에 녹아내리면서 비극을 심화시켰다.

땅고 춤은 다시 형태에 따라 밀롱가에서 많은 사람들이 즐기는 땅고 밀롱게로Tango Milonguero, 땅고 살론Tango de Salon 등과 무대 위에서 관객들에게 춤의 미학을 보여주는 땅고 에세나리오Tango Escenario 등의 하위 장르로 나눌 수 있다. 이중에서 장르적으로 뚜렷하게 구분되는 것이 땅고 살론과 땅고 에세나리오다. 서로의 상체를 밀착시키며 아브라쏘를 한 커플들이 밀롱가에서 일정하게 줄을 맞추며 한 방향으로 걷는 춤을 땅고 살론 또는 땅고 밀롱게로라고 한다. 문디알 세계 땅고 대회 종목에 있는 땅고 데 삐스따Tango de pista는 이 모든 스타일을 포괄하고 있다. 이것은 소셜 땅고의 영역이다. 땅고 누에보도 소셜 땅고의 영역에 속하기는 하지만 2010년 이후 급격하게 쇠퇴해가고 있다.

또 무대 위에서 많은 관객들이 보는 가운데 행해지는 땅고 공연을 스테이지 땅고, 즉 땅고 에세나리오라고 부른다. 일반인들이 관념적으로 생각하는 땅고는 화려한 기교와 시각적 비주얼로 관중을 매혹시키는 땅고 에세나리오에 가깝다. 땅고 에세나리오는 미리 만들어진 안무에 따라 주로 사각형 무대인 프로시니엄 아치에서 관객들의 일방향적 시선 아래 공연된다. 물론 밀롱가에서 에세나리오가 공연될 때도 있다. 이때는 관중들이 한 방향이 아닌 전 방향에서 밀롱가 플로어를 에워싸고 있기 때문에 일종의 원형 무대가 형성된다. 프로시니엄 아치에서 공연할 때와는 다른 동선이 공연자들에게 요구되는 것이다.

하지만 소셜 땅고 즉, 땅고 살론과 땅고 밀롱게로 등을 포함해서 일반적으로 많은 사람들이 밀롱가에서 즐기는 땅고는 전부 즉흥적 상상력에 의해 진행된다. 땅고 댄서들 역시, 에세나리오보다는 밀롱가에서 즉흥적 상상력으로 춤을 추는 땅고를 훨씬 더 좋아한다.

이렇게 땅고 춤이 두 가지 장르로 구분되는 결정적 계기는 2003년부터 부에노스아이레스 시가 주최하는 문디알 세계 땅고 대회가 제공했다. 대회 카테고리가 땅고 데 살론, 땅고 에세나리오 두 부문으로만 개최되었기 때문이다. 2014년 대회부터는 땅고 데 살론 부문의 명칭이 줄을 맞춰 추는 땅고라는 뜻의 땅고 데 삐스따로 바뀌었지만 내용은 크게 차이가 없다. 땅고 살론에 땅고 밀롱게로 스타일의 땅고도 포함시키겠다는 장기적 전략이 명칭을 바꾸게 된 계기이고 이것만 보더라도 부에노스아이레스의 땅고 정책 입안자들이 다양한 세계 땅고의 흐름을 껴안으며 매우 영민하게 땅고 정책을 펼쳐가고 있다는 것을 짐작할 수 있다.

땅고 음악은 박자에 따라 2박자의 밀롱가, 3박자의 발스, 4박자의 땅고 등 세 개의 하위 장르가 있다. 또 밀롱가에서 춤추기 위해 만들어진 땅고 음악이 있고, 아스또르 삐아졸라 같은 클래식 음악 작곡가들이 만들거나 연주한 감상용으로서의 땅고 음악이 있다. 삐아졸라 이후 많은 현대 음악가들이 땅고 음악을 작곡하고 있고, 기돈 크래머, 요요마, 다니엘 바렌보임 같은 세계 정상의 아티스트들은 바이올린, 첼로, 피아노 등으로 녹음된 땅고 앨범을 내놓고 있다. 하지만 현대 땅고 음악으로 밀롱가에서 춤추는 게 꼭 불가능한 것은 아니다. 사람 많은 밀롱가에서 부딪치지 않고 춤을 추기에는 소셜 댄스로서 덜 대중적이라는 뜻이다. 언젠가는 지금의 밀롱가에서 사랑을 받고 있는 악단들, 까를로스 디 사를리나 후안 다리엔쏘, 딴뚜리나 뜨로일로 대신 피아졸라의 음악이 밀롱가를 지배할지도 모른다.

아쉬운 것은 땅고 시가 예전만큼 많이 발표되지 않고 있다는 사실이다. 1965년에 보르헤스가 발표한 『여섯 개의 현을 위하여』는 매우 특별한 시집이다. 땅고는 발생 초기 언어적으로 혼돈 상태의 문화적 용광로 같았던 보까 항구의 특성 때문에, 스페인어를 중심으로 해서 이탈리아어, 독일어, 영어, 원주민 언어까지 뒤섞이면서 룬파르도Lunfardo라는 독특한 슬랭들을 다수 양산해냈다. 룬파르도는 별도의 사전이 만들어질 정도로 방대한 양의 속어들이며 보르헤스는 이런 것들로 점령된 땅고 시에 대한 반발과 정화 의지로 땅고 시집을 펴냈다. 땅고 시를 대중적 상투성과 감정의 배설에 그친 것이라고 구석에 버려둘 것인지, 비평의 장르 안으로 끌어낼 정도로 문학적 향기와 가치를 갖는다고 생각할 것인지에 대해서는 더 깊은 분석이 있어야 할 것이다.

밀롱가

밀롱가라는 단어는 두 가지 뜻을 가지고 있다. 땅고를 추며 걷는 공간을 밀롱가라고 한다. 또 2박자의 땅고 음악을 밀롱가라고도 부른다. 공간으로서의 밀롱가는, 바닥에는 마루가 깔려 있고 천장에는 멋진 조명이 걸려 있는 댄스홀만을 가리키는 게 아니다. 교회의 예배당이었지만 의자를 한쪽으로 밀어젖히고 거기에서 많은 사람들이 함께 땅고를 추면 그곳은 밀롱가다. 바닷가 해변의 백사장이지만 그곳에 땅고를 추는 사람들이 모여 춤을 신청하고 함께 땅고를 추기 시작하면 그곳은 밀롱가가 된다. 땅고를 배우는 스튜디오지만, 수업이 끝난 후 땅고 음악이 흘러나오고 사람들이 까베세오Cabeseo를 하면서 땅고를 추면 그곳은 스튜디오가 아니라 밀롱가라고 불러야 한다.

실제로 내가 걸어본 유럽이나 미주 지역의 많은 밀롱가는, 예배가 없는 날 교회나 성당의 빈 공간을 이용하여 개최되고 있었다. 또 유튜브에서 땅고 플래시몹 검색어를 치면 사람들이 많이 모이는 공원이나 지하철역 플랫폼 혹은 기차역 대합실, 부둣가 선착장, 해변의 모래밭, 옥상정원 등에서 행해지는 전 세계의 수많은 땅고 퍼포먼스를 목격할 수 있을 것이다. 지구상의 수많은 춤 중에서 오직 땅고만이, 좁고 은폐된 실내 공간을 벗어나 인간의 삶이 영위되는 거의 모든 공간에서 불특정 다수를 상대로 공개적으로 춤추고 있다.

땅고만큼 충성도가 높은 춤은 없다. 땅고를 추는 사람들끼리 갖고 있는 깊은 심리적 유대성이 혹시 육체를 가장 밀접하게 근접하는 데서 오는 것인가 의심하는 사람들은 여전히 땅고를 추는 커플들의 외적 자세에 집착할 것이다. 그러나 땅고의 아브라쏘는 단지 두 사람만의 안기에 그치지 않는다. 땅고를 추기 위해 내가 밀롱가로 들어가는 순간 나는 나를 둘러싼 세계와 거대한 아브라쏘를 하고 있는 것이며, 까베세오를 하고 플로어에 나가 상대를 안는 순간 나는 또다른 나의 자아와 아브라쏘를 하고 있는 것이다. 흔히 이야기되는 열정의 춤, 땅고의 관능성은 피상적 관점에서 노출되는 외피적인 것이다.

그러므로 땅고를 추는 사람들은 다른 도시 혹은 다른 나라에 비즈니스 목적으로 출장을 가거나 사적인 목적으로 휴가나 여행을 가도 항상 가방 속에는 땅고화를 준비한다. 우리에게 언어는 필요 없다. 육체의 움직임이 우리들의 언어이며, 음악이 우리들의 글이다. 땅고는 밤낮을 가리지 않고 장소 불문하며 연령, 직업, 기타 모든 사회적 신분을 떠나 오직 인간 대 인간으로만 만나 즐기는 춤, 그것이다.

밀롱가는 땅고의 모태이다. 모든 땅고의 동작들은 밀롱가에서 함께 춤추는 것을 전제로 만들어진다. 밀롱가 내부의 공간은 크게 두 가지다. 하나는 두 사람이 아브라쏘를 한 뒤 만들어지는 사적 공간이며, 또하나는 모든 커플이 함께 공유하는 공적 공간이다. 아브라쏘를 한 커플들은 다른 사람의 춤을 방해하지 않고 공적 공간을 서로 공유한다. 밀롱가에서 각 커플들은 시곗바늘과는 반대로 움직인다. 이것을 춤의 길, LOD Line Of Dance라고 한다. 각 커플들은 땅고를 즐기기 위한 기본적인 약속을 지키며 서로 내밀한 커뮤니케이션을 갖고 일정한 방향으로 함께 걷는다.

그러므로 밀롱가는 언제나 꿈틀거리며 움직이는 살아 있는 생물체나

땅고를 추기 위해 내가 밀롱가로 들어가는 순간 나는 나를 둘러싼 세계와 거대한 아브라쏘를 하고 있는 것
이며, 까베세오를 하고 플로어에 나가 상대를 안는 순간 나는 또다른 나의 자아와 아브라쏘를 하고 있는 것
이다.

마찬가지다. 똑같은 공간이라고 해도 오늘 다르고 내일 다르다. 그 공간에 어떤 사람들이 찾아오는가, 똑같은 사람이 찾아와도 어떤 음악이 흐르는가, 똑같은 음악이 흐르더라도 어떤 파트너와 춤을 추는가, 똑같은 파트너라고 해도 어떤 느낌을 갖는가에 따라 달라진다. 흐르는 강물처럼 인간의 삶은 시간 속에서 움직이며 우리는 똑같은 강물에 두 번 몸을 담글 수 없다. 똑같은 밀롱가에서, 똑같은 음악에, 똑같은 파트너와, 똑같이 걸으며 땅고를 춘다는 것은 불가능하다. 그것은 땅고가 아니다.

땅고의 가치

2009년 유네스코 세계문화유산에 등재된 땅고에는 확실히 다른 춤과는 다른 독특한 매력이 숨어 있다. 대중적이면서 동시에 뛰어난 미학성과 예술성을 내포하고 있는 양면성, 성과 속의 경계를 넘나드는 영역의 광범위한 확장성, 그리고 춤, 음악, 시, 영화로 발전해가고 있는 포괄성은, 땅고가 갖는 있는 예술적 가치와 효용성을 증명해준다. 드라마틱한 선율의 땅고 음악과 그 속에 깃들어 있는 강렬한 정서는 삶의 숙명적 비극을 드러내준다. 남녀가 몸을 밀착시키고 서로의 다리 사이로 다리를 집어넣는 과감한 동작들은 땅고를 '다리 사이의 전쟁'이라고 부를 정도로 선정적인 인상을 주기도 했다.

이렇게 시작된 땅고가 유럽으로 건너가 순식간에 보급되면서 뜨거운 관심을 끌었는데 특히 프랑스에서 땅고의 인기는 하늘 높은 줄 모르고 치솟았다. 1912년의 프랑스 신문과 잡지들의 문화면은 땅고 춤이나 땅고 음악에 관한 기사로 도배가 되다시피 했다. 매일 밤 열리는 파리 시내의 무도회에서 가장 인기 있는 춤은 땅고였다. 지금도 Tango라는 이름을 가진 네비게이션, 청소기 등 많은 상품이 존재하지만 그 당시 마케팅 능력이 뛰어난 제조업자들은 온갖 상품에 Tango라는 단어를 붙여 소비자들의 호기심을 끌었다. Tango 향수, Tango 음료수도 있었으며, 란제리, 여성 속옷, 심지어 커다란 도박장이 있었던 도빌로 가는 기차에도 Tango라는 이름을 붙이기도 했다.

땅고는 인류 역사상 등장한 모든 춤 중에서 남녀의 신체가 가장 밀접하게 접촉되어야만 출 수 있는 춤이다. 공개 장소에서 남녀가 신체를 대담하게 접근해서 추는 땅고를 보고 보수주의자들은 손가락질을 하며 비난을 멈추지 않았고 집중적인 비판을 쏟아냈다. 파리 시내의 성당을 책임진 가톨릭 대주교는 "선한 양심을 지닌 크리스천이라면 그런 일에 동참해서는 안 된다"라면서 가톨릭 신자들에게 땅고를 금지시켰다. 또 당시의 교황 피오 10세는 공개 강연에서 "가정과 사회생활을 파괴하는 이처럼 음란하고 야만적인 춤이 교황청에까지 침투해 있다"며 땅고를 비난했다. 당시의 독일 황제 빌헬름 2세는 "일반의 품위와 예의범절을 모욕하는 도발적인 춤"이라면서 장교들이 제복을 입고 땅고를 추는 것을 금지시켰다.

그런데 땅고를 금지하는 곳이 늘어날수록 오히려 대중들의 관심은 들불처럼 번져나갔다. 특히 1914년 일어난 제1차 세계 대전의 소용돌이는 역설적으로 기존 체제가 몰락하고 새로운 질서가 수립되는 전기가 되었다. 땅고의 자유의지와 해방감은 1차 대전 후 활발하게 대중들 사이에 수용되었다. 결국 교황은 땅고를 금지한 자신의 강연에도 불구하고 땅고를 즐기는 신자들이 늘어나자, 직접 보고 판단하겠다면서 자신의 눈앞에서 땅고를 추게 한 후 그 정도면 괜찮다고 사실상 금지령을 철회하였다.

그리고 100여 년이 흐른 지난 2013년, 아르헨티나 빈민가에서 태어난 최초의 남미 출신 교황이자 최초의 예수회 출신 프란치스코 교황이 바티칸에 입성했다. 축구와 땅고를 좋아하는 프란치스코 교황 등장 이후 우리는 심심치 않게 바티칸의 성 베드로 광장에서 수백 커플이 모여 땅고를 추는 땅고 플래시몹을 TV로 볼 수 있게 되었다. 2014년 12월 17일, 교황의 78회 생일을 맞아 땅고 강사인 크리스티나 카르모라니는 페이스북에 '프란치스코를 위한 땅고'라는 글을 올리면서 성 베드로 광장에 모여 교황의 생일을 축하하는 땅고 플래시몹을 제안했다. 그리고 당일 크리스티나의 제안대로 흰색 스카프를 착용한 수백 커플이 성 베드로 광장을 가득 메우고 땅고를 추었다. 그전 생일에는 바티칸 라디오가 프란치스코 교황이 좋아하는 땅고 곡을 방송하기도 했다. 지난 2016년 7월 폴란드 가톨릭 1050주년을 기념하는 폴란드 세계 청년대회에서는, 프란치스코 교황을 위해 폴란드어로 가사를 붙인 땅고 곡으로만 진행되는 땅고 플래시몹이 있었다. 100여 년 전 신자들에게 땅고를 금지시켰던 교황에서 이제는 누구보다 땅고를 사랑하는 교황으로 바뀐 것이다.

2016년 3월 23일, 아르헨티나를 방문한 미국의 버락 오바마 대통령은 만찬 석상에서 펼쳐진 땅고 공연 후, 땅게라 모라 고도이Mora Godoy가 땅고를 신청하자 그녀와 아브라쏘를 하고 즉흥적으로 땅고를 추는 장면을 선보여 세계 언론의 집중적인 플래시를 받았다. 부에노스아이레스의 선창가 유곽에서 태어나 빈민가의 가난한 사람들이 추는 천박한 춤이라는 손가락질을 받던 땅고가 세계 최고의 명사들까지 즐기는 춤으로 변화되었다. 그것이 갖고 있는 본질적인 가치 즉 선정성이 아니라 진정성을, 육체의 쾌락적 추구가 아닌 정신의 내면적 미학을 인정받았기 때문이다.

땅고의 내면화

땅고를 추는 동안 우리는 마치 스승이 내려준 화두를 붙들고 동안거에 들어가 면벽참선하는 선승처럼 깊이를 알 수 없는 아득함을 느낀다. 우리는 분명히 다른 사람과, 그것도 이성과 단단하게 가슴을 맞대고 서 있다. 지금 나는 그녀의 등뒤로 오른손을 깊게 두르고 내 왼팔과 맞잡은 그녀의 오른팔을 통해 상체 에너지를 전달해서 진행할 방향을 결정한다. 보폭의 길고 짧음, 속도의 완급, 에너지의 강약을 이용해 역동적 구조를 구축하며 그녀를 리드한다. 내 오른쪽 뺨과 그녀의 왼쪽 뺨이 맞닿아 서로의 거친 호흡이 천둥소리처럼 들리지만, 뺨에 맺히는 땀방울의 뜨거운 습기가 고스란히 전해져오고 있지만, 모든 잡념이 사라지고 색즉시공 공즉시색 어쩌면 나는 또다른 나와 마주하고 있는지도 모른다.

남녀가 아브라쏘를 하고 걷는 땅고의 자세는 유교적 지배 이데올로기가 아직도 남아 있는 우리에게는 여전히 낯선 것이다. 땅고를 처음 본 일반인들의 공통적 반응은 너무 야하다는 것이다. 그들은 의심한다. 땅고바에서 처음 만난 남녀가 어떻게 서로 가슴을 맞대고 깊은 포옹을 한 채 걸을 수 있는가. 그 속에 뭔가 은밀하고 불온하며 섹슈얼한 자극이나 느낌이 들어 있는 것은 아닌가?

나는 땅고를 추고 땅고를 가르친 지난 15년 동안 땅고를 배우는 부인이나 연인을 따라 스튜디오를 찾아온 남성들을 여럿 만났다. 그들의 반응은 대부분 비슷했다. 땅고 음악을 듣는 것이나 춤추는 것을 보는 것은 좋지만 자신의 여자가 다른 남자와 가슴을 맞대고 추는 것은 싫다는 것이다. 나는 그들에게 땅고를 배워보라고 권유한다. 플로어에 나가 다른 여성들과 아브라쏘를 하고 걷기 시작하면 그들은 금방 이해를 한다.

나 역시 지금까지 땅고를 추면서 수많은 여성들과 아브라쏘를 했었다. 남성과 여성으로서의 이성적 설렘이 전혀 없다고 말할 수는 없지만 그것은 말초적인 성적 감정과는 다르다. 정확하게는 인간 대 인간로서의 아브라쏘이다. 아브라쏘를 하고 걸으면, 우리는 아무런 말을 하지 않아도 상대의 감성을 느낄 수가 있다. 이 사람은 마음이 참 따뜻해, 언제나 상대를 먼저 생각하고 배려해줘서 고마워. 이분은 너무 자기중심적이고 이기적인데? 혹은 이 사람은 나를 별로 좋아하지 않네, 지금 억지로 나랑 춤을 추고 있어. 이 사람은 왜 이렇게 성질이 급하지?

땅게라들은 일반적으로 보통 여성들보다 훨씬 아름다운 몸을 갖고 있다. 밀롱가에서 땅게라들은 평균 9센티 혹은 그 이상의 높은 땅고화를 신는다. 상체 축을 단단하게 세우고 하체와 다리를 부드럽게 움직이며 걷지 않으면 아름다운 땅고를 출 수 없다. 이제 땅게라들의 몸은 서서히 변하기 시작한다. 라인이 살아 있고 탄력 있는 몸은, 땅게라들의 경험담에 의하면 일주일 평균 2–3회씩 지속적으로 땅고를 출 경우, 1년에서 1년 반 정도 지나면 만들어진다고 한다. 원래부터 아름다운 몸을 가진 여성들이 땅고를 추는 게 아니라, 땅고를 추면서 몸이 아름다워진다. 그러나 육체의 변화보다 더 중요한 것은 내면의 변화이다.

땅고는 서로에게 집중해야만 함께 세상을 걸을 수 있다는 소중한 경험을 준다. 우리는 욕망으로 가득찬 세속화된 지상에서 육체를 재료로 그림을 그리는 한 사람의 화가이고, 세계를 설계하는 건축가이며, 새로운 리듬을 창조하는 음악가이고, 영혼의 서사시를 쓰는 시인들이다. 땅고를 추면서 우리는 육체가 얼마나 연약한 것이고 삶이 얼마나 순식간에 지나가버리는가를 번개처럼 깨닫는다. 북태평양 베링해나 오오츠크해를 헤엄치다가 처음 태어난 섬진강으로 다시 돌아가기 위해 힘차게 물살을 거스르는 연어들처럼, 우리는 순수의 상태로 귀환한다.

땅고의 역사

땅고의 기원

땅고는 춤과 음악의 상생적 협업으로 발달해왔다. 춤과 음악은 거의 동시에 서로가 서로를 필요로 했는데, 땅고 춤은 음악이 매개가 되지 않으면 불가능했고 땅고의 음악 역시 춤을 추는 사람들을 필요로 했다.

아르헨티나의 수도 부에노스아이레스와 우루과이의 수도 몬테비데오 사이를 흐르는 라 쁠라따 강의 하구는 바다처럼 넓다. 라 쁠라따 강이 유럽인들에게 발견된 것은 16세기 초다. 스페인의 탐험가 후안 디아스 데 솔리스는 콜럼버스가 발견한 항로를 따라 3척의 선박을 이끌고 중앙아메리카 파나마 해협에서 남하하고 있었다. 당시 그는 남아메리카를 인도 대륙의 동쪽으로 생각하고 있었고, 남쪽으로 돌아가면 유럽에서 건너오는 새로운 항로를 발견할 수 있을 것이라고 믿었다.

1516년 2월 어느 날 밤, 솔리스는 항해하는 선박의 뱃머리에서 바람 냄새를 맡다가 적도 부근의 짠 소금기가 더이상 느껴지지 않는다는 것을 알았다. 드디어 동인도 대륙의 최남단에 도착했다고 믿은 그는 다음날 아침이 되자 절망했다. 밤사이 배가 강을 따라 깊숙이 흘러들어가면서 맞은편에도 거대한 대륙이 보였던 것이다. 지금 대서양으로 흘러들어가는 라 쁠라따 강의 양쪽에 형성된 도시 우루과이의 뿐따 델 에스떼Punta Del Este와 아르헨티나의 도시 뿐따 라사Punta Rasa 사이는 무려 220km나 된다. 16세기 초 이곳에 처음 발을 들여놓은 솔리스 일행은 그들이 죽을 때까지도 그곳이 강의 입구라는 것을 알지 못하고 바다라고 믿었다.

이 강을 통해서였을까?

나의 조국을 창조하기 위한 범선들이,

출렁거리는 파도 속에서

항해해 왔을 것이다 울긋불긋한 범선들이,

어두운 갈색으로 물결치는 수초를 헤치며

하늘에서 잉태된 듯

어쩌면 그때는 강이 푸르렀을지도 모른다.

　　　　　　　　　—보르헤스, 「부에노스아이레스의 신화적 창조」 앞부분

땅고는 아르헨티나의 수도 부에노스아이레스와 우루과이의 수도 몬테비데오 사이를 흐르고 있는 드넓은 라 쁠라따 강 주변에서 19세기 후반에 발생했다. 라 쁠라따 강은 길이 4,700km, 어귀의 강폭이 220km나 되며 수많은 선박들이 유럽이나 북미 대륙과의 무역 상품들을 싣고 들락거렸다. 라 쁠라따는 은이라는 뜻인데 아르헨티나에서 캐낸 은을 무역선들이 싣고 유럽으로 가던 곳이어서 그렇게 불렀다는 설이 있고, 혹은 강물에 햇빛이 부서지면서 반짝이는 모습이 은처럼 보였기 때문이라는 설이 있다. 땅고는 라 쁠라따 강을 오고 가는 선원과 부두의 하역 노동자들을 중심으로 시작된 춤이다. 그래서 우루과이는 지금도 땅고의 발생지가 몬테비데오라고 주장한다. 지난 2009년 유네스코 세계문화유산으로 땅고를 등재할 때는 아르헨티나와 우루과이가 서로 협력하기는 했지만 분명한 것은, 아르헨티나의 부에노스아이레스 시 정부가 땅고를 국가 발전 아이템으로 삼고 마케팅 면에서 훨씬 우월한 전략을 사용해서 지금은 땅고, 하면 아르헨티나가 떠오른다는 것이다.

남미의 파리, 부에노스아이레스

부에노스아이레스 시내를 걸으면 대리석으로 건축된 건물들과 대부분 백인들로 구성된 시민들의 모습이 유럽의 여느 대도시와 거의 흡사한 느낌을 준다. 부에노스아이레스를 남미의 파리라고 부르는 이유는 유럽 도시의 분위기를 그대로 간직하고 있기도 하지만 인종 구성 자체가 다른 남미의 도시들과는 많이 다르기 때문이다.

중남미 다른 나라들은 대부분 인디언과 백인 혼혈인 메스티소의 비율이 압도적이다. 그러나 1980년대 초반의 통계를 보면 부에노스아이레스 시민들의 95%가 스페인, 이탈리아, 독일계를 중심으로 한 백인이었다. 혼합, 혼혈을 뜻하는 라틴어 믹스띠씨우스mixticius에서 유래한 메스티소는 4%, 중국 등 아시아계가 1%, 흑인은 1%도 되지 않았다. 지금은 메스티소나 흑인 및 동양계의 비율이 늘어났지만 여전히 아르헨티나는 다른 중남미 국가들에 비해 백인이 90%에 가까울 정도로 압도적으로 다수를 차지한다. 그러나 수도인 부에노스아이레스를 벗어나면 아르헨티나인들이 끄리오요Criollo라고 부르는 백인과 아메리카 원주민과의 혼혈의 비율이 현저히 높아진다.

메스티소는 아메리카 원주민과 백인의 비율이 5:5로 섞인 인종을 뜻한다. 백인의 피가 얼마나 섞였는가에 따라 구분하는 단어도 다르다. 까스띠소castizo(3/4은 유럽, 1/4은 아메리카 혈통)나 촐로cholo(1/4은 유럽, 3/4은 아메리카 혈통) 등으로 피가 섞인 정도를 구분하는데 그만큼 백인 우월주의가 아직도 남아 있는 도시가 부에노스아이레스다.

부에노스아이레스의 입, 보까 항구

땅고는 아르헨티나의 수도, 좋은 공기라는 뜻을 가진 부에노스아이레스의 보까 항구 유곽에서 처음 시작되었다. 아르헨티나는 세계에서 여덟 번째로 큰 나라이고 스페인어 사용 국가 중에서는 가장 큰 나라이다. 현재 인구는 아르헨티나에 있는 소의 숫자 6천만 마리보다 적은 4,500만 명 정도에 불과하고 그중 1/3인 1,500만 명이 부에노스아이레스 주에 몰려 있다.

스페인이 남아메리카를 지배하기 시작한 16세기 초부터 아르헨티나는 오랜 기간 동안 지배층의 관심 밖에 있었다. 황금의 땅을 찾다가 발견되었지만 라 쁠라따 강 유역은 금과 은이 많은 것도 아니고 넓은 초원만 펼쳐져 있었기 때문이다. 스페인 국왕은 페루 총독으로 하여금 아르헨티나까지 관리하게 하다가 1776년에 비로소 이 지역을 다스리는 새로운 총독을 임명한다. 유럽과의 무역 교류가 활발해지면서 아르헨티나 빰빠Pampas에서 생산되는 곡물들과 가공된 육류나 피혁 제품을 실은 무역선이 라 쁠라따 강을 통해 유럽으로 출발했다.

나폴레옹의 스페인 침략으로 스페인 지배의 끈이 느슨해지자 아르헨티나에서는 1810년 5월, 독립운동이 일어났다. 산 마르틴 장군을 비롯해서 청색과 백색으로 된 아르헨티나 국기를 제정한 벨그라노 장군 등이 총사령관을 역임하며 스페인 지배에 저항해 독립운동을 주도했다. 1816년 스페인으로부터 독립한 아르헨티나는 한동안 중앙집권파와 내륙의 연방주의파들이 대립하다가 1852년 중앙집권파가 정권을 잡았다. 아르헨티나는 사람보다 소들의 숫자가 더 많다. 지금도 소는 6천만 마리가 넘는데 사람은 5천만 명도 안 된다. 드넓은 땅에 비해 인구가 너무 적어서 아르헨티나 정부는 과감하게 이민자들을 받아들이는 정책을 실시했다. 법학자이자 경제학자이며 음악가이기도 했던 후안 바우띠스따 알베르디Juan Bautista Alberdi(1810-1884)는 '통치는 인구를 늘리는 것이다'라고 주장하며 이민자들에게 문호를 대폭 개방하자고 주장했다. 그가 기초해서 1853년 만들어진 아르헨티나 헌법에 이민 정책이 명기되면서 유럽의 가난한 이민자들을 실은 증기선이 수없이 라 쁠라따 강을 거슬러 들어와 부에노스아이레스 외곽의 보까 항구에 닻을 내렸다. 그 결과 1810년 아르헨티나의 총 인구는 40여 만 명에 불과했지만 120년 뒤인 1930년에는 천만 명을 넘어섰다.

산업혁명으로 구질서가 무너지고 새로운 세계가 만들어지던 역동적인 유럽 대륙에서는 식량 수요가 급증했다. 아르헨티나는 넓고 비옥한 땅에서 생산되는 엄청난 곡물, 풍부한 지하자원, 드넓은 목초지에서 기르는 소떼와 양떼들의 목축산업으로 경제적 호황을 맞으며 세계 5대 경제 부국의 대열에 들어서게 되었다. 당시 얼마나 소가 많았던지 도축을 해서 고기는 버리고 가죽만 가공을 해서 제품을 만들었다는 전설이 아직까지 회자되고 있다. 이민법의 실행으로 1870년대부터 해외 투자와 이민자들이 몰려들었다. 1880년 아르헨티나의 수도로 확정된 부에노스아이레스 시는 1차 대전 전후로 불안해진 수많은 유럽 이민자들을 받아들이면서 급속도로 팽창하며 최고의 황금기를 누렸다. 1913년에 세계에서 여섯번째로 부에노스아이레스에 지하철이 건설되었다. 1920년대의 부에노스아이레스 시민 4명 중 3명은 이민자이거나 이민자와 혈연관계를 갖고 있는 사람들이었다.

대부분의 이민자들은 가난한 남자들이었고 그들은 타향에서의 외로운 생활을 음악과 춤으로 표현했으며, 또한 이성 앞에서 자기의 매력을 발산하는 수단으로 삼았다. 남미 대륙으로 몰려들던 유럽 이민자들은 대부분 경제적으로 곤궁했던 남부 이탈리아, 스페인, 동구권 출신이었고 그들은 부에노스아이레스 동남쪽 외곽의 보까 항구로 몰려들었다. 이민자들은 대부분 선창가 부두와 공업 지구가 만나는 보까 항구에서 일용직 노동자로 생계를 연명해야만 했다. 스페인어로 신체기관인 입을 뜻하는 보까 항구는, 라 쁠라따 강이 대서양을 향해 벌린 거대한 입이다. 강 건너편에는 우루과이의 수도 몬테비데오가 있지만 강이 워낙 넓어서 그 끝이 보이지 않는다.

무역업이 발달하고 있던 당시의 보까 항구 주변에는 신대륙의 풍부한 곡물 등 자연자원과 유럽의 고급 문명이 낳은 산업 제품들을 실어나르는 무역선들이 가득했고 많은 노동력이 필요했다. 또 강을 따라 세워진 조선소 옆에, 아르헨티나에서 가장 품질 좋은 소떼들을 도축하는 도살장과 그 가죽으로 고급 피혁 제품을 만들어 유럽으로 수출하기 위한 피혁 공장이 있었다. 가난하고 못 배운 젊은 이민자들이 가장 쉽게 직업을 구할 수 있는 것은 단순 노역으로 자신의 값싼 노동력을 제공하는 부두 노동자나 도살장의 인부였다. 그들 대부분은 남자였고 따라서 보까 항구 주변에는 육체노동으로 삶을 영위해야 했던 젊은 이민자들과 떠돌이 선원들이 넘쳐났다. 그들의 가난한 주머니를 노리고 도박사들과 사기꾼, 창녀들이 몰려들었다. 자연스럽게 보까 항구 주변에 빈민가 유곽이 형성되었다. 남자들이 압도적으로 많았기 때문에 아르헨티나 정부는 1869년 매춘을 합법화했다. 고향을 떠난 이민자들, 항상 물 위에서 불안정한 삶을 살아야 하는 떠돌이 선원들은, 보까 항구 주변의 유곽에서 술을 마시고 여자를 만났다. 그러나 절대적으로 여자들의 수가 부족했다.

19세기 말 보까 항구는 거대한 문화적 용광로였다. 다양한 언어를 사용하는 다양한 민족들이 뒤섞이기 시작했다. 보까로 몰려들던 대부분의 이민자들은 여자보다는 남자, 중장년층보다는 청년층이 압도적으로 많았기 때문에 남녀 성비는 극도의 불균형을 이루었다. 가장 심할 때는 남녀의 성비가 200 : 1에 가까웠다고 한다. 남자 200명 사이에 여자 한 명이 등장하면 누구나 절세의 미인이 된다. 그녀의 눈빛을 받고 관심을 끌기 위해 시작된 몸짓이 땅고 발생의 시초이다. 그래서 초창기 땅고는 하층민들의 춤, 이성을 유혹하는 춤으로 알려졌다.

지금도 보까 항구에 가면 땅고 발생 초창기의 정서를 오롯이 느낄 수 있다. 보까의 입구로 들어서면 울긋불긋한 원색의 향연이 펼쳐진다. 가난했던 보까 항구 사람들은 페인트를 구하기 힘들어서 선원들이 배에 칠하고 남은 페인트를 선주 몰래 얻어다가 조금씩 집을 칠했다. 배에 칠하는 색들은 대부분 강렬한 원색이었고 그러다보니 대문은 파란색, 지붕은 노란색, 벽은 초록색, 이런 식으로 각 집집마다 울긋불긋 형형색색의 원색들이 불규칙하게 칠해졌다. 이것이 하나의 전통이 되어 지금도 보까 항구는 전 세계 어디에도 없는 강렬한 원색으로 단장된 독특한 형태의 컬러로 꾸며져 있다.

보까 항구에 있는 골목길이라는 뜻의 까미니또Caminito에서는 거리의 화가들이 이젤을 세워놓고 그림을 팔고 있고, 관광객들은 형형색색으로 단장된 이국적인 느낌의 건물을 배경으로 사진을 찍는다. 거리의 레스토랑에 고용된 땅고 댄서들은 레스토랑 문 앞의 작은 사각형 판자 위에서 땅고를 추며 관광객들을 유혹한다. 댄서들과 기념 촬영을 찍으며 돈을 받는 사진사들도 있다. 각종 기념품 가게도 넘쳐난다. 보까 항구의 까미니또 거리는 땅고를 만들고 소비하는 일종의 거대한 땅고 테마 파크다.

유곽에서 태어난 춤, 땅고

자기가 살던 땅을 떠나려는 자들은 불행한 사람들이다. 기득권이 있는 사람들이 자기가 살던 땅을 떠나 낯선 외국으로 삶의 터를 옮기지는 않는다. 이민을 결심하는 유럽인들은 대부분 남자였고 젊은이들이었으며 가난했다. 아메리칸 드림을 꿈꾸며 아일랜드와 이탈리아 등 유럽 대륙의 가난한 젊은이들이 1800년대 중반부터 신대륙을 향해 떠났는데, 대서양을 건넌 상당수가 북아메리카의 중심지인 미국의 뉴욕에 발을 디뎠지만, 남아메리카에 있는 아르헨티나의 수도 부에노스아이레스로 향한 사람들도 많았다. 특히 인구 밀도가 높고 상대적으로 살기 힘들었던 이탈리아의 가난한 젊은이들은, 영어를 쓰는 북아메리카 대신 남아메리카 중에서도 가장 부유한 아르헨티나를 새로운 땅으로 선택했다. 그 첫번째 이유는 언어적 소통이 쉽기 때문이었다. 이탈리아어는 영어와 많이 다르지만 스페인어와는 거의 흡사하다. 이탈리아 이민자들은 별다른 언어 교육을 받지 않아도 3개월 정도만 지나면 스페인어 사용 국가에서 모국어처럼 듣고 말하며 생활할 수 있다. 로마자를 쓰기는 하지만 발음 체계가 영어와 많이 달랐던 이탈리아 이민자들은 언어가 거의 통하지 않는 신대륙 아메리카의 뉴욕 대신, 소통 가능한 스페인어를 쓰는 풍요의 땅 아르헨티나의 부에노스아이레스로 건너갔다.

그러나 아메리칸 드림을 꿈꾸며 도착한 유럽의 젊은 이민자들이 공무원이나 군인, 혹은 무역 회사 운영 등을 통해 아르헨티나 사회의 상층부로 도약해갈 수 있는 통로는 매우 좁았다. 대토지소유제에 의해 아르헨티나의 넓은 농장이나 목초지는 소수의 지주들이 독점하고 있었다. 이민자들은 대도시에서 노동력을 팔아 생계를 유지해야 했고 그들은 활발한 무역업으로 일자리가 많았던 보까 항구 주변으로 몰려들었다. 하층민들의 삶 속에서 다양한 문화와 음악이 창의적 상상력으로 녹아 새롭게 창조된 땅고는, 여성들의 시선을 끌려는 남자들의 치열한 생존 경쟁 과정에서 탄생되었다. 그들은 돌아갈 수 없는 고향에 대한 향수, 낯선 땅에서 받는 이민자들의 설움과 애환을 토해내듯 춤을 추었고, 여성을 유혹하기 위해서 몸으로 언어를 만들어 대화를 시도했다. 그것이 정열의 땅고, 유혹의 땅고를 만들어냈다. 땅고가 갖고 있는 강한 호소력은 바로 이민자들이 갖고 있었던 강렬한 감정과 진정성에서 비롯된 것이다.

땅고는 이민자들의 애환에서 시작되었기 때문에, 핵심에는 정서적 극대화를 통한 육체의 비극적 승화라는 화두가 담겨 있다. 땅고는 화려한 기교와 눈부신 발동작만으로는 본질에 다가갈 수 없다. 땅고는 매우 정서적인 춤이다. 사람과 사람 사이의 커뮤니케이션이 확립되지 못하면 땅고의 진정성을 느낄 수 없다. 인간의 사회성을 기반으로 하는 춤, 직립보행이라는 영장류의 특성을 극대화한 춤이 바로 땅고다.

부유한 삶을 꿈꾸며 유럽에서 신대륙으로 건너온 가난한 이민자들은 대부분 남성들이었다. 그들은 소집단으로 도시를 몰려다녔다. 그런 부류들을 꼼빠드레compadre라고 부른다. 전통적으로 스페인, 포르투갈 등 이베리아 반도나 라틴 아메리카에서는 가족 세례를 받을 때 대부모를 중심으로 형성되는 가족관계에 있는 사람들을 꼼빠드레라고 불렀다. 공동 부모를 둔 후천적 가족관계 집단에서 유래한 꼼빠드레는, 이민자들에 의해 남성 천국이 되었던 부에노스아이레스에서 형성된 남성들끼리의 집단을 가리키는 단어가 되었고 바람둥이, 깡패들이라는 뜻도 포함하고 있었다. 10여 명 미만의 소집단을 꼼빠드리또라고 부르기도 했다. 그들은 머리에 윤기 나는 기름을 바르고 콧수염을 길렀으며 빛나는 구두를 신고 손가락마다 반지를 끼고 칼을 차고 다니면서 남성성을 과시했다. 남성들끼리 몰려다녔기 때문에 때로는 집단적 패싸움도 있었지만 요즘의 조폭과는 개념이 다르다. 폭력을 써서 이권에 개입하는 것이 아니라 집단적 세력 과시, 남성성의 드러냄에 그쳤다. 절대적으로 여성이 부족한 환경 속에서 그들은 이성을 유혹할 특별한 무기가 필요했다. 땅고는 일종의 전쟁이었다. 남성들끼리 손을 맞잡고 걸으며 춤을 추기도 했지만 현란한 발 기술과 화려한 움직임으로 이성들의 관심을 집중시키고 그들과 함께 출 수 있는 필요조건을 충족시키기 위한 목적으로 재미있는 춤 동작들이 만들어졌다. 많은 부두 노동자들이 밀집해 있던 보까 항구 주변에는 사창가가 있었고, 노동자들은 거리의 여성들을 붙잡고 그들을 매혹시키며 감탄사를 연발시킬 수 있는 멋진 동작들을 창조해냈다.

그러나 어떤 수식어를 동원해도 땅고가 이성을 향한 유혹의 몸짓, 부둣가 유곽의 뒷골목을 중심으로 한 퇴폐적 분위기 속에서 시작된 것은 분명하다. 땅고는 냄새나는 사창가 유곽들과 싸구려 술집으로 몰려들던 부둣가 하역 노동자나 선원, 도살장과 피혁 공장 직원 및 도박사, 사기꾼, 술집 여자들의 삶과 애환에서부터 출발했다. 그 속에는 헤어진 여인에 대한 그리움, 자기를 배신하고 친구와 사랑에 빠진 여인에 대한 야속함, 고향을 떠난 이민자들의 뿌리 깊은 향수 등이 혼재된 채 표현되어 있다. 인간 소

가난했던 보까 항구 사람들은 페인트를 구하기 힘들어서 선원들이 배에 칠하고 남은 페인트를 선주 몰래 얻어다가 조금씩 집을 칠했다. 대부분 강렬한 원색들이었다. 그래서 땅고가 발생한 보까 항구의 집들에는 울긋불긋 형형색색의 원색들이 불규칙하게 칠해졌다.

외를 벗어나기 위한 본능적인 몸부림으로, 호소력 있는 육체의 언어로, 현실적 고통을 잊고 삶의 아름다움과 즐거움을 발견하기 위한 유희적 정신으로 재구성된 것이다.

땅고의 확산

19세기 산업혁명의 소용돌이 속에서 고향을 떠난 유럽 이민자들의 애환을 먹고 무럭무럭 자라난 땅고가 유럽 대륙에 전파된 것은 1906년을 전후해서다. 아르헨티나의 해군 연습선 사르미엔또호가 프랑스와 독일 항구에 정박했을 때, 부에노스아이레스의 보까를 출발하면서부터 선원들이 가지고 있던 앙헬 비욜도Angel Villoldo의 〈엘 초클로El Choclo〉와 〈라 모로차La Morocha〉 악보가 항구 주변 카페와 선술집 등으로 흘러들어갔다. 이때부터 음악과 춤이 결합된 형태로 땅고가 유럽에 퍼지기 시작했다. 〈엘 초클로〉는 유럽 대륙에서 울려퍼진 첫번째 땅고 곡이며 초기에 가장 널리 알려진 땅고 곡이다. 유럽 내 인기가 높아지자 1907년에는 작곡가 앙헬 비욜도가 프랑스로 건너가서 활동했고, 또다른 땅고 음악 작곡가였던 알프레드 고비Alfredo Gobbi도 프랑스로 가서 활동했다.

남반구에 있는 부에노스아이레스의 겨울은 7, 8월이다. 부에노스아이레스의 부유한 귀족들은 날씨가 차가워지는 7, 8월에 유럽으로 휴가를 떠난다. 하층민이 추는 천박한 춤이라며 그들이 경멸했던 땅고가 파리를 중심으로 한 유럽의 대도시에서 유행하는 것을 목격한 부에노스아이레스의 상류층들은, 그들이 지금까지 멸시했던 땅고를 역수입해서 받아들이기 시작했다. 1912년 보통선거법이 발효되면서 시민들의 참정권이 대폭 확대되자 땅고는 자유의 새로운 표현 양식이 되었고 땅고를 즐기는 사람들은 더욱 늘어났다. 더 나은 삶을 꿈꾸며 고향을 떠난 이민자들의 가난한 춤이었던 땅고는 이제 보까 항구의 부둣가 유곽을 벗어나 번화한 부에노스아이레스의 도심으로 파고들며 나이트클럽과 극장식 레스토랑에서 공연되면서 시민들의 보편적 문화로 자리잡는다.

　1917년은 땅고 역사에서 매우 의미 있는 해로 기록된다. 까를로스 가르델이 녹음한 가사가 있는 최초의 땅고 노래 〈내 슬픈 밤Mi Noche Triste〉이 라틴 아메리카 대륙 전체에 크게 유행하면서 땅고가 아르헨티나의 국민 음악, 국민 춤이 되는 데 결정적 기여를 한다. 또 같은 해 우루과이의 수도 몬테비데오에서 〈라 꿈파르시따La Cumparsita〉가 녹음되었다. 그러나 〈라 꿈파르시따〉가 지금처럼 유명하게 된 결정적 계기는 마릴린 먼로 때문이다. 1959년 빌리 와일더 감독의 섹스 코미디 〈뜨거운 것이 좋아〉에서 여장 남자 잭 레몬이, 그를 여자로 알고 쫓아다니며 끈질기게 구애하는 늙은 백만장자 브라운과 입에 장미꽃 줄기를 물고 땅고를 추는 장면이 있는데, 그때 나온 음악이 〈라 꿈파르시따〉이다. 젊은 여인으로 위장했지만 키가 큰 잭 레몬이 작은 키의 노인과 손을 잡고 땅고를 추는 장면은 이 영화의 백미이다. 〈뜨거운 것이 좋아〉는 1920년대 금주법 시행 당시를 배경으로 재즈 뮤지션 두 남자 조(토니 커티스)와 제리(잭 레몬)가 우연히 갱단의 살인 사건을 목격하고 갱들의 추격을 피하기 위해 순회공연 중이던 여자 밴드에 여장을 하고 끼어들면서 벌어지는 코미디다. 마릴린 먼로는 밴드의 가수 슈가 역을 맡았다. 골든글로브 작품상, 남녀 주연상(토니 커티스, 마릴린 먼로)을 받았고, 2000년 미국 영화연구소에서 영화 전문가 1,800명에게 설문조사한 '최고의 코미디 영화 100편' 중 1위를 차지했다. 이 영화의 엄청난 성공으로 〈라 꿈파르시따〉 역시 세계적인 히트곡이 되었다. 아직도 많은 사람들이 땅고 하면, 입에 장미꽃 물고 〈라 꿈파르시따〉에 맞춰 게걸음을 걷듯 옆으로 걷는 춤으로 생각하는 것은 이 영화의 강렬한 인상 때문이다.

정통 땅고에서도 많은 악단들이 이른바 〈라 꿈파르시따〉를 연주했지만, 이 음악은 스포츠 댄스로 변형된 콘티넨털 탱고Continental Tango에서 훨씬 자주 쓰인다. 아르헨티나 땅고에서는 밀롱가 중간에 〈라 꿈파르시따〉가 나오는 경우는 거의 없다. 밀롱가가 끝날 때 대부분의 디제이들이 〈라 꿈파르시따〉를 흘려보낸다. 그러면 사람들은 마지막 춤을 추고 집으로 돌아갈 준비를 하는 것이다.

유럽에서 땅고가 대유행하기 시작한 1913년, 그때까지 남녀가 함께 추던 춤은 기껏해야 남자의 손이 여자의 허리에 닿는 정도였다. 그러나 땅고는 남녀의 신체가 마치 한몸처럼 가깝게 연결되어 있고 강렬한 육체의 언어로 그들의 느낌을 표현한다. 본능적 생존을 위한 몸짓이 담겨 있고 삶의 비극적 정서가 내포되어 있다는 점에서 땅고는, 범민족적 보편성을 획득한다. 1920년대 유럽 대륙에서 땅고가 불러일으킨 폭넓은 관심은, 외형적으로는 지금까지 그 어떤 춤에서도 볼 수 없었던 남녀 사이의 관능적 대담함과 자극적 움직임에 기인한 바 크지만, 내면적으로는 숙명적으로 죽음을 향하여 다가가는 삶의 비극적 정서에 밀착된 힘과, 고독한 개인적 존재이면서도 결국 함께 걸을 수밖에 없는 세계―내―존재로서의 사회성이 담겨 있기 때문이다.

땅고는, 아메리칸 드림을 꿈꾸며 고향을 떠나 낯선 타지인 보까 항구의 부둣가에서 힘든 노동과 고향에 대한 향수로 하루하루를 힘들게 살아가던 가난한 이민자들에게는 하나의 탈출구였다. 그것은 이성을 유혹하는 음악이었고 춤이었으며 향수를 달래주는 친구였다. 땅고 리듬 속에는 아르헨티나의 목동 가우초들이 즐기던 음악이나 우루과이의 민속음악, 쿠바의 아바네라가 뒤섞여 있고, 또 땅고의 춤 동작 속에는 보까 항구 주변에서 부두 하역 노동자나 선원으로 살면서 고향을 그리워했던 이민자들의 서러움과 넓은 평원에서 양을 치던 가우초들의 외로움이 흡수되어 있다. 남녀가 손을 잡고 함께 추는 춤이라는 점에서는 다른 라틴 댄스와 일맥상통하지만, 본질적으로 생존을 위한 강렬한 목적의식이 땅고에 담겨 있다는 것이 큰 변별점이다.

땅고는 유럽에서 전통적으로 계승되던 절도 있는 동작의 사교댄스와 만나 조금 과장된 동작으로 변형되었다. 이것을 콘티넨털 탱고라고 부른다. 콘티넨털 탱고는 프랑스를 비롯한 여러 나라의 상류층에서 무도회용 댄스로 환영받았다. 아르헨티나 빈민가에서 태어난 땅고가 우울하고 격렬한 감성을 갖고 있는 것과는 다르게, 화려하며 귀족적인 분위기로 변신한 콘티넨털 탱고는 세련된 춤곡으로서의 형태를 갖추었다. 아르헨티나 정통 땅고에는 이둡고 무거운 음색의 반도네온이 반드시 등장하는 것에 비해, 콘티넨털 탱고는 밝고 화려한 음색의 아코디언을 사용하고 현악기 위주의 부드러운 음색으로 되어 있어서 훨씬 듣기 편하다. 콘티넨털 탱고는 미국으로 건너가면서 힙합 문화와 만나 아메리칸 탱고American Tango로 변형되었다. 무성영화 시대 최고의 할리우드 꽃미남 배우이며 전 세계 여성들을 열광시킨 섹스 심볼, 이탈리아 출신의 루돌프 발렌티노가 탱고를 추면서 '발렌티노 탱고'라는 이름으로 유행을 주도하였다.

〈무한도전〉이라든가 〈댄싱 위드 스타〉 같은 TV 프로그램에서 보는 탱고는 춤으로써 신체 건강을 도모하기 위해 스포츠로 개량화된 콘티넨털 탱고다. 이것이 라틴 5종목, 모던 5종목, 총 10종목으로 구성된 스포츠 댄스 안의 모던 탱고로 흡수되었다. 신체 기관의 활동성을 강화시키고 스포츠로서의 효과를 갖는 스포츠 댄스의 모던 탱고와는 달리, 정통 아르헨티나 땅고는 깊고 그윽하며 미학적이고 예술적이면서 동시에 아름답고 황홀하다. 따라서 우리는 스포츠로 변형된 콘티넨털 Tango는 '탱고'로, 정통 아르헨티나 Tango는 '땅고'로 구분하는 게 좋다.

땅고의 황금시대

1930년대 중반부터 1950년대 중반까지 약 20년간을 땅고의 황금시대, 이른바 골든 에이지Golden Age라고 부른다.(『땅고용어사전』 등을 펴낸 땅고 학자 구스타보 벤세끄리 사바Gustavo Benzecry Saba는 그의 책 『The Quest for the Embrace: The History of the Tango Dance 1800-1983』에서 땅고의 역사를 8개의 파트로 세분하고 있는데 그중에서 땅고의 골든 에이지는 1940-1960년대로 구분하고 있다.) 1917년 '미 노체 뜨리스떼'의 성공 이후, 까를로스 가르델의 폭발적 인기에 힘입어 땅고 깐시온Tango Cancion 시대가 도래했다. 수많은 가수들이 땅고 노래를 취입했으며 땅고 춤이 센트로 한복판의 클럽과 극장으로 진출해서 유행하기 시작했다. 다양한 땅고 악단들이 만들어지고 연주 활동이 활발해졌다. 프란시스꼬 까나로Francisco Canaro, 오스발도 프레세도, 훌리오 데 까로 등의 오케스트라들은 대부분 반도네온 2대, 바이올린 2대, 피아노 1대, 더블베이스 1대를 기본으로 하는 6인조 편성으로 되어 있었다. 이것을 6인조 악단이라고 해서 섹스떼또Sexteto 혹은 기본 편성이라고 해서 오르께스뜨라 띠피까Orquestra Tipica라고 부른다. 그들은 밀롱가를 흥겹게 하는 일등공신이었지만 작은 카페에서 연주하거나 무성영화의 반주를 하거나 라디오 방송 혹은 축제 무도회 등에서 연주 활동을 하며 수입을 얻었다. 또 유럽에서 땅고의 인기가 급상승되면서 해외 공연도 자주 갖게 되었다.

1925년 프란시스꼬 까나로와 그의 단원들은 아르헨티나 드넓은 초원, 빰빠라고 불리던 곳의 목동이었던 가우초 복장을 하고 파리 무대에 섰다. 유럽인들의 흥미를 이끌어낸 마케팅의 성공으로 땅고는 유럽에서도 대중문화의 한복판에 자리잡았다. 산업 자본이 땅고로 유입되면서 훨씬 풍요로운 환경이 만들어졌다. 1926년 녹음된 에드가르도 도나또의 〈불꽃〉, 프란시스꼬 까나로의 〈가우초의 탄식〉 〈최후의 타잔〉 같은 노래는 그 이전보다 진일보된 녹음 기술을 이용하여 훨씬 선명하고 입체적인 음질로 대중들의 인기를 끌었다.

땅고 오케스트라의 위기는 엉뚱한 데서 왔다. 대부분의 영세한 땅고 악단들은 무성영화가 극장에서 상영될 때 오케스트라 반주를 하는 것이 주

수입원이었다. 그러나 1927년 토키가 개발되고 최초의 유성영화 〈재즈 싱어〉가 등장한 뒤부터는 경제적 궁핍에 시달려야 했다. 1930년대부터 세계 영화 시장은 무성영화 대신 유성영화가 흐름을 주도했고, 기존의 악단들은 설 자리를 잃기 시작했다. 더구나 유럽 대륙에서도 큰 인기를 끌었던 땅고의 황제 까를로스 가르델이 1935년 6월 24일, 순회공연을 위해 콜롬비아로 가던 중 비행기 충돌로 사망하면서 슈퍼스타를 잃는 곤경에 처하게 되었다.

그러나 까를로스 가르델의 공백을 메울 정도로 프란시스꼬 까나로 악단 등이 활발하게 활동하면서 땅고 황금시대의 금맥을 이어갔다. 특히 까나로 악단에서 독립한 후안 다리엔쏘Juan D'arienzo는 악기 편성이나 연주 스타일에서 새로운 변화를 시도했고 여기에 동참하는 젊은 세력들이 등장하면서 땅고는 훨씬 더 문화적으로 풍부한 상품을 생산해냈다. 아니발 뜨로일로Anibal Troilo, 오스발도 뿌글리에쎄Osvaldo Pugliese 등의 연주가와 작곡가들이 1930년대 중반부터 1940년대 초반 사이에 데뷔하면서 땅고의 새로운 바람을 일으켰다.

바이올리니스트였던 다리엔쏘는 1935년경부터 연주를 그만두고 작곡과 자신의 오케스트라를 지휘하는 데 전념했다. 다리엔쏘 악단의 피아니스트였던 로돌포 비아지Rodolfo Biagi는 독립해서 자신의 악단을 만들었는데 다리엔쏘 악단의 스타카토 강한 특성을 극대화해서, 까를로스 디 사를리의 부드럽고 유장하며 여성적인 리듬과 반대되는 힘 있고 빠른 남성적 리듬을 만들어냈다.

수많은 땅고 오케스트라가 만들어졌고 수천 곡의 땅고 음악이 생산되었으며 땅고 바는 매일 수많은 사람들로 넘쳐났다. 땅고는 아르헨티나의 국민 춤이 되었고, 국민 음악이 되었다. 유럽 대륙에서도 파리를 중심으로 보급된 땅고는 대륙 전역에 퍼지면서 핀란드의 국민 춤이 되었고 일부는 아시아의 국제도시인 상하이까지 흘러들어왔다. 그리고 도쿄를 거쳐 일제강점기의 경성에까지 도달했을 것이라고 짐작된다. 현빈과 함께 〈만추〉에 출연하면서 김태용 감독과 인연을 맺고 부부가 된 탕웨이의 데뷔작인 이안 감독의 영화 〈색.계〉에도, 땅고가 등장한다. 일본군 앞잡이 노릇을 하던 중국 정보대장을 암살하기 위해 대학생 레지스탕스들이 거사계획을 세우던 사이, 그들이 긴장감을 해소하기 위해 추던 춤이 바로 땅고다.

1939년 제2차 세계 대전이 발발하자 전란을 피해 많은 사람들이 유럽 대륙에서 아르헨티나로 건너왔다. 유럽 대륙은 전란 속에 휩싸였으나 부에노스아이레스의 땅고 바는 늘 수많은 사람들로 흥청거렸다. 1945년 세계 대전이 종식되면서 세계 최대의 곡물 생산국 중 하나로 막대한 부를 누렸던 아르헨티나는 새롭게 재편되는 세계 질서 속에서 능동적으로 변화하지 못했다. 아직 번영의 잔영이 남아 있기는 했지만 국가 경제는 서서히 내리막길로 들어서게 되었다. 하지만 땅고의 황금시대가 끝나고 쇠퇴하게 된 결정적 이유는 아르헨티나의 군사정권 때문이다. 1950년대 중반 보수 우파와 군부 세력은 페론 대통령의 사회당 정권에 대항해서 쿠데타를 일으켰다. 이때부터 정치적 혼란이 시작되었다. 군부 세력과 페론 세력은 집권했다가 실각하고 다시 쿠데타를 일으키는 것을 반복하며 아르헨티나 정국을 혼란으로 몰고 갔다.

페론과 에비타의 시절은 땅고의 시대였다. 1946년 후안 페론의 사회당 정부가 정권을 잡은 후 하층민들을 위한 복지 정책이 펼쳐졌다. 영화 〈에비타Evita〉 속에서 에비타 역의 마돈나가 열창했던 〈돈 크라이 포 미 아르헨티나〉처럼, 민족주의자인 페론 정권은 노동자와 농민을 위한 과감한 정책을 실시했고 땅고 클럽도 흥청거렸다. 페론 정부는 라디오 방송에 쿼터제를 도입해 외국 음악을 제한하고 아르헨티나 음악을 장려했다. 땅고는 정치적으로는 곧 민족주의자인 페론주의를 의미했다. 극단적으로 말하자면 땅고를 춘다는 것은 나는 페론주의자라는 것을 육체적으로 표현하는 것이었다.

1955년 기득권 세력과 보수 세력의 지원을 등에 업고 일어난 군사 쿠데타로 페론이 축출되면서 땅고의 황금기도 끝난다. 이후 아르헨티나에서는 30년 가까이 군사정권이 지속되면서 세 명 이상의 집회가 금지되었고 페론의 민족주의가 육성시킨 땅고는 더욱 엄격히 탄압되었다. 군사정권은 땅고를 압박하기 위해 오히려 로큰롤 뮤직 등 미국과 유럽의 음악을 수입하고 장려했다. 땅고는 대중문화가 아니라 체제에 저항하는 상징이었고, 박해받는 언더그라운드 문화가 되었다. 상당수의 땅고 아티스트들이 군사정권의 블랙리스트에 올랐고 페론주의자라는 혐의에 몰려 투옥되었다.

페론은 망명했다가 해외에서 자신의 추종자들을 능수능란하게 원격조정하며 1973년 재집권에 성공하면서 금의환향했으나 1974년에 죽고, 그의 세번째 부인이자 부통령이었던 이사벨 페론이 대통령 자리에 올랐다가 다시 군사 쿠데타로 쫓겨난다. 그리고 긴 군사정권의 시대가 시작되었다. 특히 1976년부터 1983년 사이의 7년은 아르헨티나 역사상 가장 무서운 암흑기로 기억된다. 군부는 정권 안정을 위해 계엄령을 발동해서 무서운 공포정치를 펼쳤다. 3인 이상 집회가 원칙적으로 금지되었다. 민족주의자 페론 대통령이 장려했던 아르헨티나 땅고, 아르헨티나 삼바, 차카레라 같은 춤보다는 록 뮤직이나 디스코 음악과 춤이 거리를 점령했다. 정치적 억압과 갈등 속에서 땅고를 사랑하면 페론주의자가 아닌가 의심받았다. 정부를 욕했다가 쥐도 새도 모르게 사라지는 사람들이 늘어났고 어떤 사람은 의문의 변사체로 발견되기도 했다. 사람들은 타인과의 의사소통에 제한을 받기 시작했으며 땅고 오케스트라들의 활동이 줄어들고 밀롱가가 문을 닫기 시작했다. 그 시절 군사정부에서 인정한 반체제 인사 실종 사망자만 13,000여 명이다. 실제로는 3만 여명이 넘는다는 주장도 있다. 그러므로 1974년 해외에서 발표된 아스또르 피아졸라의 〈리베르땅고Libertango〉는 매우 특별한 곡이다. 그 속에는 아르헨티나 군사정권의 폭력적 억압 속에서 고통받고 있는 조국에 대한 피아졸라의 뜨거운 사랑이 담겨 있으며, 자유를 향한 강렬한 열망이 표출되어 있다. 땅고가 모든 억압적 체제와 폭력적 세계에 저항하는 상징적 춤이 된 것은 〈리베르땅고〉가 갖고 있는 영향 때문이다.

땅고 데이Tango Day

1977년 아르헨티나 정부는 땅고인들의 오랜 청원을 받아들여 12월 11일을 땅고의 날로 제정하고 국경일로 공표했다. 12월 11일은 땅고의 황제 까를로스 가르델의 생일이고 1920년대 중요한 땅고 악단의 리더였던 훌리오 데 까로의 생일이기도 하다. 매년 12월 11일이 되면 부에노스아이레스에서는 땅고의 날을 기념하는 성대한 잔치가 열린다. 나는 지난 2012년부터 한국에서도 땅고 추는 사람들이 모여 땅고의 날을 기념하자고 제의했고, 2015년부터 사단법인 한국아르헨티나땅고협회에서 땅고의 날 기념행사를 실시하고 있다.

땅고 르네상스

땅고의 암흑기에 땅고는 힘들게 명맥을 유지했다. 세상이 어둡고 공포스러운데 음주가무를 즐길 수가 없는 것이다. 부에노스아이레스의 거리에는 땅고 음악보다는 로큰롤 음악이 더 많이 흘러나왔다. 하지만 1950년대 후반 문을 연 현대 미술관Buenos Aires Museum of Modern Art을 중심으로 예술가들이 모여들기 시작했다. 그 속에는 땅고 뮤지션들과 댄서들도 포함되어 있었다. 젊은 댄서들은 보헤미안적 분위기를 유지하고 있던 산뗄모의 오래된 카페와 클럽 등을 중심으로 활동했다. 땅고 가수 에드문도 리베로가 식료품점을 개조해서 1969년 문을 연 음악 클럽 엘 비에호 알마센El Viejo Almacén은 산뗄모를 상징하는 땅고 클럽이 되었다.

각종 경제 정책의 실패와 억압적 통치로 국민들에게서 신뢰를 받지 못한 군부는 인기를 만회하기 위해 1982년 아르헨티나 남단의 포클랜드 섬을 갑자기 침공한다. 포클랜드 섬은 원래 아르헨티나 영토였으나 영국이 실효적 지배를 주장하며 점령하고 있었다. 아르헨티나는 1816년 스페인으로부터 독립하면서 포클랜드의 영유권도 넘겨받았다고 주장하지만, 영국은 1833년 이후 실효적 지배권을 내세우고 있었다. 1982년 아르헨티나 군사정권이 포클랜드를 갑자기 점령한 후 74일간 전쟁을 벌였고, 전쟁에서 승리한 영국이 지금까지 포클랜드를 지배하고 있다. 포클랜드 자치정부가 2013년 3월 영국령으로 계속 남을 것인지를 묻는 주민투표를 실시한 결과, 영국령으로 잔류하자는 주민들의 의견이 98.8%에 달했다. 그러나 아르헨티나 정부는 포클랜드 주민투표의 법적 효력을 부인하면서 결과를 인정하지 않고 여전히 포클랜드가 아르헨티나 영토라고 주장하고 있다.

군부가 영국과의 포클랜드 섬 전투에서 패한 후 아르헨티나 국민들의 반발은 폭동 수준으로 들끓었다. 결국 군부가 1983년 민정 이양을 선언하면서 아르헨티나는 민주화되었다. 그리고 땅고 르네상스가 시작되었다. 군부 독재 아래서 시행되었던 3인 이상 집회 금지의 칙령 때문에 30여 년 동안 제대로 땅고를 즐기지 못했던 사람들은 다시 춤을 추기 시작했다. 예전과 달라진 새로운 감각의 땅고가 등장했고, 후안 까를로스 꼬뻬스Juan Carlos Copes는 파트너인 마리아 니에베스Maria Nieves와 함께 기존의 전통 땅고 음악에 땅고와 발레, 재즈댄스 등을 결합하여 1983년 〈땅고 아르헨티노〉라는 뮤지컬 공연을 기획, 안무해서 무대에 올렸다. 이 작품의 엄청난 성공은 그동안 서구 세계에서 잊혀갔던 땅고를 부활시켰다. 〈땅고 아르헨티노〉는 10여 년 넘게 남미 대륙은 물론 유럽, 미국의 브로드웨이, 일본 등까지 진출하며 다시 한번 세계적으로 땅고 붐을 일으키는 데 결정적 기여를 한다. 무대 공연에서 파생된 판타지아 스타일의 땅고가 유행했고, 또 솔로 땅고Solo Tango라는 유선방송국에 의해 24시간 땅고 음악만 방송하는 라디오 방송국 채널 FM Tango 등도 만들어지고 황금시대의 땅고 음악들은 카세트테이프로, 시디로 재제작되었다.

〈땅고 아르헨티노〉의 놀라운 성공은 부에노스아이레스 땅고계의 밑바닥 정서를 크게 흔들었다. 땅고가 세계무대에서 다시 통할 수 있다는 자신감을 그들에게 안겨주었다. 아르헨티나가 민주화되면서 1990년대에 잠깐 경제가 발전하고 사회가 안정되던 시기와 맞물려 땅고는 오랜 침묵에서 벗어나 기지개를 켜고 다시 꿈틀거렸다. 사람들은 군부 독재의 두려움에서 벗어나 춤을 추기 시작했다. 그러나 예전과 똑같은 춤은 아니었다. 이미 삶이 변하기 시작한 것이다. 모든 문화는 그 시대의 토양을 먹고 성장한다. 땅고 역시 마찬가지다. 군부 독재의 억압에서 풀려난 사람들은 두 가지 상반된 스타일로 땅고를 즐겼다. 하나는 땅고 밀롱게로 스타일이다. 민주화 이후 수많은 사람들이 밀롱가로 쏟아지면서 춤을 출 수 있는 공간이 비좁았다. 아브라쏘를 하고 추던 전통적인 땅고 살론보다 남녀의 가슴이 더 밀착되었다. 좁은 공간에서 작은 스텝으로 땅고를 즐기는 땅고 밀롱게로 스타일이 유행하기 시작했다. 다른 하나는 땅고 누에보 스타일이다. 억압에서 풀려난 해방감과 새롭게 만들어지는 피아졸라의 누에보 땅고 음악의 영향으로, 남녀 사이의 공간을 폭넓게 확보하고 두 사람의 역동적 움직임으로 다양한 형태의 동작을 창조하는 땅고 누에보 스타일이 등장했다. 파블로 베론, 구스타보 니베이라, 파비안 살라스 등이 땅고 누에보의 핵심 댄서들이었다.

2000년대 들어서면서 전 세계의 각 도시에 수많은 땅고 페스티벌이 생겨났다. 일렉트로닉 사운드에 땅고 리듬을 접목한 고탄 프로젝트Gotan

Project의 앨범이 세계적인 히트를 하며 일렉트로닉 땅고 음악 붐을 일으켰다. 특히 유럽에서는 일렉트로닉 땅고 음악과 함께 땅고 누에보 스타일이 밀롱가를 휩쓸기 시작했다. 치솟는 땅고 누에보의 인기를 바탕으로 아르헨티나에서도 파비안 살라스에 의해 1998년부터 대규모 땅고 페스티벌 CITA가 만들어져 큰 관심을 모았다. 그러나 아르헨티나는 2002년 경제 위기로 2주 동안 무려 세 명의 대통령이 바뀌는 초유의 사태가 벌어지면서 디폴트, 즉 국가 부도를 선언한다. 부정부패에 의한 경제적 침체는 계속되고, 국민들의 사기는 땅에 떨어졌다. 많은 댄서들이 유럽이나 미국으로 삶의 터전을 옮기기 시작했다.

아르헨티나 정부는 2003년 문화를 통한 국민들의 사기 진작을 위해 땅고를 국가적 관광 산업으로 육성하기로 결정한다. 그리고 세계 각지에서 예선 대회를 거쳐 매년 8월 부에노스아이레스에서 세계 땅고 대회를 개최한다. 이른바 문디알 데 땅고Mundial de Tango가 출발하게 된 것이다. 당시 아르헨티나 문화부 장관이 아이디어를 내서 정치적 혼란과 경제적 위기로 실의에 빠진 아르헨티나 국민들에게 문화를 통해 자긍심을 불러일으키려고 한 것이다. 아르헨티나의 대표적 문화라면 물론 땅고다. 그러나 정치적으로 해석하면, 세계 땅고 대회를 개최해서 대중들의 관심을 그쪽으로 유도함으로써 기득권층을 향하던 대중들의 불만을 누그러뜨리고 정치적 무관심을 조장하며 현실 도피를 일으키려는 의도도 있었던 것이 사실이다.

현대 정치에서 말하는 통치술의 3S(Sex, Sports, Screen)를 절묘하게 활용한 사례는 많다. 박정희 정권 당시 10월 유신으로 대중들의 불만이 최

문민정부가 들어서면서 땅고는 오랜 침묵에서 벗어나 기지개를 켜고 다시 꿈틀거렸다. 사람들은 군부 독재의 두려움에서 벗어나 땅고를 추기 시작했다. 피아졸라의 명곡 〈리베르땅고〉는 그런 분위기를 예감하며 탄생한 곡이다.

고조에 이를 때 예정에 없던 한일 친선 축구 대회가 동대문운동장에서 개최되었다. 또 아시아 각국의 축구팀을 서울로 불러들여 막대한 우승 상금을 놓고 각축을 벌이는 박스컵이 만들어졌다. 전두환 정권 당시 프로축구와 프로야구가 출발했고 1980년대 초반 검열의 완화로 통치술의 3S 중 섹스와 스크린이 결합된 벗기기 영화들이 쏟아져나왔다. 〈앵무새 몸으로 울었다〉(1981년, 정진우 감독), 〈뻐꾸기도 밤에 우는가〉(1981년, 정진우 감독), 〈여인잔혹사 물레야 물레야〉(1984년, 이두용 감독), 〈무릎과 무릎 사이〉(1984년, 이장호 감독), 〈어우동〉(1985년, 이장호 감독), 〈내시〉(1986년, 이두용 감독), 〈씨받이〉(1987년, 임권택 감독), 〈여왕벌〉(1986년, 이원세 감독), 또 1988년 이후 시리즈로 6편까지 나왔던 〈매춘〉(1988년, 유진선 감독), 이두용 감독의 〈뽕〉(1986년) 시리즈처럼 토속 에로물이나 자극적 성을 소재로 한 영화들이 양산되었던 것도 자극적인 문화를 통한 대중들의 정치적 무관심을 유도하려는 군부정권의 고도의 정치 전략과 무관하지 않다. 대중들과 친밀도가 높은 토속적 민족적 소재들이 각광받았다.

땅고는 3S, 즉 섹스나 스포츠, 스크린에 직접적으로 해당된다고 볼 수는 없지만 그 모든 것의 특징적인 부분들이 집결되어 있는 총체적인 문화라고 볼 수 있다. 아르헨티나를 상징하는 가장 민족적인 춤이고 음악이며 대중적 문화인 땅고는, 남녀 사이의 긴장감에서 파생되는 성적인 관능성과 춤이 갖고 있는 스포츠 이상의 높은 몰입도, 지켜보는 것만으로도 엔도르핀이 도는 짜릿한 자극 등 3S의 핵심적 요소를 총망라하고 있다. 대중들의 관심도가 높은 땅고의 부흥을 통해 정치적 위기에서 탈출해보고자 한 집권 세력의 의도가 문디알 때 땅고 개최에 어느 정도는 영향을 미쳤다고 볼 수 있다.

전두환 정권의 철권통치가 정점에 달했던 1985년 개봉한 이장호 감독의 〈어우동〉은 내가 여성의 올 누드를 스크린에서 본 최초의 영화였다. 〈어우동〉은 남성 위주의 억압적 가부장제 사회에서 여성이 자신의 몸을 무기로 체제에 강렬하게 저항한다는 사회적 의식이 강한 작품이다. 어우동 역의 이보희는 임금과 함께 야외 나들이 간 장면에서 올 누드를 선보인다. 옷을 다 벗고 올 누드가 된 어우동은 자신의 어깨 위로 술을 따른다. 몸을 따라 발끝까지 술이 흘러내리자 어우동은 발을 들어 임금 앞에 내민다. 그리고 "영감, 이 특별한 잔 받으시와요"라고 말한다. 자신의 알몸 전체를 하나의 술잔으로 사용하여 지엄한 상감마마를 개처럼 엎드리게 하고 자신의 발끝에 떨어지는 술을 마시게 만드는 파격적인 신이다. 이보희의 8등신 알몸이 등장하는 2초 정도의 신이 단성사 큰 스크린에서 펼쳐질 때 극장 안은 숨 막힐 정도로 팽팽한 긴장감이 흘렀다. 정치적 목적으로 벗기기 영화가 양산되었지만 의식 있는 감독들은 예술적 표현의 확대를 위한 좋은 기회로 그것을 활용했다.

부에노스아이레스 시 주최로 2003년부터 매년 8월 개최되고 있는 세계 땅고 대회는, 세계적으로 불고 있던 땅고의 제2차 황금시대와 함께 커다란 주목을 받았다. 경제 정책 실패 때문에 아르헨티나는 대외적으로 국가 부도라는 최악의 상황에 직면했고 대내적으로는 체제 전복의 위기 직전까지 도달하게 되었지만, 세계 땅고 대회는 부에노스아이레스의 분위기를 바꿔놓았다. 세계 각지에서 땅고를 추기 위해 수많은 땅게로스들이 부에노스아이레스를 방문하기 시작했고 밀롱가를 찾는 해외 관광객들이 늘

어났으며 땅고 댄서들과 음악가들에게 스포트라이트가 비춰지기 시작했
다. 세계 땅고 대회는 아르헨티나의 문화적 상징인 땅고를 통해 대중들의
관심을 분산시키고 다른 곳으로 유도하려는 정치적 전략이 숨어 있다고
해도, 결과적으로는 2000년대 초반 이후 세계적으로 다시 땅고 붐을 폭발
시키는 계기가 되었다.

●
●
춤의 공간 이동

춤추고 싶은 욕망

일상적 걷기에서 비일상적 춤으로 넘어가는 경계에 무엇이 있는가? 회오리바람처럼, 우리의 가슴속 저 깊은 밑바닥에서부터 꿈틀거리며 솟구쳐 올라오는 그 무엇이 우리의 팔과 다리를 움직이게 하고 몸을 비틀게 만들며 공중으로 뛰어오르게 한다. 그 힘은 외부에서도 오지만, 대부분의 춤추고 싶은 욕망과 에너지는 내적 충동에 의한 것이다. 외부에서부터 작용하는 에너지도 내면의 반응이 없으면 무의미하다. 거리의 스피커에서 흘러나오는 음악이나 저녁 지평선을 장엄하게 물들이는 붉은 노을, 새벽 강 위로 피어오르는 물안개와 은비늘 번쩍이며 뛰어오르는 물고기를 보며 아름답다고 느낄 수는 있다. 그러나 외적 세계는 내면에 부딪치며 반응을 일으킬 때 우리의 영혼과 육체에 흔적을 남긴다. 음악을 들으며 춤추는 사람도 있지만, 바로 옆에서도 아무런 감흥을 못 느끼는 사람도 있다. 중요한 것은 세계를 바라보는 내면의 시선이다.

미치도록 춤추고 싶은 충동에 사로잡히는 순간, 우리는 삶의 비일상적 영역으로 이동한다. 이성적 사고에 의해, 사회적 관습에 의해, 억눌려 있던 것들은 춤과 음악에 의해 해방되며 육체를 통해 진정성 있게 표현된다. 박제되어 있던 우리들의 감성은 춤과 음악을 만나 원형 그대로 표출된다. 타인의 외적 시선을 의식하며 만들어지는 육체의 동작은 거짓 장식에 지나지 않는다. 조금 서툴고 조금 미학적으로 다듬어지지 않았다고 해도 내면의 진정성을 바탕으로 육체가 움직일 때 다른 사람을 감동시킬 수 있다.

춤은, 일상적 걷기에서 벗어나 순식간에 비일상의 영역 안으로 우리를 들어가게 해서 일상적 걷기와는 또다른 특별한 움직임을 만들어낸다. 춤은 스포츠가 아니다. 스포츠 댄스는 신체를 건강하게 만들기 위해 댄스를 활용하여 스포츠화된 것이다. 즉 댄스보다는 스포츠에 방점이 찍혀야 한다. 모든 춤은 불온하다. 그것은 일상적 관습으로부터, 낡은 체제의 억압으로부터 벗어나려는 속성을 갖고 있다. 춤은 일상으로부터 벗어난 비일상의 영역을 지향하며, 관습과 억압을 벗어나 자유와 해방을 추구한다. 그렇다면 말과 글이 아닌, 육체의 언어로 자신을 표현하고 속박의 굴레로부터 벗어나고 싶어하는 욕망은 어디에서 기인하는 것일까? 그 기저에는 무엇이 숨겨져 있는가? 그리고 그 많은 춤 중에서 왜 우리는 땅고를 선택했는가?

춤의 기원

춤의 시작은 수렵과 채집 등으로 생명을 영위했던 고대 인류의 발생과 궤를 같이한다. 춤을 비롯한 예술의 기원에는 여러 가지 설이 있는데 유희설과 노동설, 제의설이 그것이다. 유희설은, 만족스럽게 사냥을 끝낸 사람들이 즐겁게 먹고 놀면서 자연발생적으로 즐거움을 표현한 것이 색채로, 몸의 움직임으로, 소리로, 언어로 표현되었는데 거기에서부터 그림이나 춤, 음악, 시가 발생되었다는 것이다. 중국의 역사서인 『삼국지 위지 동이전』의 기록에서도 알 수 있듯이, 예로부터 가무를 즐기는 것으로 유명했던 우리 선조들도 노래를 부르고 춤을 즐겼으며 이것을 시나 그림으로 남겼다. 노동설은 우리 선조들이 모내기를 할 때나 물레를 돌릴 때 힘을 내기 위해 노래를 불렀던 것처럼, 고대 인류들이 힘든 생업을 하는 과정에서 춤의 예술적 창조 작업이 이루어졌다는 것이다.

제의설은, 거대한 자연 속에서 왜소하고 연약한 인간이 풍성한 삶을 기대하며 자신과 부족의 안녕을 신에게 기원하는 과정에서 예술 발생의 시초가 이루어졌다는 것이다. 들소 사냥을 나가기 전 풍성한 사냥을 기대하며 창에 찔려 쓰러진 수많은 들소를 그리던 고대 인류의 내면에는, 위험하고 힘든 사냥을 떠나기 전의 불안감을 극복할 수 있는 주술적 힘을 얻기 위한 목적이 담겨져 있었을 것이다. 사냥을 떠나기 전날, 돌도끼나 돌화살 등 변변치 않은 무기로 거대한 들소와 싸워야 하는 불안함을 떨쳐버리고 용기를 얻기 위해 고대인들은 신에게 시를 바치고 노래를 부르며 안녕을 기원했다. 이런 제의적 행위를 통해서 예술의 시초가 이루어졌다고 주장하는 것이 제의설인데, 나는 춤 역시 이런 제의적 과정을 통해 기초적 뼈대가 만들어졌다고 생각한다.

실제로 스페인의 알타미라 동굴 벽화나 프랑스의 로스코 동굴 벽화에는 고대인들의 창에 맞아 쓰러진 들소나 사슴, 매머드 무리를 비롯해서 수많은 상징적 기호들이 그려져 있다. 우리 민족도 예외는 아니다. 중국 길림성 집안 현에 있는 고구려 시대의 고분인 무용총 내부에는 서쪽에는 무용도가, 동쪽에는 수렵도가 그려져 있다. 특히 서쪽 벽에 그려진 무용도에는 손을 덮을 정도의 긴 소매 옷을 입은 14명의 남녀가 줄을 지어 춤을 추고 있는 것을 볼 수 있다. 남자들은 상의와 하의 두 벌로 구성된 옷을 입고 있고, 여자들은 어깨부터 발끝까지 내려오는 긴 원피스를 입고 있다. 요즘 식으로 표현하자면, 땡땡이 무늬가 있는 두 개의 컬러가 상하의로 나뉘져 있어서 그들이 춤을 추기 위한 일종의 예복을 입고 있다는 것을 짐작할 수 있다. 그래서 이 고분을 무용총이라 부른다. 무용총 벽화에서처럼 춤추는 사람들의 모습을 우리 역사 속에서는 흔하게 찾아볼 수 있다.

그러나 춤이나 음악, 시와 같은 예술의 기원을 노동설이나 유희설, 제의설로 꼭 나누어 생각할 필요는 없다. 노동 속에 유희가 있고 유희 속에 노동이 있다. 그것이 제의와 연결될 수도 있다. 신과 인간을 연결하는 샤먼들이 접신의 상태에 도달하기까지 가장 중요한 역할을 하는 것이 춤이다. 그들은 춤을 통해 조금씩 인간에서 신의 영역 가까이로 이동한다. 춤의 놀입은 일상적 상대를 벗어난 초월적 힘을 생성시킨다.

춤은 인간의 본능이다. 정형화된 길에서 벗어나 몸을 움직이고 싶은 욕망, 한순간의 회오리바람 같은 몸짓으로 삶을 표현하고 싶은 욕구는 어느 시대, 누구에게나 있다. 하지만 인류 역사에서 춤이 꼭 밝은 대로 한복판만을 걸었던 것은 아니다. 어느 시대에는 춤추는 것이 불온한 것이었고, 또 누군가에게는 사악한 개인적 표현이었으며, 어떤 경우에는 이성을 유혹하기 위한 관능적 몸짓이었다.

남자의 춤이 문제가 된 적은 거의 없다. 하지만 왜 여자의 춤은 항상 사회적 문제가 되었을까? 그것은 춤이 상징하는 금기의 욕망 때문이다. 이때의 춤은 단순히 육체를 움직여 흔드는 것이 아니라, 당대의 사회적 금기에 도전하는 움직임이다. 신데렐라의 유리 구두는 무도회장에서 멋진 파트너를 만나게 하는 원동력이 되었지만, 동화 『빨간 구두』의 카렌은 춤을 좋아했다는 이유만으로 발목이 잘리는 형벌을 받아야만 했다. 카렌이 품었던 빨간 구두의 욕망에는 허영심뿐만이 아니라 은밀한 성적 호기심도 포함되어 있었다. 빨간 구두가 상징하는 것은, 넘어서는 안 될 금기의 영역, 사회적 금기의 선이 그어진 욕망 저편의 세계였다. 그렇기 때문에 당대의 금기를 넘어서는 욕망을 품은 카렌에게는 발목이 잘리는 형벌이 내린 것이다.

왜 여성에게 춤은 위험한 것일까? 춤은 가장 본능적인 인간의 욕구 중 하나이다. 즐거울 때나 슬플 때나 어떤 감정에 사로잡히면 인간은 본능적으로 자신도 모르게 몸을 움직인다. 그런가 하면 춤은 이성을 유혹하는 가장 자극적인 수단이기도 했다. 종교 의식에도 춤은 포함되어 있다. 때로는 무아지경의 자아도취적인 춤을 통해 인간은 신의 세계와 접신하기도 한다. 무당들이 신과 만나기 직전 격렬하게 몸을 흔드는 과정을 보라. 춤에는 인간 육체의 한계를 초월하려는 열망도 포함되어 있다.

내 초보 시절의 땅고 공연을 동영상으로 찍어 인터넷에 올려놓고 '춤바람 난 영화평론가'라고 누가 제목을 붙여놓았다. 시를 쓰고 영화평론을 하던 사람이 갑자기 자신의 일상에서 벗어나 춤에 몰두하면 이렇게 춤바람 났다고 표현한다. 그것이 갖고 있는 의미는 긍정적이지 않다. 그 사람이 하고 있는 일의 정도에서 벗어나 외도를 하고 있다는 부정적 의미가 담겨 있다. 나는 나에게 묻는다. 춤추는 것이 내 삶의 외도인가? 그리고 그 많은 춤 중에서 왜 땅고인가? 나는 왜 춤추는가?

공간적 장벽의 제거와 춤의 변화

한국에서 근대 춤에 대한 기록은 1905년 11월 3일 매일신보에 언급된 '도무연회'라는 단어가 처음이다. 춤은 '도무'에서 '무도' '무용'으로 시대에 따라 다르게 불렸다. 한국 현대 무용은 최승희에 의해 본격적으로 시작되었고 10여 년 전까지만 해도 전국 55개 대학에서 매년 춤 전공자 2천여 명이 사회에 배출되었으나 최근 각 예고의 무용부, 각 대학의 무용과나 체육과의 무용 전공자 수가 급감하고 있다.

춤추는 것을 무조건 향락적 행위로 보는 시각은 춤에 대한 잘못된 고정관념 때문이다. 대낮 카바레에 장바구니를 맡겨놓고 춤을 추는 유부녀들을 경찰이 단속하던 때가 물론 있었다. 춤 자체보다는, 춤이 매개가 된 불륜으로 가정 파괴가 문제되었기 때문이다. 과연 춤은 일을 방해하는 것인가? 일과 놀이는 삶의 건강한 양대 축이다. 건강하게 놀지 않고 건강하게

왜 여성에게 춤은 위험한 것일까? 춤은 가장 본능적인 인간의 욕구 중 하나이다. 즐거울 때나 슬플 때나 어떤 감정에 사로잡히면 인간은 본능적으로 자신도 모르게 몸을 움직인다.

일할 수는 없다. 춤은 놀이 문화에서도 가장 본능적 행위이다. 알타미라 동굴 벽화에는 고대 원시인들이 들소 사냥을 나가서 거둔 수확의 즐거움이 춤으로 표현되어 있다. 집단적 군무를 통해 정신적 일체감의 희열을 표현한 것이다.

춤은 인간적 교류의 한 형식이다. 그러므로 춤은, 인간적 교류를 일반적으로 규정하는 요소들에 종속되어 있다. 춤이 기존의 인간관계나 사회 체제를 위험하게 만드는가 하는 문제는, 춤을 육체의 관능적 움직임 혹은 억압된 욕망과 금기에 대한 도전의 시각으로 보기 때문에 제기된다. 개발 독재 시대에 춤은, 시간의 낭비요 일을 방해하는 불필요한 소모적 움직임으로 생각되었다. 그러나 건강한 놀이 문화의 중요성이 강조되면서 춤을 통해 삶의 에너지를 찾는 기능이 재인식되고 있다.

춤은 인간적 교류의 일종이면서 동시에 가슴 저 깊은 곳에서 화산처럼 분출되는 생명의 에너지를 싱싱하게 드러낸다. 땅고처럼 자기 표현이 강한 춤도 드물다. 그것이 너무나 강렬하기 때문에 때로 춤은 금기의 영역에 묶여 있기도 한다. 춤의 본질은 그것이 위험한가 그렇지 않은가 하는 종류의 담론과는 거리가 있다. 그런데도 춤을 출 때 발생하는 근원적인 에너지는 기존 체제를 위태롭게 하는 에너지로 발전하기도 한다.

땅고를 추기 위해서는 낯선 사람과 손을 맞잡아야 한다. 나와 마주하는 타인은 사실 또다른 나에 다름아니다. 우리는 아브라쏘를 하면서 우주 속의 텅 빈 어둠과 마주한다. 나와 나 사이에는 음악만 존재한다. 우리는 함께 걸으며 발끝으로 하나의 세계를 설계하고 콘텐츠를 채워넣으며 완성해간다. 그것이 땅고다.

상체의 춤과 하체의 춤

한국인의 춤이 변화하고 있다. 21세기의 한국인은 농경 민족인 정착민에서 유목민으로 변화하고 있다. 정보화 사회의 발달과 함께 문화적, 공간적 장벽이 허물어지면서 우리는 현실 공간이 아닌 사이버 공간에서 더 많은 삶을 살아간다. 디지털 유목민으로 빠르게 진화하고 있는 것이다.

한군데 정착해서 씨를 뿌리고 살아가는 농경 민족의 후예인 우리가 집에 대해 갖는 생각은, 이동을 하며 살아가는 유목민들의 후예인 서양인들과는 많이 다르다. 씨를 뿌리고 그것이 수확될 때까지 한군데 머무르며 기다려야 하는 농경 민족들에게 집은, 단순히 휴식의 공간 이상이다. 그곳은 생존의 공간이다. 사람이 태어나서 집 한 칸 마련하려고 애를 쓰는 것이 평생의 삶이 되어버리는 게 동양적 사고방식이다. 그만큼 농경 민족들에게 집은, 한군데 뿌리박고 살아갈 수 있게 하는 생존의 기본적 원동력을 제공하는 공간이다. 그래서 정착 민족들은 내 집을 만들기 위해 집착한다. 이런 집착이 소유욕을 낳고 집값을 뛰게 하는 부동산 광풍을 불러일으킨다. 그러나 이동하는 사람들에게는 한군데 고정된 집은 오히려 거추장스러운 곳이다. 이동할 때 훨씬 편리한 천막이 더 좋다. 필요할 때 렌트해서, 즉 빌려서 살다가 떠나고 싶을 때 쉽게 떠날 수 있는 서양식 주거 개념이 우리에게는 없었다. 삶의 토대를 이루는 근본 의식이 다르기 때문이다.

디지털 혁명은 산업혁명이 그랬던 것처럼 본질적으로 인류의 삶을 뒤바꿔놓고 있다. 이제 새로운 부와 권력은 정보의 영역에서 창출된다. 디지털 정보 혁명은 소프트웨어 산업을 발전시키면서 창조적 상상력을 가진 사람들이 부를 거머쥐게 만들었다. 퍼스널 컴퓨터의 파워 스위치를 올리고 인터넷에 접속하기만 하면 우리는 거대한 정보를 소유할 수 있다. 하지만 문제는, 얼마나 많은 정보를 획득하느냐에 대한 양적 싸움이 아니라 이미 존재하는 수많은 정보를 어떻게 씨줄 날줄로 얽어서 새로운 정보로 치환시키는가 하는, 정보 읽기의 새로운 시각이다. 파편적이고 때로는 상호 모순적이기까지 한 정보는, 수용자의 능동적 의지에 의해 새롭게 변형되거나 창조적으로 활용되지 못하면 불필요한 쓰레기에 불과하다.

우리의 현재적 삶은 빠른 속도로 전자화되어가고 있다. 속도야말로 디지털 정보 혁명 시대의 키워드이다. 역설적으로 느림의 미학에 대해서 이야기하는 사람들도 있지만, 그것은 아주 짧은 브레이크에 불과하다. 기존의 아날로그 체제 내에서 성장해온 사람들이, 자신의 사고를 새로운 패러다임으로 무장해서 사이버 스페이스의 전자 시민으로 적응한다는 것은 쉬운 일이 아니다. 지시와 복종의 수직적 관료 체제는 창의적 상상력에 의해 자율적으로 움직이는 수평적 민주 체제로 바뀌어야 한다. 국가 권력의 독점적 정보 지배는 더이상 용인되지 않을 것이다. 정보 생산자와 정보 수용자가 확연하게 구별되는 일방향적, 중앙집권적 권위주의의 문화는 이제 발붙일 곳이 없다. 정보 생산자가 곧 정보 수용자가 되고, 다시 정보 수용자가 또다른 정보 생산자로 탈바꿈하는 디지털 문화 시대에는, 쌍방향성에 대한 본질적 이해 없이 생존하기는 힘들다. 서로 대등한 위치에서 정보 생산자와 정보 수용자가 교감하고 서로의 의식을 주고받는 쌍방향성이야말로 디지털 혁명의 핵심이다. 누구나 상호 수평적 위치에서 정보를 발생할 수 있는 쌍방향 소통 관계가, 미래 정보화 사회에서 우리의 삶을 혁명적으로 바꾸어놓는다. 우리는 인류 역사 이래 두 개의 서로 다른 공간에 동시에 발을 들여놓고 살아가는 최초의 존재이다. 우리가 몸을 부대끼며 살아가는 현실 공간과, 사이버의 가상 공간은 각각 서로 다른 자아를 만들어낸다.

농자천하지대본이 뿌리박힌 한국에서 왜 살사나 브레이크 댄스 그리고 땅고가 사람들 사이를 파고들고 있는가? '사랑은 움직이는 것이다'라는 광고 카피처럼 지금 우리들의 삶은 움직이고 있다. 우리는 이제 더이상 농경 민족이 아니다. 우리는 새로운 도시 유목민이다. 땅에 기반을 둔 농경 문화 대신 이동통신의 급격한 발달과 어디서든 접근 가능한 와이어리스 컴퓨터의 사용 등으로 신유목민이 등장하고 있다. 손으로 티브이 채널을 돌리던 예전과 달리 지금은 리모컨으로 채널 서핑을 한다. 순식간에 이 채널 저 채널을 넘나들며 이동한다. 마우스를 움직이며 우리는 어떤 장벽도 부수고 우주를 날아다닌다. 이제 더이상 땅에 붙잡혀 결실이 맺힐 때까지 오랫동안 기다리지 않는다.

춤은 결국 사람이 살고 있는 토양의 가장 밑바닥에서 우러나온다. 한국을 비롯한 동양의 춤은 공통적으로 상체를 이용하는 춤이다. 그것은 한곳에 정착해야만 생존할 수 있는 농경 문화의 전통과 밀접한 관련이 있다. 농경 문화에서는 씨를 뿌리고 수확을 거둘 때까지 그 땅을 떠날 수 없다. 하체는 거대한 대지 위에 붙박여 있는 것이다. 우리의 선조들이 덩실덩실 어깨춤을 추는 것은 그러한 농경 문화의 전통 때문이다. 농경 문화에 바탕을 둔 아시아권의 춤은 상체의 춤이다. 씨를 뿌린 뒤 거둘 때까지 그 땅을 떠날 수 없기 때문에 하체는 고정되어 있다. 모내기철의 논두렁 춤도, 관광버스 춤도 오직 상체만 움직인다. 그래서 춤사위들의 손동작이 매우 화려하다. 말레이시아나 태국, 인도네시아 발리의 춤도 상체를 절묘하게 움직이는 춤이다.

그러나 서양의 춤은 하체의 춤이다. 말을 타고 혹은 텐트를 치며 이곳 저곳을 유랑하는 유목민들은, 한곳에 정착하는 것보다 이동성이 중요하다. 그래서 하체가 발달되어 있다. 넓은 초원에 소떼나 양떼를 방목해서 싱싱한 풀을 먹인 뒤 더이상 먹을 풀이 없어지면 텐트를 거두어 다른 풀밭을 찾아 이동해야만 생존할 수 있다. 그래서 유목민들은 하체의 춤이 발달할 수밖에 없는 구조를 갖고 있다. 라틴 아메리카의 춤들은 대부분 화려한 발동작 위주의 하체 춤이다. 유목민의 후예인 아르헨티나에서 땅고가 발전하거나 중남미에서 살사, 바차타, 맘보 등 하체의 춤이 발달하는 이유가 거기에 있다.

서구 문화는 〈천지창조〉에서 〈최후의 만찬〉에 이르는 수직적 시간에 기초한 기독교적 세계관의 반영이었다. 그러나 디지털 문화는 이러한 수직적 시간관의 종말을 예고한다. 더이상 선형적 세계가 문화 창조에 기여하지는 못할 것이다. 정보 수용자가 곧 정보 생산자로 변할 수 있는 상호작용성에 의해 세계의 불연속성은 증가되고 있다. 한국 문화는 정착민의 문화에서 유목민의 문화로 중심 이동한다. 디지털 정보화 사회가 등장하넌서 이제 동서양 할 것 없이 새로운 유목민들이 등장하고 있다.

이동성이야말로, 한국인의 춤을 상체의 춤에서 하체의 춤으로 바뀌게하는 가장 큰 원동력이다. 그것은 우리 사회가 농경 문화에서 많이 벗어나 있다는 뜻이다. 우리는 더이상 농경 문화에 의지해 살아가는 정착민이 아니라, IT 강국으로서 디지털 유목민의 문화를 만들어가고 있기 때문이다. 이제 우리는 한곳에 정착하는 것보다는 다양한 정보의 바다를 유람한다. 인터넷 웹 서핑을 통해 거대한 세계를 빠른 속도로 훑고 지나간다. 속도는 새로운 시대의 키워드이다. 그래서 하체를 적극적으로 이용한 다양한 춤들이 우리 곁으로 다가오고 있다. 그중에서도 아르헨티나의 대표적 문화 상품인 땅고는 빠른 속도로 우리 일상 속으로 삼투되고 있다.

2006년 세계 주니어 피겨 선수권 대회에서 금메달을 딴 피겨 요정 김연아가 쇼트 프로그램에서 연속 3회전 트리플 루츠를 연기할 때 영화 〈물랑루즈〉 O.S.T에 들어 있는 〈록산느의 땅고〉가 흘러나왔다. 영화 속 땅고라면, 〈여인의 향기〉에서 앞이 잘 보이지 않는 알 파치노가 여행길에서 처음 만난 여인과 땅고를 추는 장면이 생각날 것이다. 이명세 감독의 〈형사〉 남녀 주인공인 강동원과 하지원은 영화를 찍기 위해 땅고를 배웠다. 우아한 몸동작을 위한 감독의 권유 때문이었다. 명계남·성지루·성현아 주연의 〈손님은 왕이다〉 예고편은 땅고 음악의 대부, 피아졸라의 〈리베르땅고〉 일레트로닉스 버전으로 되어 있다. 단편 〈소풍〉으로 칸느 영화제 단편 부문 대상을 받은 송일곤 감독은 〈깃〉에서 매혹적인 땅고를 보여준 바 있다. 송일곤 감독의 〈마법사들〉에서도 땅고 음악은 중요하게 사용된다. 총 94분의 러닝 타임으로 구성된 이 영화는 단 한 개의 컷으로 이루어졌다. 신과 신 사이, 혹은 과거와 현재 사이를 우고 디아즈의 땅고 음악 〈Amurado〉가 연결해준다. 땅고는 비극적 자살로 생을 마감한 주인공의 슬픈 내면을 표출하면서 살아 있는 멤버들의 상처를 드러내는 데 효과적으로 작용한다.

이창동 감독의 영화 〈밀양〉을 보다보면 구슬픈 뽕짝 음악이 흘러나온다. 남편을 잃고 어린 아들과 함께 낯선 땅 밀양에 내려와 새로 삶을 시작하려는 신애(전도연 분)는 그러나 아들이 유괴당한 후 주검으로 발견되자 극도의 절망감에 빠진다. 그녀의 슬픈 운명과 한몸이 되어 우리들의 세포를 열고 다가오는 음악, 아르헨티나 작곡가 크리스티안 바소Christian Basso의 〈Criollo〉라는 곡이다. 그런데 지구 반대편 아르헨티나에서 만들어졌다고는 믿을 수 없을 정도로 너무나 한국적이다.

크리스티안 바소의 데뷔 앨범《PROFANIA》에는 총 17곡이 실려 있다. 그중에서 〈밀양〉의 메인 테마로 쓰인 곡은 〈Criollo〉이다. 〈Payaso Patetico〉나 〈El Amuleto〉는 특히 뼛속 깊이 뽕짝의 피가 흐른다. 땅고는 아르헨티나의 뽕짝이다. 땅고가 유난히 한국적 감성에 맞는 것은 그 서글픈 음조와 비장미가 한의 정서와 맞닿아 있기 때문이다. 전체적으로 뽕짝을 듣는 것 같은 묘한 동질감을 느끼게 되는 이 앨범의 몇몇 곡들은 마치 한국의 토양에서 생성된 듯 우리와 깊은 정서적 교감을 갖는다.

세계 각국의 수많은 춤 중에서도 왜 땅고가 우리 문화 속에 친숙하게 자리잡는가. 그것은 한의 정서 때문이다. 아르헨티나 땅고의 매력은 이민자들의 애환에서 시작된 그 깊은 한의 정서다. 땅고 음악은 삶의 환희보다는 슬픔을 연주한다. 하체를 화려하게 이용한 것 같지만 자세히 보면 상체의 리드에 의해 하체가 움직인다. 지구 반대편에서 생성된 아르헨티나의 땅고가 사이버 스페이스의 발달과 함께 IT 강국으로 떠오른 신유목민의 한국적 감성과 만나면서 빠른 확산이 이뤄지고 있다.

달의 땅고

달에 가깝게 살아야지

날이 어두워지면,
새가 되지 못한 물고기들을 자신의
매끄러운 허벅지 사이에 가두고 강은
흐름을 멈춘다 거울이 된다.

부레를 열고 바람을 증폭해서
활 모양의 아가미와 꼬리지느러미를 휘저으며
불에서 멀리
태양의 궤적과는 반대 방향으로 날아가는
새가 된 물고기들

숲은 내성적이다.
은유의 옷을 입고 추락하는 새들에게 한마디도 하지 않는다.
생각이 많은 뿌리들의 만류를 뿌리치며
열매 맺지 못하는 나무들은

땅이 끝나는 곳까지 내려가 거울을 본다.

더운 육체들의 단단한 욕망이
안개로 풀어지는 강의 저녁
허벅지를 드러내고 발을 씻는 나무들과
다시 물고기가 되어 별처럼 한쪽 눈만 뜨고
낮은 곳으로 흘러가는 새들

죽은 태양의 딱딱한 심장을 밟으며
흰 머리카락의 새벽에 접근한다.
어지러운 것은, 사랑이 아니다.
지평선 밖으로 뛰쳐나가도 그 밖에 지평선이 또 있고
어제와 다른 태양이 피를 토하듯 떠올라도
도대체 벗어날 수 없다.
언제 사랑이 한 걸음이라도 앞으로 나간 적이 있었던가?

늘 화장을 고치는 달의 섹스는
나 모르게 유황 가스처럼 감귤 밭에 퍼진다.
내일은 태양이 될지 모를 달은,
지평선 한쪽 끝을 다른 쪽 끝으로 둥그렇게 휘어
자기의 몸으로 새로운 세계를 잉태한다.

2
부
—

땅
고
를

추
며

걷
다

●
●

어떻게 걸을 것인가?

땅고는 두 사람 사이의 교감이 없으면 죽은 춤이다. 그들은 서로의 가슴을 밀착시키고 상대방의 심장 소리를 들으며 걷는다. 땅고도 춤추는 스타일에 따라 가슴을 밀착시키고 박자를 잘게 쪼개며 두 사람 사이의 느낌을 극대화하는 땅고 밀롱게로, 혹은 우아하고 아름다운 걷기의 미학을 추구하는 땅고 살론, 그리고 스테이지에서 공연되는 땅고 에세나리오, 또 밀착되게 접근한 신체의 움직임보다는 남녀 사이에 알맞은 공간을 두고 현대무용에 가깝게 화려한 테크닉을 구사하는 땅고 누에보 등 매우 다양하다.

땅고 역시 대중문화이기 때문에 당대의 흐름을 주도하는 트렌드가 민감하게 반영된다. 2000년대 초에 고탄 프로젝트나 바호폰도 땅고 클럽Bajofondo Tango Club의 앨범이 세계적으로 대히트할 때는 일렉트로닉 땅고 음악에 어울리는 땅고 누에보가 세계적인 붐을 이루었다.

땅고 누에보의 걷기는 땅고 살론이나 땅고 밀롱게로의 걷기와도 많이 다르다. 땅고 살론에서도 각 유파에 따라 많은 걷기가 있다. 내가 알고 있는 땅고의 걷기만 해도 무려 14가지 각각 다른 스타일이 있다. 어떻게 걸을 것인가 하는 문제에는 어떻게 세상을 살 것인가 하는 태도가 담겨져 있다. 땅고 걷기의 어려움은 그것이 혼자 하는 행위가 아니라는 데 있으며 두 사람이 의견 일치를 보이지 않으면 함께 걷기가 불가능하다는 데 있다.

땅고에서 남녀의 역할

땅고를 추는 남자를 땅게로Tanguero, 여자를 땅게라Tanguera라고 한다. 사실 땅게로/라가 꼭 춤추는 사람만을 뜻하지는 않는다. 춤을 추지 못해도 땅고 그림을 그리거나 땅고 음악을 연주하거나 땅고 시를 쓰거나 땅고 옷을 만들거나 땅고 행사를 기획하면 그 사람은 땅게로/라라고 불린다. 그러나 일반적으로는 춤추는 사람들이 압도적으로 많기 때문에, 그리고 땅고와 관련된 일을 하는 사람들 상당수가 춤을 추기 때문에 땅게로/라, 하면 땅고를 추는 남/녀를 뜻한다. 와인으로 땅고 그림을 그리는 화가 리싸라쑤Lizalazu는 땅고를 전혀 추지 못한다. 일본에서 아시아 땅고 챔피언십을 주최하는 오거나이저 다이스께도 땅고를 추지 못한다. 하지만 그들은 땅고 일을 하고 있다는 점에서 땅게로이다. 땅고 옷이나 구두를 만들지만 땅고를 추지 못하는 땅게라들도 있다.

땅고에서 남녀의 역할은 분리되어 있다. 땅게로는 두 사람이 춤을 추는 세계의 설계자이다. 모든 땅고 에너지의 출발점은 땅게로의 상체에서 비롯된다. 땅게로의 에너지가 땅게라에게 전달되면서 비로소 두 사람은 함께 움직인다. 어디로 갈 것인지 방향을 안내하는 사람도 땅게로이다. 얼마만큼 갈 것인지 보폭의 길고 짧음 즉 장단을 정하는 것도, 속도의 완급을 정하는 것도, 두 사람 신체의 높낮이 위치 즉 고저를 정하는 것도 땅게로이다. 땅게로의 에너지가 땅게라에게 전달되면서 땅고가 진행되지만 그 움직임 자체는 일심동체처럼 거의 동시에 이루어진다.

땅게로가 에너지를 생산해서 음악과 함께 두 사람이 갈 위치를 정하고 전달한다면, 땅게라는 그 에너지를 정확히 읽고 파악해서 형상을 만들며 세계를 완성시키는 종결자이다. 땅고 에너지는 남자의 상체에서 시작해서 여자의 발끝에서 끝난다. 그렇기 때문에 땅고 공연을 보는 사람들의 시선은 대부분 자신도 모르게 여자의 발동작에 집중한다.

그러나 땅고가 꼭 이성끼리만 출 수 있는 것은 아니다. 때로는 남자와 남자 혹은 여자와 여자끼리 춤을 출 수도 있다. 이럴 경우 에너지를 만드는 리더Leader와 그 에너지를 전달받아 걷는 팔로워Follower로 구분한다. 이렇게 동성끼리 추는 땅고를 퀴어 땅고라고 한다. 2000년 독일 함부르크에서 시작된 퀴어 땅고 페스티벌은 그 이후 세계 각지로 퍼져 지금은 스톡홀름, 코펜하겐 같은 북구의 도시나 샌프란시스꼬, 멕시코시티, 부에노스아이레스 등 동성애자들이 활발하게 활동하고 있는 도시에서도 다양하게 개최되고 있다.

동성애 문화에 대한 논의는 결국 광의적 의미에서 성문화의 정치적 변화와 관련이 있다. 동성애에 대한 말초적이고 감각적인 접근은 이것을 성의식의 개방으로 단순 해석하는 현상학적 오류를 범하게 만든다. 최근 동

땅게로가 에너지를 생산해서 음악과 함께 두 사람이 갈 위치를 정하고 전달한다면, 땅게라는 그 에너지를
정확히 읽고 파악해서 그 에너지로 세계를 완성시키는 종결자이다.

성애 문화의 수면 위 급부상은 정치 권력의 변화, 사회 주류 계급의 구성원 변화와도 놀랄 만한 함수관계를 갖고 있다.

이제 아무도 성을 종족 보존의 신성한 행위로만 생각하지 않는다. 성은 인간 개체를 존속시키는 제의적 행위이면서 동시에 인간 육체의 가장 화려한 순간을 점화시키는 불꽃 축제로 인식되고 있다. 성행위가 영혼과 육체의 일치를 꾀하는 행위라는 답변은 고전적이다. 영혼의 일치 없이도 얼마든지 섹스는 가능하다. 현대에 들어서는 종족 보존이라는 성의 일차적 목적보다는 오히려 쾌락적 추구로서의, 본능적 추구로서의 섹스가 훨씬 더 많은 비중을 차지하고 있다.

인간 성행위 중에서도 동성애는 오랫동안 사회 금기의 영역에 속해 있었다. 그러나 인간이 존재할 때부터 동성애는 존재하고 있었다는 것을 많은 자료들이 증명해주고 있다. 성서 창세기에 등장하는 카인과 아벨의 관계를 각각 그들의 직업인 목축과 농사에 주목하고 경제적 우위권을 둘러싼 쟁탈이라고 분석하는 시각도 있지만, 동성애적 관계에 의한 것이었다는 해석도 있다. 동성애가 얼마나 뿌리 깊은가를 보여주는 한 예이다.

그러나 시대적 환경에 따라 동성애를 바라보는 시각의 편차는 크다. 고귀하고 지혜로운 고대 그리스의 남성들은, 저급하고 지능이 낮은 여성들과 관계를 갖는 것보다는 지식 있는 고귀한 남성들끼리의 동성애를 더 선호했다. 동성애를 정서적으로 동양보다 더 용인하는 서구 문화의 전통 속에는, 여성 비하의 사고가 숨겨져 있는 것이다. 그래서 서구의 동성애 역사에는 여성의 그것보다 남성의 동성애가 훨씬 더 많은 비중을 차지하고 있다. 예술의 영역 속에서도 동성애 흔적을 어렵지 않게 발견할 수 있다.

영화 〈토탈 이클립스〉는 상징주의의 대표적 시인 랭보와 베를렌느의 동성애를 다루고 있다.

그러나 동양에서는 음양 이원론에 의해 남성과 여성이 결합하여 조화로운 세계를 만드는 것을 이상적으로 생각했다. 『조선왕조실록』을 보면 문종의 세자빈이었던 봉씨의 경우 궁녀와의 동성애가 발각되자 폐위되었고, 집으로 쫓겨난 후에는 자결까지 해야만 했다. 유교적 덕목이 압도적 힘을 발휘하던 조선 사회에서 동성애는 무서운 금기의 영역이었다. 왜냐하면 수평적 부부 관계가 중심인 서구 사회와는 달리, 혈연 위주의 수직적 가족관계가 중심인 동양 사회에서는 후손을 잇지 못하는 동성애가 가장 큰 죄악이 될 수밖에 없었기 때문이다.

동성애 문제는 인간의 성적 취향에 대한 다양한 관점을 인정하지 않으려고 했던 보수 사회에 혁명적 전환을 요구했다. 결국 성 담론은 어떤 식으로든지 그 사회를 지배하는 정치권력과 불가분의 관계를 맺고 있는 것이다. 억압적 정치권력의 해체는 그동안 굳게 닫힌 성 담론의 해방을 가져왔다. 동성애를 터부시하는 우리의 무의식 속에는 남녀의 성적 역할 구분에 의한 사회 질서의 안녕이라는 정치적 목적이 자리잡고 있었고, 그것은 시대를 초월해서 집권자들의 교묘한 현상 유지 정책의 일환으로 이어져왔다. 인간의 무의식까지 억압하는 파쇼적 정치 행위가 해체되면서 가장 금기의 영역이었던 동성애 문제도 역시 해방의 물결을 탔다.

디지털 정보화 사회는 아날로그적 정서와의 비약적 단절을 만들어갔다. 차근차근 세상의 계단을 밟아서 정상에 오르는 게 아니라 회오리바람처럼 허공에서 시작해서 정상으로 갈 수도 있다는 패러다임의 혁신을 제시했다. 0과 1의 조합으로 세계의 불연속성은 더욱 강화되었다. 대지에 기반을 두고 수천 년 동안 지속되었던 농경 사회는 정보 통신에 바탕을 둔 신유목민이 지배하는 새로운 사회로 변화되었다. 사회의 지배 계급들 역시 빠른 속도로 교체되었다. 새로운 세계는 새로운 질서를 원한다. 성 담론은 어느 사회에서나 그 세계 질서를 유지시키는 가장 뚜렷한 보수적 틀이었다. 동성애 문화의 급부상은 구질서가 무너지고 디지털 신유목민이 등장했기 때문에 가능했다.

이제 우리들은 사회적으로 인정된 부부 사이의 섹스만이 정상적인 성적 관계의 전부라고 생각하지는 않는다. 인간의 성적 관계는 사회적·정치적 맥락에서 해석되어야 한다. 왜냐하면 성은 단순히 인간 존재의 개별적인 것이 아니라, 그 개별적 존재인 인간을 사회 집단과 연결하는 관계망의 가장 중요한 통로이기 때문이다. 그리고 동성애는, 다양한 성적 취향의 문제일 뿐 그것 자체가 사회의 위협 세력이 되지 않는다는 대중의 확신이 있을 때 비로소 체제 내에 안착할 것이다. 성에 대한 선택의 가능성이 넓혀지는 것은 결과적으로 인간 자유의지의 확산에 기여하는 일이다.

눈이 맞아야 춤출 수 있다

까베세오 Cabeceo

음악이 끝나면 지금 함께 춤을 추는 파트너와 나는 각자 서로의 자리로 돌아가야 한다. 우리는 오래전부터 서로 땅고 바에서 만나 함께 춤을 춘 사이일 수도 있고 오늘 처음 만난 낯선 사이일 수도 있다. 함께 걷던 파트너가 한국인일 수도 있고 언어가 전혀 통하지 않는 외국인일 수도 있다.

땅고를 3분 동안의 사랑이라고 한다. 땅고 음악은 대부분 3분을 넘지 않는다. 밀롱가에서 꼬르띠나Cortina는, 연극 무대에서 커튼이 내려오고 휴식하는 것처럼 땅고 음악과 음악 사이에 다른 음악이 나오는 것을 말한다. 사람들은 각자 자기 자리로 돌아가 플로어는 텅 빈다. 땅고 바 안에 있는 사람들은 다음 딴다Tanda(묶음, 보통 땅고 바에서는 3~4곡의 땅고 음악이 흘러나오고 1분 정도의 꼬르띠나 뒤 다시 새로운 딴다가 시작된다)에 춤추고 싶은 예상 파트너의 위치를 확인한다.

그리고 땅고 음악이 흐르면 까베세오(고개를 까딱거리는 동작. 스페인어로 머리를 뜻하는 Cabeza에서 파생된 동사 Cabecar의 명사형)를 시도한다. 어떤 땅고 음악이 나오느냐에 따라 춤출 상대가 달라질 수 있기 때문에 꼬르따나가 나오는 동안에는 까베세오를 하지 않고 누구와 춤출 것인지 마음속으로만 암중모색한다. 본격적으로 음악이 흐르면 그때 춤추고 싶은 상대를 바라본다. 서로의 눈빛이 마주치는 2, 3초 동안 활짝 웃는다든가, 고개를 까닥이면 까베세오가 성립된다. 즉 지금 흐르는 음악에 함께 춤을 추겠다는 서로의 뜻이 확인되는 과정이다. 만약 춤추기 싫은 상대가 자신을 바라보면 시선을 피하면 된다.

밀롱가에서 직접 춤을 신청했다가 거절당하는 난감한 상황을 피하기 위해 눈빛만으로 춤출 상대를 찾는 까베세오의 기술이 발달되었다. 서로의 눈빛이 교환되고 까베세오가 이루어지면 남자는 여자가 있는 곳까지 다가간다. 여자들은 남자들이 자신의 앞에 올 때까지 자리에서 일어나지 않는다. 왜냐하면 사람들로 꽉 찬 땅고 바에서 눈빛을 교환하는 동안 자신의 뒤나 옆에 있는 사람과 상대의 눈이 마주쳤을 수도 있기 때문이다. 상대가 자신의 뒤에 있는 사람에게 눈빛을 보냈는데 자신인 줄 오해하고 먼저 자리에서 벌떡 일어났다가 무안을 당할 수도 있다. 실제로 땅고 바에서 이런 일은 흔하게 일어난다. 실수를 하지 않기 위해서는 땅게라들은 남자가 자신의 자리 앞에 올 때까지 그 남자에게 시선을 보내고 있다가, 그 남자가 자신의 앞에 멈춰 서서 다시 한번 확실하게 신호를 보내면 그때 자리에서 일어나는 것이 좋다.

부에노스아이레스의 가장 유명한 밀롱가 중 하나인 니노비엔Nino Bien(부잣집 도련님이라는 뜻)에 갔을 때였다. 커다란 체육관처럼 천장이 높고 대리석으로 장식된 화려한 건물의 밀롱가인데 천여 명에 가까운 사람들이 빼곡하게 춤을 추고 있었다. 어떤 남자가 내 테이블 근처로 다가오자, 내 옆에 있던 여자 두 명이 동시에 자리에서 벌떡 일어났다. 그러자 남자는 난감한 표정을 지으며 그중 한 여자의 손을 잡고 플로어로 나갔다. 혼자 남은 여자는 어쩔 줄 몰라 무안한 웃음을 지으며 자리로 돌아와야만 했다. 그때 나는 얼른 자리에서 일어나 그녀에게 춤추자고 말했다. 그녀는 활짝 웃었다. 우리는 아브라쏘를 하고 매우 즐겁게 춤을 췄다. 남자가 까베세오를 시도하는 동안 비슷한 위치에 있던 두 여자는 동시에 각각 자기에게 까베세오를 한 것으로 오해한 것이다.

까리나 멜레Carina Mele는 그렇게 나와 친구가 되었다. 연극 연출을 하면서 부에노스아이레스의 가장 유명한 땅고 학교 중 하나인 보르헤스 문화센터에서 땅고를 가르쳤던 그녀와는 그후 절친이 되었다. 까베세오는 이렇게 땅고를 오래 춘 사람들에게도 여전히 어렵고 미묘하며 섬세한 문화지만, 땅고를 추기 위해서는 피해갈 수 없는 보디랭귀지이기도 하다.

까베세오를 하고 상대가 자신의 자리까지 다가와 확실한 신호를 보내면, 땅게라는 자리에서 일어나 플로어로 나간다. 서로의 손을 잡고 가슴을 맞댄 후 아브라쏘를 하고 걸으면 드디어 땅고가 시작된다. 두 사람은 마치 연인처럼 말없이 교감을 나눈다. 서로 가슴을 맞대고 따뜻하게 감정을 교류한다. 이것을 심장이라는 뜻의 스페인어로 꼬라손이라고 부른다. 단순한 테크닉만으로 땅고가 완성될 수 없는 이유는 바로 꼬라손 때문이다. 어떤 커플의 춤은 건조해 보이고 어떤 커플의 춤은 감정의 깊은 교류가 이루어진다. 밀롱가에서 땅고를 추는 과정은 이렇게 까베세오를 거쳐 아브라쏘를 하고 꼬라손을 느끼며 걷는 까미나도의 순서로 진행된다.

땅고를 추면서 우리는 낯선 밀롱가에서 처음 만난 사람이지만 때로는 수십 년 같이 살을 맞대고 산 부부보다 더 깊은 꼬라손을 나눌 수도 있다. 이것이 땅고의 매력이다. 그러나 오직 그뿐이다. 오직 춤을 출 때뿐이다. 음악이 끝나면 아브라쏘를 풀고 각자 제자리로 돌아간다. 우리는 정말 서로의 이름도 모른다. 나이도 모른다. 무엇을 하는 사람인지도 모른다. 음악을 듣고 잠시 이 세상을 함께 즐겁게 산책했다는 것, 그것이 중요하다.

당신의 심장 소리를 듣지 못한다면
땅고가 아니다

아브라쏘 Abrazo

아브라쏘는 생명체와 생명체를 연결하는 마법의 끈이다. 아브라쏘를 통해 서로 다른 두 사람은 하나가 되어 우주 속으로 한 걸음을 내디딜 수 있다. 땅고에서의 아브라쏘는 단순한 포옹이나 홀딩이 아니다. 서로의 교감을 통한 육체와 영혼의 연결이며, 거대한 우주를 걸으며 여행하는 두 사람만의 출발 지점이다.

땅고를 출 때는 자신의 발소리가 자신의 귀에 들리지 않는 캣 워크가 필요하다. 존재를 증명하는 데 필요한 것은 자신을 지탱하는 몇 그램의 몸무게가 아니다. 땅고는 육체로 쓰는 영혼의 춤이다. 언어는 종이에 형상화되어 지속적으로 남아 있지만 춤은 그것이 표현되는 순간 허공 속으로 흔적도 없이 사라진다. 우리의 기억 속에 남아 있는 춤의 흔적은 육체의 것이 아닌 영혼의 몫이다. 멕시코 출신 알레한드로 곤잘레스 이냐리투 감독은 〈21그램〉에서 사람이 죽는 순간 몸무게가 21그램 감소한다면서 육체를 빠져나가는 영혼의 몸무게는 21그램이라고 주장한다. 그러나 땅고의 영혼에는 무게가 없다. 땅고는 한 사람의 영혼으로 이루어지지 않기 때문이다.

아브라쏘, 땅고의 운명 공동체

우리는 땅고를 추기 위해 파트너를 찾아 까베세오를 하고 밀롱가로 나간다. 그러나 아직 두 사람의 몸은 만나지 않았다. 땅고를 추기 위해서는 두 사람의 몸이 먼저 하나로 연결되어야 한다. 그것이 아브라쏘다. 지금까지 분리되어 있던 두 사람의 몸이 하나로 만난다. 피어오르는 흙먼지는 없지만 그녀의 심장 뛰는 소리가 커다랗게 내 가슴으로 전달된다. 어떤 사람은 평온하지만 규칙적으로, 또 어떤 사람은 빠르고 불규칙하게 울린다.

아브라쏘라고 부르는 땅고에서의 '안기'는 두 사람의 상체가 만나면서 이루어진다. 상대를 가볍게 껴안는 포옹 자세에서, 남자의 오른쪽과 여자의 왼쪽은 닫혀 있고, 반대쪽은 열려 있다. 남자(리더)의 오른손은 여자(팔로워)의 왼쪽 겨드랑이 밑으로 들어가서 등을 가로지르며 그녀의 오른쪽 어깨 밑, 견갑골을 단단하게 붙잡는다. 그리고 남자는 왼쪽 팔의 겨드랑이를 거의 수직에 가깝게 올리면서 왼손을 자신의 턱 높이로 세운다. 어떤 경우 남자의 왼손은 자신의 머리 위까지 올라가기도 한다(초기 땅고의 한 형태인 깐젠게에서는 남자의 왼손이 왼쪽 허리춤 아래로 내려가는 경우도 있었다). 여자는 오른손을 쭉 뻗어 남자의 왼손을 맞잡는다. 이제 분리되어 있던 두 사람은 하나로 연결된다. 한 사람의 움직임은 곧바로 다른 사람에게 연결된다. 이것을 아브라쏘(영어로 Embrace)라고 한다. 아브라쏘는 서로 다른 두 사람이 각자의 에너지를 교류하기 위한 최소의 장치이다.

"땅고에서의 아브라쏘는 크게 세 가지이다. 춤추는 사람들 모두가 포함된 밀롱가 전체가 하나의 거대한 아브라쏘이고, 커플끼리 공유하는 아브라쏘가 있으며, 춤추는 사람들과 음악과의 아브라쏘가 있다"—아드리안 코스타

땅고는 두 사람의 에너지가 하나로 연결되고 두 사람 사이의 깊은 정서적 결합이 이루어지면서 시작된다. 두 사람이 아브라쏘를 하기 전에는 한 사람의 움직임은 다른 사람에게 어떤 영향도 미치지 못한다. 하지만 아브라쏘를 하고 나면, 모든 것이 변한다. 이제 두 사람은 운명 공동체다. 이 거친 세상에서 하나의 배를 타고 함께 움직여야 한다. 남자 상체의 작은 움직임은 여자 상체로 전달되고 여자 하체로 이어지면서 커다랗게 확대된다. 부에노스아이레스에서의 나비의 날갯짓이 서울에서 태풍으로 변하는 것이다.

땅고 에너지는 시계추가 움직이는 것과 같다. 남자 상체는 시계추의 윗부분이다. 땅고의 모든 운동에너지Kinetic Energy는 남자의 상체에서 시작된다. 극단적으로 말해서 남자 상체가 움직이지 않으면 땅고는 한 발자국도 움직일 수 없다. 남자의 상체 토르소에서 시작된 운동에너지는 아주 미미하지만, 그 에너지가 남자의 상체에서 여자의 상체로, 다시 여자의 상체에서 여자의 하체로 전달되면서 커다랗게 확대된다.

땅고의 운동에너지

운동에너지는 질량과 속도의 제곱에 비례한다. 땅고에서도 그렇다. 땅고의 운동에너지는 병진운동translational motion과 회전운동rotational motion으로 나눌 수 있다. 병진운동 에너지는, 근육의 수축과 이완에 의해 수평 상태로 움직이는 남자의 상체에 의해서 발생한다. 남자 신체의 중력 중심점이 이동하면서 다른 모든 부분들이 평행하게 같은 방향으로 이동한다. 이 운동에너지는 여자의 상체로 전달되고 그것은 다시 여자의 하체를 움직이며 그 빈 공간으로 남자의 하체가 들어간다. 땅고 에너지의 순환 운동은 이렇게 남자의 상체에서 여자의 상체를 거쳐 여자의 하체로 이어지고 다시 남자의 하체로 마무리된다. 마무리는 또하나의 시작이며 음악이 끝날 때 비로소 이 지상에 그들의 육체로 그린 아름다운 한 편의 시도 끝나는 것이다.

색심불이色心不二. 색(물질)과 심(에너지)이 하나라는 뜻인데 물질은 우주 공간에 체적과 질량을 가진 것이고 심은 영혼의 중심인 인간의 마음을 가리킨다. 육체와 영혼이 하나가 되어야만 물질적 에너지와 정신적 에너지가 하나가 되어야만, 땅고를 출 수 있다.

서로의 손을 잡고 가슴을 맞댄 후 아브라쏘를 하고 걸으면 드디어 땅고가 시작된다. 두 사람은 마치 연인처럼 말없이 교감을 나눈다. 서로 가슴을 맞대고 따뜻하게 감정을 교류한다.

●
●

땅고 에너지의 생성과 전달
까미나도 Caminado

확실히 땅고 안에는 인간의 본능을 자극하는 그 무엇이 존재한다. 땅고의 본질은 걷기다. 두 발로 서서 걷는다는 것, 직립보행이야말로 인간을 다른 영장류와 다르게 하는 특징 중의 하나이다. 땅고를 춘다는 행위는 음악을 매개로 이루어지는 것이 기본 전제이기 때문에 음악에 대한 해석은 걷기의 출발점이다. 그 속에는 규칙적인 시간의 지속이 일으키는 생의 본질적 에너지가 숨어 있다. 순간의 움직임은 영원을 지향한다.

땅고가 다른 춤과 가장 다르게 느껴지는 내면적 이유는 그것이 일상적 걷기의 형태와 크게 다르지 않은 것 같으면서도 사실은 많은 부분이 다르다는 것이다. 그 속에는 차가운 긴장감과 로맨틱한 따뜻함이 팽팽하게 공존하는데, 상반된 그것들이 어떻게 한 범주 안에서 작용하는지, 궁극적으로 서로 다른 방향을 지향하는 그 세계가 어떻게 놀랍도록 완벽하게 화합하는 것인지, 모순의 언어가 일으키는 신비스러운 에너지야말로 땅고를 다른 춤과 구별 짓는 가장 중요한 핵심이다.

두 사람이 서로의 정반대로 함께 걷는 행위야말로 땅고를 다른 춤과 다르게 하는 핵심적 요인이다. 한 사람은 에너지를 생성시켜 다른 사람에게 전달하고, 그 에너지를 전달받은 사람은 그 에너지를 자기화해서 움직인다. 타인의 에너지에 이끌려 함께 걷는 것이 아니다. 땅고 에너지는 그것을 생성시킨 사람을 떠나는 순간 타자화된다.

두 사람은 함께 걷는다. 그러나 어깨를 마주하고 걷는 동반적 형태의 일상적 걷기가 아니라 서로 마주보면서 함께 걷는 적대적 행위에 가까운 걷기이다. 그들은 함께 걷는 동안 대부분 서로의 반대 방향을 바라보고 있다. 한 사람이 앞으로 걸으면 다른 사람은 뒤로 걷는다. 한 사람이 왼쪽으로 걸으면 다른 사람은 오른쪽으로 걸어야만 한다. 두 사람은 함께 걷고 있는 것처럼 보이지만 사실은 정반대로 걷고 있는 것이다.

각자 서로의 정반대로 움직이면서도 아이러니하게도 그 움직임 전체가 긴밀하게 연결되어 있어 마치 두 사람은 함께 걷고 있는 것처럼 느껴진다. 움직임 그 자체가 한 묶음으로 보이는 것이다. 그러나 어깨를 맞대고 나란히 걷는 것과 서로의 시선을 응시하며 각자의 정반대로 걷는 것은 너무나 다르다.

서로의 반대 방향으로 걷는 적대적 걷기가
하나로 보이는 이유

땅고의 팽팽한 긴장감은 바로 걷기에서부터 시작된다. 서로 마주보고 있는 그들은 대부분 일정한 거리를 유지하고 있다. 한 사람이 빠르게 움직이면 다른 사람도 거의 동시에 빠르게 움직이고, 한 사람이 느리게 걸으면 다른 사람도 느리게 걷는다. 속도의 완급, 보폭의 장단, 높이의 고저를 이용한 두 사람의 함께 걷기는 드라마틱한 움직임을 만들어낸다. 분명히, 그들의 걷기는 자신만의 영역을 상대방에게 침범당하지 않으려는 배타적 영역의 고수를 표방하며 적대적 움직임에 의지해 있지만, 어느 순간 그들은 서로의 막힌 벽을 뚫고 일심동체의 완벽한 합체가 되어 지상에서 가장 아름답고 사랑스러운 그림을 만들어낸다.

두 사람의 몸과 마음이 하나가 되어 일심동체로 움직이는 것, 그것이 땅고다. 각자의 영역을 고수하며 팽팽한 긴장감 속에서 유지되던 두 사람의 걷기가 노출시키는 불편함은, 서로가 서로의 영역을 공격하고 파괴하는 전투적 행위가 아니라, 서로의 뼛속 깊은 곳에 잠든 영혼의 미세한 부분까지 이해하려는 상생의 행위를 통해 극복된다.

몸은 정신의 지배를 받아 움직인다. 오랫동안 육체는 영혼의 하위 개념으로 생각되었다. 본능의 말 잔등에 올라타서 이성은 말고삐를 죄었다 풀며 방향을 잡고 보폭을 지시한다. 하지만 정신 또한 육체로부터 자유로울 수 없다. 영혼이 육체의 재지배를 받는 경우도 많다. 땅고를 출 때, 영혼과 육체의 관계를 데카르트적인 이원론적 관점에서 접근할 것인가 아니면 일원론적 관점에서 해석할 것인가 하는 것은, 단순하게 형이상학적 문제와 세속적 문제를 구별하는 차이에 그치는 게 아니라, 땅고 추는 사람의 스타일을 확연하게 구별 짓는 중요한 구분점이 된다.

육체와 영혼의 이원론적 세계관에서
물아일체의 일원론적 세계를 지향하다

땅고를 추는 두 사람은 함께 움직이는 것처럼 보이지만, 내부적으로는 리더와 팔로워로 구분되며 리더와 팔로워의 역할은 정확히 분리되어 있다. 리더는 자신의 상체를 움직여 땅고 에너지를 발생시킨다. 방향의 전환에서 생성되는 땅고 에너지는 리더의 왼쪽 손을 타고 그 손을 맞잡은 팔로워의 오른손을 통해 팔로워의 상체로 건너간다. 팔로워의 상체가 움직이면서 동시에 팔로워의 하체가 같은 방향으로 움직인다. 팔로워의 하체가 떠난 그 빈 공간을 향하여 리더의 하체가 도달한다.

즉 땅고는 동시에 두 사람이 그림자처럼 함께 움직이는 것처럼 보이지만, 세밀하게 구분해보면 땅고 에너지는 4단계 순환 과정을 겪는다. 1단계 리더의 상체, 2단계 팔로워의 상체, 3단계 팔로워의 하체, 4단계 리더의 하체로 에너지가 이동한다. 땅고 에너지는 이처럼 리더의 상체에서 출발하여 그와 마주보고 있는 팔로워의 상·하체를 지나 다시 리더의 하체로 이어지는 원형적 형태의 순환 과정을 겪는다. 그리고 서로 분리되어 있던 두 사람을 하나로 연결한다.

땅고를 마초적 춤이라고 생각하는 것은, 남자가 에너지를 만들어내면 여자가 그것을 따라간다고 믿기 때문이다. 물론 이런 생각은 잘못된 것이다. 남자(일반적인 경우)의 상체에서 땅고 에너지가 만들어진다고 해도 그것은 단지 하나의 약속에 불과하다. 남자가 에너지를 만들어내니까 그 에너지를 이용해 자신의 마음대로 여자를 끌고 다닐 수 있다고 생각하는 것은 땅고에 대한 가장 일반적인 오류 중 하나이다. 그것은 여자를 남자의 종속적 개념으로 보는 편향된 시각에 의한 것인데, 땅고에서 리더와 팔로워의 구분은 두 사람이 함께 걷기 위한 편의적 구분에 불과하다.

땅고 에너지를 생성시키는 사람은 일반적으로 남자이지만 반드시 그런 것은 아니다. 땅고 에너지를 전달받아서 그 에너지의 방향과 질량에 따라 움직이는 사람은 일반적으로 여자이지만 또 반드시 그런 것은 아니다. 동성끼리 춤을 추는 퀴어 땅고는, 땅고 에너지를 만들어내는 사람이 반드시 남자이고 그 에너지의 흐름을 팔로우하는 사람이 반드시 여자일 필요는 없다는 것을 보여준다. 극단적으로 말하자면, 여자가 리더를 맡고 남자가 팔로우를 하면서 춤을 출 수도 있다. 동성끼리 혹은 이성끼리 땅고를 추는 도중에도 아브라쏘의 자세를 바꾸면, 지금까지 리더였던 사람이 팔로워를 하고, 팔로워였던 사람이 리더를 할 수도 있는 것이다. 땅고는 자유다. 그 춤의 자유로움은 닫힌 세상의 편견과 관습의 답답한 굴레에서 우리들의 영혼을 해방시킨다.

자아와 절대적 타자 사이의 명확한 구분과 관계망 속에서 땅고는 리더와 팔로워의 뚜렷한 역할 분담으로 설명될 수 있다. 두 사람은 가슴을 맞대고 있지만 서로가 서로에게 의지하고 있는 것은 아니다. 그들은 각자 자신의 무게중심을 갖고 있다. 즉 일반적인 살론 땅고에서 무게중심은 두 개다. 리더의 무게중심과 팔로워의 무게중심은 그것이 자리잡은 서로의 가슴 한복판을 맞대면서 연결될 뿐이지 무게중심 자체가 하나로 바뀌는 것은 아니다. 각자 자기 위치에서 무게중심을 잡고 가슴을 맞대며 아브라쏘를 통해 서로 연결되는 순간 땅고는 시작된다.

그러나 땅고를 추는 우리는 종종 많은 의문에 사로잡힌다. 리더는 땅고 에너지를 생성시켜 팔로워에게 전달한다. 리더의 상체를 떠나는 순간 그 에너지는 이미 리더만의 것이 아니다. 팔로워는 리더에게서 받은 에너지를 자기화한다. 마치 처음부터 그것이 자기 에너지였던 것처럼 팔로워는 스스로의 힘으로 발현된 에너지의 흐름을 따르는 것처럼 움직인다. 그러나 그 움직임은 리더의 범주를 벗어날 수는 없다. 그래서 두 사람은 하나의 에너지로 움직인다. 두 사람이 하나가 될 때의 그 충만함, 그것은 리더이면서 팔로워가 되고 팔로워이면서 동시에 리더가 되는, 이른바 유물변증법적 세계관으로 보면 물아일체의 상태를 만들어낸다. 땅고의 육체적 만족감과 정신적 포만감은 그때 비로소 느낄 수 있다. 자아와 타자, 주체와 객체, 정신과 물질을 뚜렷하게 구분하는 데카르트적 이원론의 세계관에 위치한 땅고는 한계에 노출될 수밖에 없는 것이다.

땅고 에너지의 교류에서 팔로워의 에너지는 제로다. 즉 팔로워는 자신의 육체를 텅 빈 항아리처럼 제로의 상태로 만들어놓고 리더의 에너지가 자신에게로 건너오는 순간을 기다려야 한다. 팔로워는 그 에너지를 리딩 Reading한다. 리딩은 두 가지 측면에서 이루어지는데 하나는 그 에너지가 갖고 있는 방향성이며 또하나는 그 에너지의 질량이다. 만약 팔로워가 자신만의 에너지를 갖고 있다고 한다면 리더의 상체에서 생성된 에너지가 자신에게 건너오는 순간 두 개의 서로 다른 에너지가 충돌할 수가 있다. 따라서 두 사람이 함께 움직이는 땅고를 추기 위해서는 팔로워가 자신의 육체 에너지를 제로 상태로 만들어야 한다.

텅 빔은 곧 꽉 참으로 변화된다. 리더의 상체가 방향을 잡고 움직이는 순간 땅고 에너지는 생성되고 그것은 전광석화처럼 팔로워에게 전달되며 지금까지 텅 비어 있던 팔로워의 육체는 땅고 에너지로 가득차게 된다. 팔로워는 리더의 에너지를 따라 움직이거나 끌려가는 것이 아닌, 자기 육체 안에서 100% 자기화된 에너지로 움직인다. 팔로워는 스스로 움직인다고 생각해야 한다. 다만 그 에너지의 동력이 리더에게서 건너올 뿐이다. 타자의 에너지를 자기화하는 땅고의 화학 작용을 통해 팔로워의 에너지는 완성된다.

시인 이상의 고백처럼, 거울 속의 나는 왼손잡이고 거울 속의 나는 진짜 나와는 반대지만 많이 닮아 있듯이, 땅고를 추면서 나는 나의 반대편으로 움직이는 상대와 함께 걷는 아주 특별한 경험을 하게 된다. 나이면서도 내가 아니고, 내가 아니면서도 나와 하나로 연결되어 있는 상대는 누구인가. 땅고를 추는 동안 우리는 정직하게 또다른 자신과 마주하게 된다. 내가 함께 땅고를 추는 상대는 내가 만들어낸 나의 그림자, 또다른 나이며 내 안의 어디엔가 잠복해 있는 나의 모습 중 하나이다.

휴식의 걷기와 생산적 걷기

휴식의 걷기 : 빠우사

땅고 음악이 시작되면 우리는 함께 걸을 사람을 찾는다. 음악의 연결 고리로 두 사람의 마음이 이어지고 몸이 하나로 연결되면 우리는 함께 걷기 시작한다. 걷는다는 것은 시간 속에서 공간을 이동하는 것이다. 땅고의 시간은 음악으로 표현된다. 그러나 땅고의 공간 이동은 시계의 진행 방향과 반대로 움직인다. 우리는 밀롱가에서 반시계 방향으로 일정하게 움직인다. 그것은 아브라쏘의 자세가 좌우가 같지 않기 때문이다. 리더의 왼편은 열려 있고 오른편은 닫혀 있으므로 왼쪽으로 걷기가 수월하다. 밀롱가에서 LOD가 반시계 방향인 쇄측으로 크게 원을 그리며 진행되는 이유도 아브라쏘의 자세 때문이다. 춤의 길이 반시계 방향으로 진행되는 것은 스포츠 댄스의 모던 댄스 5종목(탱고, 왈츠, 폭스트롯, 퀵스텝, 비엔나왈츠)과 라틴 댄스의 삼바, 파소도블레가 그렇다.

땅고를 추며 함께 걸을 때 처음에는 갈등이 있을 수 있다. 음악을 해석하는 차이가 있을 수 있고, 걷기의 속도나 강약 혹은 느낌이 다를 수 있다. 음악을 해석하는 것은 세계를 바라보는 우리의 시선에 따라 달라진다. 누구와 같이 걷는가에 따라 걷기의 속도와 방법이 달라지고 느낌이 달라진다. 음악이 끝날 때까지 우리는 걷기를 멈추지 않는다. 우리들의 걸음을 멈출 수 있게 하는 유일한 방법은 오직 음악을 끝나게 하는 것뿐이다.

그러나 걷기의 에너지가 반드시 분주하게 이동하는 데 작용되어야 하는 것은 아니다. 오히려 걷기의 핵심은 휴식에 있다. 휴식의 에너지는 멈춤과 다르다. 땅고에서의 휴식 즉 빠우사는 단순한 멈춤이 아니라 창조적 휴식에 해당된다. 한 박자에 한 걸음을 딛는 정박의 걷기는 땅고에서 가장 기본적인 걷기이지만, 한 곡 전체를 정박으로만 걷는 것은 지루한 일이다. 인생의 길에도 느리게 걸을 때가 있고 빠르게 걸어야 할 때가 있으며 걷다가 문득 멈추고 지금까지 온 길을 되돌아보며 앞으로 갈 길을 설계하는 휴식의 시간이 있다. 휴식의 걷기라고 할 수 있는 빠우사가 있기 때문에 움직임이 보이는 것이다. 정중동에서 움직이는 동動만 지속되면 그 움직임은 움직임이 아니다. 고요하게 휴식하는 정靜이 있기 때문에 동이 두드러지게 드러나는 것이다. 빠우사는, 땅고의 걷기가 잠깐 멈추는 게 아니라 지금까지 지속되어온 걷기의 호흡을 가다듬으며 앞으로 걸을 방향과 움직임을 예측하면서 휴식하는 순간이다. 외면적으로는 걷기가 정지되고 고요한 순간처럼 보이지만 그 내면에서는 폭풍우가 몰아치는 순간도 있다. 그래서 지속적인 걷기의 일환이라고 볼 수 있다. 빠우사가 있기 때문에 다른 걷기가 존재한다. 그러나 생산적 걷기만이 최고의 미덕으로 생각되는 세계 속에서 휴식을 취한다는 것은 커다란 용기가 필요하다. 또한 휴식이 생산이 될 수 있는 올바른 방법론적 접근도 필요하다.

생산적 걷기

생각해보면, 땅고의 걷기에 있어서 도착해야 할 어떤 일정한 목표 지점이 정해진 것은 아니다. 음악이 끝날 때 멈추는 곳이 곧 우리의 도착점이다. 그러므로 땅고 걷기의 목표는 공간 이동에 있는 게 아니다. 땅고에서의 걷기는 음악에 대한 해석을 바탕으로 공간 이동을 통해 우리가 얼마나 아름다운 흔적을 남길 수 있는가 하는 데 있다. 밀롱가라는 공간은 축소된 세계이며 우리는 그 안에서 우리들의 육체를 사용하여 음악과 어울리는 가장 아름다운 그림을 그린다. 그래서 땅고는 육체로 쓰는 시이며 그것에 스토리텔링이 만들어지면 하나의 훌륭한 이야기가 된다.

땅고의 걷기가 원 비트 원 스텝one beat one step으로만 이루어진다면 그것 또한 지루하고 상투적인 걷기의 반복이 될 수 있다. 땅고의 걷기가 생산적인 걷기가 되려면 단순히 한 박자에 한 스텝을 딛고 공간을 이동하는 범속한 세계인식에서 벗어나야 한다. 한 스텝에 4박자 혹은 8박자 그 이상을 머무는 휴식의 걷기가 있듯이 때로는 두 배의 빠르기로 걷는 도블레 띠엠뽀Doble Tiempo 또는 두 박자를 세 걸음으로 쪼개는 뜨라스삐에를 사용함으로써 우리들의 걷기는 드라마틱하게 구성될 수 있다.

외형적 움직임을 통해 내면화의 길로 들어서기

우리는 땅고를 추는 동안 자신의 에너지로 파트너를 지배하거나 파트너에게 복종하라고 강요하지 않는다. 오히려 리더와 팔로워는 에너지를 공유하며 서로가 서로에게 길들여지기를 원한다. 서로 마주보며 주고받는 에너지는 길항작용에 의해 부딪치며 상쇄되는 경우가 대부분이다. 그러나 각자 서로의 반대 방향으로 진행되던 땅고의 적대적 움직임은 상생 작용을 통해 하나가 되려는 모순의 언어를 이끌어낸다. 자세히 들여다보면, 땅고 에너지는 처음부터 하나였다. 서로 다른 에너지가 마주서 있었던 것이 아니다. 리더의 상체 움직임으로 생성된 하나의 에너지를 팔로워가 공유하면서 땅고가 시작되었다. 그러므로 땅고는 태생적으로 갈등과 충돌이 아니라 상생과 공유의 언어이다.

낯선 두 사람이 하나가 되는 과정은 쉽지 않다. 링 위에 올라간 권투 선수들은 처음에 가벼운 잽을 날리며 서로의 특성을 파악한다. 상대와 거리를 조절하고 자신의 호흡을 유지하며 끝까지 두 발로 서 있기 위해 세계를 설계한다. 누가 끝까지 링 위에 서 있는가를 가리는 것, 이것이 권투 경기의 기본 룰이다. 상대가 두 발로 서 있지 못하게 바닥에 주저앉혀야 승자가 된다. 서로의 힘겨루기를 통해 우월적 에너지를 과시하려는 동물적 본능은 땅고에서 흔적도 없이 사라진다. 서로에게 가까이 가려는 노력 없이는 함께 움직일 수 없으며 땅고를 추기가 불가능해진다.

땅고를 춘다는 것은 그러므로 나를 버리고 또다른 나를 찾는다는 선언에 다름아니다. 낯익으면서도 낯설고 낯설면서도 동시에 익숙한 나에게,

갈등과 반목의 차가운 강을 건너 뜨거운 화해의 손을 내미는 것이다. 나와 함께 걷는 사람은 거울에 비치는 또다른 나이다. 또다른 나는 나의 반대편으로 걸으며 나 자신의 영혼에 또다른 나를 투영시킨다.

땅고의 특별한 경험은 외적 움직임을 통해 내면화의 길로 들어갈 수 있다는 데서 비롯된다. 이와 같은 특징 때문에 아크로바틱한 육체의 화려한 움직임만 있는 땅고는 단지 기예적 차원의 놀라움 이상을 주지 못한다. 땅고의 진정한 아름다움은, 육체적 움직임 속에 깃들어 있는 내면적 정신의 깊이에서 시작되며, 그것은 육체의 옷을 입고 허공 속에 만들어내는 순간적 형상을 통해 발현될 때 비로소 완성된다. 음악의 독창적 분석을 바탕으로 땅고 댄서들은 혼자서는 불완전할 수밖에 없는 삶의 원리를 깨닫고 스스로의 육체를 땅고의 재료로 기꺼이 플로어 위에 내놓는다. 땅고는 혼자만의 힘으로 완성할 수 없는 커플 댄스다. 두 사람이 각자 서로의 반대 방향으로 움직이면서도 리드와 팔로우의 원리로 하나가 되어 에너지를 공유하면서 시각적으로 현현되는 그 형상은, 두 사람의 교류와 결합의 결과물이며 글이나 그림처럼 고정화되지 않는다는 점에서 순간의 예술이다.

땅고 춤은, 땅고 음악을 매개로 두 사람이 함께 걷는 움직임이 만들어내는 어떤 시각적 형상이다. 음악과 춤, 청각과 시각이 조응하고, 분리된 두 사람의 육체가 하나로 연결되는 결합의 예술이다. 그 결합 속에는 두 사람의 춤을 지켜보는 많은 관중들의 집단적 환호성과 측량할 수 없는 공기의 떨림도 포함되어 있다.

땅고는 프로시니엄 아치라고 불리는 상자형 극장 무대에서도 공연되지만 그것은 아주 특별한 경우다. 땅고와 관련 없는 일반인들을 대상으로 한 스테이지 공연들은 관객들의 일방향적 시선에 의지하는 상자형 무대를 선호하지만, 대부분의 땅고 춤은 밀롱가에서 이루어진다. 땅고를 추는 공간을 뜻하는 밀롱가에서는 사람들이 원형으로 댄서들을 에워싸고 있다. 댄서들은 관객들의 일방향적 시선이 아니라 전방위적 시선에 노출된다. 극장 공간으로 비교하면 원형 무대와 비슷한 형태지만, 관객들의 적극적 참여가 이뤄진다는 점에서 원형 무대와도 다르다.

땅고 춤의 동영상 파일이나 비디오에 기록된 그 순간은 정확하게는 순간적 움직임의 외형만 기록된 것이다. 땅고 춤의 움직임 속에는, 현장에서의 미묘한 떨림, 공기의 밀도, 관중들의 숨소리, 댄서의 섬세한 움직임이 일으키는 작은 파장들이 어울리며 생성시키는 신비한 기운이 있다. 이런 것들은 영상적 기록물 속에서는 절대 느낄 수 없는 부분이다. 땅고를 춘다는 것은 세계에 벌거벗은 자신을 노출한다는 것이며, 혼자서가 아닌 더불어 함께 세계를 걷겠다는 의지의 표시이다. 그들의 춤은 말없이 대화를 하며 걷는 것처럼 보인다. 두 사람 사이를 흐르는 음악은 두 사람의 걷기에 동기를 부여하고 있지만 음악 그 자체가 내러티브를 만들어내는 것은 아니다. 도대체 땅고를 추며 걷는 동안 두 사람 사이에는 무슨 일이 일어나고 있는 것일까?

두 사람의 걷기에 있어서 깊은 정서적 교류가 존재하지 않는다면, 그것은 조악한 풍선들이 매달린 신장개업 업소 앞에서 허공 속으로 펄럭거리는 공기 인형과 다를 바 없다. 인간의 육체를 가진 빈껍데기가 움직이는 것과 같은 것이다. 확실히 땅고 속에는 기능만으로는 설명되지 않는 어떤 것들이 있다. 물론 땅고를 잘 추기 위해서는 스스로 무게중심을 잡고 두 사람이 함께 간다는 대전제를 이해해야 한다. 그것은 세계관의 공유에서 시작된다. 밖에서 볼 때는 두 사람이 동시에 움직이는 것 같지만, 두 사람 사이에서는 역할 분담에 의한 에너지의 전달과 그 미세한 속도의 차이로 형성되는 리드와 팔로우의 원리가 있다.

신체의 상·하를 분리하며 걸어라
디소시아시온Disociacion

다른 춤과는 다른 땅고만의 가장 큰 테크니컬한 특징이 무엇인가 묻는다면, 디소시아시온 즉 상·하체 분리라고 대답할 수 있다. 땅고를 출 때 디소시아시온은 가장 중요한 기본 원리가 된다. 허리를 중심으로 상체가 향하는 방향과 하체가 향하는 방향을 다르게 함으로써 우리들의 신체는 나사처럼 비틀어진다. 우리가 걸을 때 왼쪽 발을 내디디면 자연스럽게 오른팔이 앞으로 나가는 것처럼, 오른쪽 하체와 왼쪽 상체, 왼쪽 상체와 오른쪽 하체가 좌우 대칭으로 균형을 이루는 자세를 꼰뜨라 포지시온Contra Posicion이라고 부른다. 그러므로 우리들의 신체는 허리를 중심으로 수평으로 나누어 상·하의 방향이 다른 디소시아시온, 정수리에서 코를 거쳐 가슴으로 내려오는 중앙 라인을 중심으로 수직으로 나누어 좌우가 대조되는 꼰뜨라 포지시온으로 총 4등분된다. 좌상과 우하, 우상과 좌하는 각각 대각선으로 연결되어 있다. 디소시아시온과 꼰뜨라 포지시온은 작고 섬세한 움직임이지만 서로가 교감할 수 있는 육체적·정신적 효과를 극대화하는 데 기여한다. 외부에서 볼 때는 단순한 걷기에 지나지 않는 것처럼 보일지라도, 두 사람만의 내밀한 교감에 의해 하나의 우주가 생성되고 소멸될 수 있다.

아브라쏘로 연결된 두 사람만의 내밀한 세계가 거대한 우주 속에서 자유롭고 아름답게 유영하려면 밀롱가 내에서 적재적소의 공간 확보가 필요하다. 그러나 밀롱가 공간은 어떤 한 가지 형태로 규정되어 있지 않다. 여러 커플이 음악에 맞춰 걸으면서 수시로 그 형태가 변모한다. 아브라쏘를 하고 타인과 부딪치지 않고 반시계 방향으로 걸으면서 침범받지 않는 사적 공간을 끊임없이 확보해야 한다. 공간의 확보는 음악의 느낌을 정확하게 표현하는 걷기의 직진 에너지와 히로Giro나 오쵸Ocho 같은 회전에너지를 통해 획득된다. 특히 땅고를 출 때의 불문율 중의 하나가 앞에서 진행하는 커플을 추월하지 않는 것이기 때문에, 방향 전환과 회전에너지를 이용한 다양한 시퀀스들이 만들어지고 있다. 깜비오 데 디레시온Cambio de Direcion(Change of Direction)이라고 불리는 방향 전환과 회전에너지로 만들어지는 히로는, 수많은 사람들이 공적 공간을 공유하며 춤을 추는 밀롱가에서 매우 중요한 역할을 한다.

땅고를 출 때는 A자 모양으로 서로의 상체를 맞대고 체중을 발의 앞쪽으로 이동하기 때문에 하체의 여유로운 공간이 확보된다. 따라서 서로의 상체를 옹시하고 상체와 90도 이상의 엇갈림으로 하체를 비틀면 회전에너지는 극대화된다. 상대의 앞에서 숫자 8을 옆으로 눕힌 모양으로 걷는 것을 오쵸라고 부른다. 오쵸는 스페인어로 8을 뜻한다. 오쵸에는 프런트 스텝을 딛고 앞으로 회전하는 오쵸 아델란떼Ocho Adelante와 백 스텝을 딛고 뒤로 회전하는 오쵸 아뜨라스Ocho Atras가 있다. 오쵸를 하면 처음 진행하는 방향과는 반대 방향으로 걷기가 바뀌진다. 하지만 프런트 스텝과 백 스텝 사이를 사이드 스텝으로 연결하는 히로는 일정한 방향으로 움직인다. 꼰뜨라 히로Contra Giro는 회전에너지인 히로의 방향을 뒤집어서 반대 방향으로 회전시키는 것이다.

중요한 것은 움직임이 아니다. 가장 중요한 것은 음악을 통해 연결된 두 사람의 몸과 마음이 함께 움직인다는 것이다. 남자가 리드하고 여자가 뒤따라 걷는 것이 아니라, 음악과 함께 어디로 걸을 것인지 방향을 정하는 리더는, 운명 공동체인 두 사람이 걸어야 할 길을 안내하는 가이드이다. 리더의 가이드에 따라 팔로워는 동시에 함께 움직인다. 서로가 서로의 반대편으로 움직이면서 함께 가는 역설적 걷기의 마법이 땅고의 신비함이다.

모래의 춤

나는 맨발

내가 딛는 세계는 단단하지 않다.
언제 허물어질지 모른다.
그러나 잠시도 춤을 멈출 수는 없다.

너무 많은 사람들이 땅 위에 서 있다.
그 무게 때문에 땅이 내려앉는 것은 아니다.
저렇게 가벼운 육체 속에
빈 틈 없이 꽉 차 있는 욕망

하늘은 점점 더 멀어진다.
땅은 수많은 모래들로 분열된다.
머리카락은 철삿줄처럼 녹슬어가고
썩은 발가락 시이로 모래가 들어온다.

그대가 균형을 잃는 순간

세계는 오른쪽으로 기울어진다.
내가 왼쪽으로 몸을 기운다면
우리는 넘어지지 않을 수 있다.
새는 좌우의 날개로 난다고?
너와 내가 팽팽하게 균형을 잡는 춤처럼?

우리가 함께 맞잡은 손
우리가 서로의 등에 손바닥을 대고 춤을 출 때
가까워지는 것은 가슴이 아니다.
그대 심장 뛰는 소리가 태양을 뜨게 만든다.

하늘은 활처럼 휘어져
늘 마음 변하는 구름과 수다스러운 새들을 품어 안고
아직 처녀인 지평선을 떠날 준비를 한다.
모래들은 슬픔을 증발시키며
내부에서부터 단단해진다.

아니야, 이건 어쩌면 신기루일지도 몰라.
내 힘차고 빠른 두 발로
지구를 자전시켜야 돼.

저와 함께, 춤추시겠습니까?

3부

땅고를 들으며 걷다

●
●

땅고 음악의 형성 과정

땅고는 시각적으로 압도적인 매력을 갖고 있다. 두 사람이 함께 걷는 춤 속에는 삶의 애잔함과 본능적 에너지, 관능미가 꿈틀거린다. 땅고는 유혹의 춤이었다. 가난한 유럽 이민자들 출신인 부두 노동자들은 선창가에 어쩌다 여성이 나타나면 앞다투어 그녀에게 자신들의 존재를 드러내려고 했다. 춤을 추기 위해 필요한 땅고 음악이 만들어졌는데 보까 항구의 선원들 사이에서 유행하던 아바네라와 깐돔베가 뒤섞이면서 1860년경 라 쁠라따 강 주위의 유곽이나 유흥가에서는 2박자의 밀롱가 음악이 등장하기 시작했다. 그리고 6스텝을 기본으로 하는 흥거운 춤이 만들어졌다. 2박자로 된 밀롱가 춤의 6스텝을 라 발도사La Baldosa라고 한다. 이것은 오늘날 2박자 밀롱가의 기본 스텝으로 발전한다. 땅고 음악은 라틴 아메리카의 민속음악적인 요소와 아프리카의 원시 리듬적인 요소, 그리고 유럽의 댄스곡으로부터 받은 영향이 뒤섞여 있다. 거기에 남부 이탈리아 이민

자들이 가져온 깐쏘네와 이탈리아 오페라 아리아의 요소들이 결합되어
서 풍부한 음악적 자양분이 마련되었다.

노동자들은 힘들게 일한 뒤 밤이 되면 유곽 근처의 유흥가에서 여인들
과 함께 노래와 춤을 즐겼다. 2박자의 단순한 밀롱가 음악이 4박자로, 그
리고 6스텝이 8스텝으로 조금씩 복잡하고 다양하게 변화하면서 지금 우
리가 즐기는 땅고 춤의 틀이 만들어졌고 땅고 음악도 2박자(밀롱가), 3박
자(발스), 4박자(땅고)로 세분화되기 시작했다.

아바네라

땅고의 춤과 음악 중 무엇이 먼저 시작되었는가 하는 것은 우문이다. 현
답은 서로 호감을 느낀 남녀가 자연스럽게 눈이 맞는 것처럼, 땅고의 춤
과 음악도 자연발생적으로 서로 가까워져 한몸이 됐다는 것이다. 보까 항
구의 사창가와 선술집, 빈민굴에서 발생한 땅고는 선원들과 부두 노동자,
도박사, 사기꾼, 창녀 등 하층민들 사이에서만 대유행했으므로 초기에는
항구에 사는 사람들이 즐기는 음악이라고 해서 무지카 뽀르떼냐Musica
Portena라고 불렸다. 부에노스아이레스 일반 시민들은 저급한 문화라고 해
서 처음에는 땅고 음악이나 춤을 거들떠보지도 않았다. 오히려 더러운 바
이러스를 보듯 폄하하고 경멸했으며 거리를 두었다.

땅고 음악의 기원이나 변천에 대한 확실한 기록은 없다. 일반적인 정설
로는 라 쁠라따 강 유역에 있는 부에노스아이레스 주변의 보까 항구에 집

결하던 외항 선원들이 1800년대 쿠바 섬에서 유행하던 2/4박자의 아바네라를 전파했고, 여기에 부에노스아이레스나 몬테비데오의 거리에서 연주되고 춤추던 깐돔베가 섞이면서 2박자의 밀롱가 음악이 파생하였으며, 그것이 진화한 것이 4박자의 땅고 음악이라고 알려져 있다. 단순화해서 표현하자면, 땅고 음악의 할머니는 아바네라, 할아버지는 깐돔베, 그리고 밀롱가는 땅고의 아버지이다.

아바네라는 쿠바에서 성행하던 음악이다. 보까 항구에서 무역선을 타고 사탕수수를 실으러 쿠바의 수도 아바나Havana로 갔던 선원들이, 당시 아바나 시대 클럽 음악을 점령했던 아바네라 리듬을 가지고 들어왔고, 여기에 깐돔베가 입혀져 2박자의 밀롱가 음악이 탄생했다고 보는 게 정설이다.

19세기까지 스페인 식민지였던 쿠바 섬에 사탕수수와 담배 재배의 잡역부로 건너온 아프리카 흑인들은, 힘든 노동을 이겨내기 위해 고향을 생각하며 아프리카의 노래를 부르고 춤을 추었다. 이것을 토대로 백인과 토착민의 피가 섞인 혼혈인 끄리오요들이 쿠바 사람에 대한 적합한 새로운 감각의 댄스 음악을 탄생시켰으며, 쿠바의 수도 아바나에서 발생하고 유행했다고 해서 이런 종류의 음악들을 아바네라라고 불렀다.

1905년 4월 4일, 주택 무료 임대, 높은 임금이라는 일본의 인력 송출 회사의 감언이설을 믿은 한인 1033명(장정 702명, 부녀자 135명, 아이들 196명)이 벅찬 꿈을 안고 제물포항에 정박한 영국 상선 일포드Ilford호에 올랐다. 4년간의 계약으로 큰돈을 벌고자 했던 그들은 40여 일간의 험난한 항해 끝에 1905년 5월 15일, 당시에 묵서가라고 불리던 멕시코에 도착한다. 그리고 다시 메리다Merida라는 도시로 끌려가 하루 17시간에 가까운 노동으로 사탕수수밭에서 노예에 가까운 생활을 해야 했다. 용의 혀를 닮았다고 해서 우리는 용설란이라고 부르는 거대한 선인장의 한 종류인 에네껜Henequendlek, 한국식으로 애니깽이라고 불리던 그 선인장의 잎은 선박용 로프를 만드는 중요한 재료였다. 1909년 계약이 끝났지만 곧바로 한일합방이 되어 애니깽들 중 상당수는 고국을 잃고 멕시코에 정착하게 되었고 아직도 그 후손들이 멕시코에 거주하고 있다. 1920년대 인조 섬유가 등장하면서 에네껜 농장들이 문을 닫자 한인들은 뿔뿔이 흩어졌으며 그중 270여 명이 쿠바의 사탕수수밭에서 일하기 위해 건너갔고 그래서 지금 쿠바에 한인 사회가 형성된 기초가 되었다. 「사랑손님과 어머니」의 작가 주요섭은 1930년 동아일보에 연재한 장편『구름을 잡으려고』에서 굶주림을 면하기 위해 머나먼 이국땅으로 떠나서 노예 같은 참혹한 생활을 해야만 했던 멕시코 한인 이민 1세대의 서글픈 삶을 소설화했다.

1845년 10월 발표된 프로스페르 메리메Prosper Merime의 소설『카르멘』을 바탕으로 1875년 파리 오페라 코미크 극장에서 초연된 비제의 오페라 〈카르멘〉에는 〈아바네라―사랑은 제멋대로인 새〉라는 곡이 등장한다. 메조소프라노의 노래와 오케스트라, 코러스가 어우러진 곡인데, 비제 역시 쿠바의 아바네라에서 영향을 받고 〈카르멘〉 속에 삽입된 이 곡을 작곡했다. 일반적으로 아바네라는 2박자의 리듬에 가끔씩 셋잇단음이 추가되는 게 특징이다. 셋잇단음 이것이야말로 아바네라를 다른 음악과 구별 짓는 가장 큰 특징이다. 아바네라와 함께 추던 춤은 영국이나 프랑스의 컨트리 댄스에 가까운 것이었다. 아바네라는 유럽인들에게 '끄리오요 탱고'라는 이름으로 알려졌고 여기에서 파생된 것이 '안달루시안 탱고'이다.

쿠바 음악은 지배자였던 스페인과 노예들이었던 아프리카, 그리고 원주민들의 음악이 혼합되어서 여러 형태로 나타났는데, 특히 스페인 남부 안달루시아 지방의 플라멩코가 아프리카 토속 음악과 뒤섞이면서 룸바, 맘보, 차차차 같은 새로운 형태의 아프로-쿠반 음악이 탄생하게 되었다. 아바네라는 이것과 조금 다르게 유럽의 컨트리 음악이 뒤섞이면서 만들어진 유로-쿠반 음악이라고 할 수 있다.

깐돔베

아바네라가 땅고 음악의 할머니라면, 깐돔베는 땅고 음악의 할아버지다. '남녀 흑인의 상스러운 춤, 그 춤에 쓰이는 큰북의 일종'이라는 사전적 정의만 봐도 알 수 있듯이 깐돔베의 근원에는 아프리카에서 끌려온 흑인 노예들이 자리잡고 있다. 깐돔베는 스페인 식민지 시대 이래, 우루과이의 몬테비데오나 아르헨티나의 부에노스아이레스 주변에서 흑인들이 추던 축제의 음악이었다. 1930년대까지는 축제 때 깐돔베의 연주와 함께 춤을 추기도 했지만, 지금은 극장 연주나 시디를 통해서만 들을 수 있게 되었다.

드라마틱하면서도 구슬프고 서정적인 아바네라와 반대로 깐돔베는 경쾌하고 빠른 축제의 음악이다. 라 쁠라따 강 주변에 살고 있던 원주민들은 다양한 원시 종교를 믿고 있었는데, 그들의 제의적 음악인 땅가노

Tangano라는 무곡은, 유럽의 각각 다른 지역에서 건너온 이민자들의 폴카, 볼레로, 마주르카 등의 영향을 받아 깐돔베라는 무곡으로 발전하였다. 아르헨티나의 상류 사회 사람들은 빈민가 유곽에서 유행하던 깐돔베를 조잡하고 저속하다며 멀리했지만, 젊은 세대는 자신들의 흥겨움을 깐돔베와 함께 표현하며 즐겼다.

아프리카 흑인 노예의 자손들이 정글 속의 주술적 의식이 담겨져 있는 싱코페이션을 가진 2/4박자의 카니발 음악, 깐돔베와 쿠바의 수도 아바나에서 유행하던 춤곡 아바네라가 뒤섞이면서 2박자의 밀롱가 음악이 만들어진 것은 1860년에서 1870년경이다. 그리고 2박자의 밀롱가를 바탕으로 4박자의 땅고 음악이 만들어진 것을 1875년경으로 보고 있다.

그러므로 땅고는 스페인을 중심으로 한 유럽 계통의 춤곡과 아프리카계 니그로의 민속음악이 혼합된 것이다. 대체로 전통 민속 축제가 쇠퇴해 가던 1930년경 깐돔베는 땅고에 완전히 흡수되어 사라졌지만 초창기 땅고 음악과 춤 속에는 깐돔베의 흔적이 진하게 남아 있다.

●
●
땅고 음악의 진화

아바네라와 깐돔베가 거리의 카페와 술집에서 연주되면서 뒤섞이며 밀

롱가로 파생되었고 그후 1875년경 4박자의 땅고 음악이 싹이 터서 1880년

경에 초기 땅고 음악들이 등장했다. 가장 오랜 땅고 곡 중 하나라고 얘기되

는 〈바르또로Bartolo〉〈다메 라 라따〉 등이 작곡되었고, 1889년에는 우루

과이 몬테비데오 출생이지만 부에노스아이레스 산뗄모 지역에서 성장했

으며 후후이 스트리트와 까를로스 깔보 스트리트 코너에 아직도 남아 있

는 '라 바스카La Vasca' 클럽에서 연주하기도 한, 마누엘 깜뽀아모르Manuel

Campoamor(1877. 11. 7. -1941. 4. 29)의 〈사르헨또 까브랄Sargento Cabral〉이 작

곡되었다. 깜뽀아모르는 〈엔 엘 셉띠모 시엘로En el séptimo cielo〉(1900년), 〈라

까라 데 라 루나La c...ara de la l...una?〉(1901년), 〈라 메뜨라야La metralla〉(1902년),

〈무이 데 라 가르간따Muy de la garganta〉(1903년), 〈미 까삐딴Mi capitán〉(1905년)

등의 땅고 곡들을 작곡했다. 〈엘 엔뜨레리아노El Entrerriano〉〈엘 초클로〉〈엘

뽈테니또〉 등을 포함해서 땅고 유년기에 발표된 이런 곡들에는 아직 밀롱 가 리듬의 잔재가 남아 있는 것을 확인할 수 있다.

Tango Orchestras

땅고의 여명기였던 19세기 후반, 땅고를 연주한 사람은 클라리넷 연주 자인 무라또 신포로소Mulatto Sinforoso와 'El Negro'라고 불리던 까시미로 알꼬르따Casimiro Alcorta였다. 흑인인 까시미로는 바이올린 연주자이자 〈Concha Sucia〉 같은 곡을 작곡한 작곡가이기도 했다. '더러운 조개'라 는 뜻의 제목은 조개가 갖고 있는 성적 상징성에서 짐작할 수 있듯이 음 란한 의미를 갖고 있다. 이 곡은 프란시스꼬 까나로가 여성들과 중산층 백인 청중들을 위해 〈Cara Sucia〉(더러운 얼굴, 1916년)라는 곡으로 제목 을 바꾸고 편곡클라리넷 연주자인 무라또 신포로소Mulatto Sinforoso 하여 연주되었다.

1900년 이후 땅고 음악은 작곡가, 연주자, 오케스트라 등이 대거 등장 하면서 빠른 속도로 발전했는데 클라리넷, 플루트, 바이올린, 기타가 참 여한 3중주 또는 4중주 악단에 1905년경 처음으로 피아노가 사용되었다.

1910년에 들어서면서 바이올린, 기타, 플루트가 결합된 트리오의 형태 로 땅고 음악이 연주되었다. 기타가 빠지고 두 대의 바이올린과 하나의 플루트로 트리오가 결성되기도 하였다. 대부분의 땅고 뮤지션들은 이민 을 온 이탈리아인들이었고 그들은 칸쏘네나 이탈리아 오페라의 노래들을 땅고 음악에 접목시키기 시작했다. 여기에 반도네온이 합류하면서 땅고 음악이 슬픈 음색을 띄기 시작한다.

1916년 프란시스꼬 까나로에 의해 베이스가 사용되었으며 그후 독일에서 건너온 반도네온이 땅고 음악의 중심에 자리잡으면서 땅고 음악이 슬픈 음색을 띄기 시작한다.

가장 오래된 땅고 곡은 1880년대에 보까 항구의 선술집에서 흘러나오던 〈바르또로Bartolo〉(룬파르도: 바보, 시시한 놈이라는 속어)라는 곡이라고 전해진다. 원시적인 끄리오요의 느낌을 맛볼 수 있는 이 곡은 피아니스트이며 작곡자인 프란시스꼬 아르그레아베스Francisco Hargreaves(1849. 12. 31.-1900. 12. 30.)의 곡으로 알려졌지만 북미 지역에서 흘러들어온 작자 미상의 곡을 그가 연주한 것뿐이라는 다른 주장도 있다. 그는 〈라 루비아 La Rubia〉라는 아바네라도 작곡했으며 현재 모두 악보가 남아 있다.

초기 땅고 곡으로 널리 알려진 〈엘 엔뜨레리아노〉는 1897년 10월 25일, 피아니스트 로젠도 멘디사발Rosendo Mendizabal이 그가 일하고 있던 마리아 랑고야Maria Langolla의 클럽 '라 바스까'에서 처음으로 연주를 했다. 그러나 로젠도의 라이브 연주가 시작되자 댄서인 호세 기도보노Jose Guidobono는 마치 발이 마비되는 것 같아 춤을 출 수가 없었다. 그때까지와는 다른 새로운 땅고 음악이었기 때문이다. 클럽의 손님 중 한 사람이었던 리까르도 세고비아는 엔뜨레 리오스Entre Rios 지역의 땅 소유주였는데 로젠도가 그 지역의 음악을 채보해서 연주한 것이어서 〈엘 엔뜨레리아노〉라고 제목을 붙였다. 인쇄된 악보 표지에는 'to Ricardo Segovia' 라고 적혀 있다. 이 곡은 앙헬 비욜도가 가사를 만들어서 가수이자 때로는 배우와 댄서로도 활동했던 뻬뻬따 아베자네다에게 노래하게 했고 다른 작사가들이 다른 가사를 붙여 노래하기도 했다. 1913년 오케스트라 에두아르도 아로라스Orchestra Eduardo Arolas가 이 곡을 녹음했다.

　그러나 땅고 유년기에 가장 널리 알려진 곡은 앙헬 비욜도(1861. 2. 16.–1919. 10. 14.)가 작곡한 〈엘 초클로〉다. 앙헬 비욜도는 아르헨티나인들에게는 최초의 위대한 땅고 아티스트로 기억된다. 〈엘 초클로〉는 옥수수의 속대를 뜻하는 사전적 의미 이외에도, 벗겨도 벗겨도 또 나오는 옥수수 잎처럼 남자가 접근해도 좀처럼 몸을 허락하지 않는 밀당의 고수들인 보까 항구의 매춘부들을 의미하고 있다. 〈엘 초클로〉의 가사는 그래서 성적 의미의 외설스러움이 중의적으로 유머러스하게 표현되어 있다. 또한 〈엘 초클로〉는 당시 부에노스아이레스 유명 나이트클럽 주인의 별명으로 옥수수의 귀라는 성적 은유도 갖고 있다. 호세 루이스 론깔로Jose Luis Loncallo가 리더로 있는 오케스트라에 의해 1903년 '엘 아메리까노El Americano'라는 레스토랑에서 초연되었다. 또 이 곡은 1952년 로버트 힐Robert Hill과 레스터 아일린Lester Alien이 〈불의 키스Kiss of Fire〉라는 제목으로 새로운 가사를 붙여 녹음했고 1955년 바바라 러쉬와 잭 파란스 주연의 영화로도 만들어져 큰 화제를 모았으며 루이 암스트롱도 트럼펫 연주를 해서 아메리칸 탱고의 가장 알려진 곡이 되었다.

Tango Cancion

가사가 있는 최초의 땅고 곡은 1917년 까를로스 가르델이 부른 〈내 슬
픈 밤〉이다. 원래 이 곡은 빠스꾸알 꼰뚜르시(1888. 11. 18.−1932 .5. 29.)가
밀롱가에서 연주되던 작곡자 미상의 〈리따Lita〉라는 곡에 'Mi Noche Tris-
te'라는 제목으로 가사를 붙여 스스로 노래 불렀고(1915년), 그 무렵 시내
극장가에서 Gardel-Razzano라는 포크송 듀엣 중 한 명으로 활동하며 인기
를 모으고 있던 까를로스 가르델에게 음반 취입을 시켰다. 빠스꾸알은 땅고
유년기의 가장 능력 있는 작사가이자 기획자였다. 그는 비센테 그레꼬Vicente
Greco의 〈엘 플레떼El Flete〉를 작사하기도 했다. 1916년 3월 22일자 '엘 디아
El Dia'라는 신문에는 우루과이 몬테비데오의 아르티가스 극장 2층에 있던
카바레 물랭루즈에서 젊은 끄리오요 청년 빠스꾸알 꼰뚜르시가 〈미 노체
뜨리스떼〉를 직접 노래했다는 기사가 실려 있다(떼아뜨로 아르띠가스
Teatro Artigas는 <라 꿈파르시따>를 작곡한 헤라르도 마또스Gerardo Matos
의 아버지인 에밀리오 마또스Emilio Matos 소유였다). 까를로스 가르델이
부드럽고 달콤한 목소리로 부른 이 노래는 아르헨티나는 물론 아메리카
대륙 전체에서 크게 히트하면서 땅고 붐을 일으키는 데 커다란 공헌을 하
며 땅고 음악이 춤을 위한 연주곡에서 가수가 등장하는 노래, 땅고 깐시
온 형태로 대전환을 이루게 된 결정적 계기가 되었다.

또한 1917년에 우루과이 몬테비데오에서 녹음된 마또스 로드리게스의
〈라 꿈파르시따〉역시 땅고 확산에 큰 역할을 했다. 당시 15세 정도의 젊
은 학생이었던 마또스는 우루과이 스쿨 밴드의 행진곡에서 영감을 받아

〈라 꿈파르시따〉를 작곡했고 1916년 부에노스아이레스의 유명한 오케스트라인 로베르또 피르뽀 악단을 불러 1차 녹음했으며 다시 1917년 알론소-미노토Alonso-Minotto 오케스트라에 의해 재녹음했다. 〈라 꿈파르시따〉는 가사도 여러 가지 버전이 있다. 〈미 노체 뜨리스떼〉의 작사가인 빠스꾸알 꼰뚜르시가 엔리께 마로니와 공동으로 작곡가의 허락 없이 〈시 수피에라스Si Supieras〉라는 새로운 제목으로 가사를 붙이기도 했다.

재즈를 제외하고는, 땅고처럼 공간적으로 광범위하게 확산되면서도 끊임없이 진화하면서 100년 넘게 긴 생명력을 갖고 사랑을 받는 음악 장르는 없다. 지난 150년 동안 땅고 음악은 다양한 형식적 변화를 시도했었다. 악기 편성도 많은 변화가 있었다. 땅고 유년기에는 기타나 반도네온 같은 악기 하나만으로 연주되기도 했고 플루트와 클라리넷, 바이올린이 합류하기도 했다. 1913년 피아니스트이자 작곡자인 로베르토 피르뽀Roberto Firpo(1884. 5. 10.-1969. 6. 14.)는 자신의 악단을 만들고 연주 활동을 시작하면서 댄서들이 춤추기 좋은 로맨틱한 장르를 개척했는데 특히 〈새벽El Amanecer〉이란 곡을 녹음하면서 자신의 밴드에 반도네온을 등장시켰다. 이때부터 2대의 반도네온, 2대의 바이올린, 피아노, 더블베이스 등 6명으로 편성된 섹스떼뜨가 표준 스타일이 됐고 이런 4종류의 악기 편성을 갖춘 땅고 밴드를 표준적인 스타일 즉 오르께스따 띠피까Orquesta Tipica라고 부른다. 극장 쇼 무대에서는 주로 5중주, 8중주, 9중주의 구성을 갖춘 악단이 라이브를 연주한다. 영화 〈부에노스아이레스 땅고 클럽〉에 등장하는 것처럼 대규모 편성의 땅고 오케스트라도 있다. 로베르토 피르뽀는 1936년에 '로베르토 피르뽀와 4중주단'을 조직해서 프란시스꼬 까나로 사후 황금시대 땅고 음악계의 가장 원로로서 활발하게 활동하다가 1959년 75세를 계기로 클라리넷을 곁들인 복고조의 '고전적 5중주단'을 조직하여 고별 앨범을 녹음하고 은퇴하였다.

땅고는 대중적 감성에 영합하는 상업적 장르의 음악들이 대부분이었지만, 아스또르 피아졸라 이후 현대 음악의 형식을 도입해서 작곡된 누에보 땅고가 새로운 영역을 차지했다. 해금이나 생황 같은 국악기들로 연주된 땅고 음악들도 있다. 현재 한국의 퓨전 밴드 제나탱고는 바이올린, 피아노, 아코디온, 아쟁, 해금 등 동서양의 악기를 혼합하여 탱고 음악을 연주하고 있다. 국악 그룹 정가악회는 2016년 11월 아르헨티나의 부에노스아이레스의 시립문화센터인 우시나 델 아르떼Usina del Arte에서 가야금, 아쟁, 피리, 생황 등의 국악기로 땅고 밴드 아스띠제로Astillero와 함께 컬래버레이션 무대를 꾸미기도 했다. 또 피리, 생황, 태평소 등을 연주하는 대표적인 전통 음악 연주자 가민Gamin은 〈리베르땅고〉〈오블리비온〉 등을 연주한 바 있다.

보통 땅고 음악은 3분 이내로 짧다. 저잣거리의 대중화된 땅고 음악을 높은 예술적 수준으로 끌어올린 사람이 〈리베르땅고〉를 작곡한 피아졸라다. 피아졸라 이후 땅고 음악이 변하자 춤도 따라 변하기 시작했다. 2000년대 초반부터 후반까지 세계적으로 유행했던 땅고 누에보 댄서 치초나 세바스티안 아르쎄Sebastian Arce 등은 음악에서 피아졸라가 했던 역할을 춤으로 하면서 전통 땅고를 계승하고 현대 땅고의 새로운 문을 열었다. 그들은 특히 일렉트로닉 음악에 맞춰 새로운 땅고 동작을 만들면서 현대적인 감각의 땅고 누에보를 발전시켰다.

또 땅고 음악은 규칙적인 리듬의 결합을 뜻하는 박자에 따라 4박자(4/4박자, 4/8박자)인 땅고와, 3박자(3/4박자, 3/8박자)인 발스, 2박자인(2/2박자, 2/4박자) 밀롱가 등 3종류로 나눌 수 있다. 이중에서 제일 먼저 등장한 것은 2박자의 밀롱가다. 아바네라와 깐돔베가 어울리고 뒤섞이면서 1860년경 2박자의 밀롱가 음악이 등장했다. 현재의 밀롱가 음악 형식을 거슬러 올라가보면 아바네라계의 리듬, 그리고 깐돔베계의 리듬 등 2종류의 리듬을 발견할 수 있고 양자 혼합형도 찾아볼 수 있다. 2박자의 밀롱가가 확실하게 두 장르의 영향을 받아서 발전되었다는 증거라고 볼 수 있다. 땅고 발생 초창기는 강렬하고 힘 있는 밀롱가 음악이 대부분이었다.

작가 보르헤스는 4박자의 땅고 음악을 싫어하고 2박자의 밀롱가 음악을 좋아했다. 4박자의 땅고 음악이 이탈리안적 세련된 감성에 기초해 있으면서 지나치게 여성적이라고 비판했다. 까를로스 가르델이 주도한 땅고 문화가 여성적으로 흐르는 것을 못마땅해했던 보르헤스는 밀롱가 음악을 위해 11편의 시를 썼고 그것을 『여섯 개의 현을 위해』라는 소시집으로 출간했다. 일반적으로 땅고 노래들이 여성에 의해 실연당한 남성들의 한탄이나 고백의 가사로 일관하고 있는 것에 반해 보르헤스의 시집에 들어 있는 시들은 하나같이 힘 있고 뚜렷한 세계를 보여준다.

4박자의 땅고 음악은, 2박자의 밀롱가 음악이 보까 항구와 산뗄모 주변에서 널리 연주된 이후인 1875년 무렵부터 싹이 터서 1880년경에 등장했다. 조기의 4박자 땅고 음악은 2박자의 밀롱가 양식에서 발전하였다. 2박자의 밀롱가는 4박자 땅고의 아버지에 해당된다. 이렇게 땅고 음악이 장르적으로 서서히 세분화되어가면서 조금씩 자리를 잡아가던 1900년 이

전의 시기를 땅고의 유년기라고 부른다.

1900년 이후 땅고는 눈부신 발전을 하였다. 땅고는 이제 보까 항구를 벗어나서 부에노스아이레스 시 전역으로 영역을 확장한다. 항구 주변의 선원이나 부두 노동자가 아니라 일반 시민들도 땅고를 즐기기 시작했다. 그리고 수많은 작곡가와 연주자, 오케스트라가 이 새로운 대중문화에 동참했다.

반도네온의 등장

땅고 악단의 가장 중요한 악기는 반도네온이다. 아코디언을 변형해서 독일에서 만들어진 반도네온은 기존의 땅고 오케스트라에서 중심 자리를 차지하고 있던 기타, 플루트, 클라리넷 등을 밀어내고 땅고 음악 한복판에 자리잡았다.

1912년 반도네오니스트인 후안 마글리오Juan Maglio(별명 Pacho. 이태리어 pazzo 영어의 mad라는 뜻)가 플루트, 바이올린, 기타, 반도네온으로 구성된 앨범을 녹음한 것이 땅고 음악으로 반도네온이 연주된 첫번째 땅고 레코딩이었다. 이 음반이 성공을 거두면서 로베르토 피르뽀도 자신의 악단에 반도네온을 편성하고 〈엘 아마네세르〉를 녹음했다. 땅고 오케스트라에서 베이스를 처음 사용한 사람은 작곡가 프란시스꼬 까나로다. 그는 1916년 처음으로 땅고 악단에 베이스를 들여놓았고, 베이스, 피아노, 바이올린, 반도네온 등 4개의 악기들로 구성된 5중주단을 편성하였다. 이것을 오르께스따 띠삐까Orquesta Tipica라고 부른다.

초창기 땅고 악단에는 폴카, 볼레로, 마주르카 등이 뒤섞인 깐돔베나 아바네라의 영향이 남아 있었으므로 악기 또한 플루트나 클라리넷, 기타 등이 함께 어우러졌었다. 현대 땅고 악단에서 가장 중요한 악기는 반도네온이다. 반도네온이 들어 있지 않은 땅고 음악은 땅고 같지가 않다. 땅고 특유의 구슬픈 선율은 반도네온에 의해 만들어진다. 반도네온은 아코디언이 변형된 악기인데, 아코디언은 1822년 베를린의 프리드리히 부슈만이 한트에올리네라는 이름으로, 그리고 1825년 빈의 시릴 데미안이 화성이라는 뜻의 아코르디온Akkordion이라는 이름으로 각각 특허를 얻은 뒤 유럽 대륙 전체에 순식간에 퍼졌다. 1852년 파리의 부통이 피아노 건반을 오른쪽에 배치한 현재의 모습으로 특허를 냈고 이후 이탈리아의 마리아노 달라페가 현재의 아코디언 형태로 완성하였다.

1850년경 하인리히 반트Heinrich Band는 아코디언과 콘체르티나Concertina의 원리와 특징을 이용해 아코디언과 비슷하지만 전혀 새로운 음색을 내는 악기를 만들었다. 그는 자신의 이름 Band에 아코디언이 결합되었다는 뜻으로 반도니온bandonion이라고 이름을 붙였다. 이 악기는 독일 교회에서 사용되다가 19세기 후반 선원들과 이민자들에 의해 부에노스아이레스에 전해져 반도네온Bandoneon이라는 이름으로 땅고와 만난다. 아르헨티나에 처음으로 반도네온이라는 악기가 등장한 것은 1870년 파라과이와 전쟁시 드리플 알리안스 전투에서 승리한 후 부에노스아이레스 시내를 바르또롬 미뜨레Bartorome Mitre 장군 부대가 퍼레이드 할 때, 호세 산타 크루쓰Jose Santa Cruz라는 흑인 군인이 어깨에 반도네온을 걸치고 행진했었다. 호세는 독일 선원에게 음식과 옷을 주고 대신 이 악기를 받았는데, 그때는 만도네온Mandoneon이라고 불렸다. 부에노스아이레스의 일반 오케스트라에서 반도네온을 처음 연주한 사람은 호세의 아들인 도밍고 산타 크루쓰였고, 반도네온으로 땅고를 처음 연주한 사람은 노예 출신 흑인이었던 세바스티안 라모스Sebastian Ramos Mejia였다. 몸통에 있는 겁 모양 주름부터 연주 방법까지 아코디언과는 완전히 다른 반도네온은, 1910년대 중반부터 땅고 음악을 연주하는 대표적인 악기로 자리잡는다. 황금시대 오케스트라의 많은 리더들은 지휘자이고 작곡가이고 솔리스트이기도 했다. 까를로스 디 사를리Carlos Di Sarli, 오스발도 뿌글리에쎄Osvaldo Pugliese, 로베르토 피르뽀Roberto Firpo, 프란시스꼬 로무또Francisco Lomuto, 로돌포 비아지Rodolfo Biagi, 알프레도 데 앙헬리스Alfredo De Angelis, 오라시오 살간Horacio Salgan, 호세 바소Jose Baso, 풀비오 살라만까Fulvio Salamanca, 마리아노 모레스Mariano Mores는 피아니스트 출신이고, 프란시스꼬 까나로, 후안 다리엔쏘, 에두하르도 도나토Edgardo Donato, 훌리오 데 까로Julio De Caro, 프로린도 사소네Florindo Sassone는 바이올리니스트였으며, 오스발도 프레세드Osvaldo Fresed, 아니발 뜨로일로Anibal Toilo, 후안 까나로Juan Canaro, 미겔 깔로Miguel Calo, 엑토르 바렐라Hector Varela, 도밍고 페데리꼬 Domingo Federico, 레오폴도 페데리꼬Leopoldo Federico, 도나또 라치아띠Donato Rachiatti는 반도네오니스트 출신이었고, 누에보 땅고 음악의 아버지 아스또르 피아졸라 역시 뜨로일로 악단에서 반도네온을 연주했었다.

현재의 반도네온은 버튼의 배열과 연주 방식의 차이에 따라 독일식과 아르헨티나식이 있다. 일반적으로 땅고 악단에서는 아르헨티나식 반도네온을 사용하는데 오른쪽에 38개 왼쪽에 33개 총 71개의 버튼이 있으며 반도네온을 열 때와 닫을 때 각각 다른 음이 나도록 설계되어 있어서 총 142음을 낸다. 콘티넨털 탱고 음악인가, 아르헨티나 땅고 음악인가를 구별하는 가장 빠른 방법은 악단에 아코디언이 참여하고 있는가 반도네온이 참여하고 있는가를 찾는 것이다. 반도네온은 밝고 화려한 아코디언에 비해 음색이 무겁고 깊으며 밀도가 높다. 반도네온 연주자가 없으면 진정한 땅고 악단이 아니다. 땅고 악단의 전형적 편성은 반도네온 2대, 바이올린 2대, 피아노 1대, 베이스 1대의 6인 편성이 표준적이다. 여기에 반도네온과 바이올린 연주자가 줄거나 늘면서 변화를 주기도 하고, 규모가 커질수록 각 악기의 숫자가 늘어나고 다른 악기가 추가되기도 한다.

밀롱가의 음악

  땅고를 추는 장소인 밀롱가에서는 보통 4곡의 땅고가 이어져서 나오고 1분 가까운 휴식이 있다. 4박자의 땅고 음악은 대부분 삶의 희로애락을 노래하기 때문에 드라마틱하거나, 로맨틱하거나, 서정적이며 깊은 울림을 준다. 땅고 두 딴다가 계속 나오고 난 뒤, 3박자의 발스나 2박자의 밀롱가가 나오면 밀롱가의 분위기가 급변한다. 일반적으로 발스 딴다나 밀롱가 딴다는 3곡을 한 묶음으로 하지만 디제이의 성향에 따라 또 그때그때의 밀롱가 분위기에 따라 4곡씩 딴다를 구성할 때도 있다. 영혼의 골짜기까지 낮게 가라앉는 것 같은 땅고 음악이 끝나고 3박자의 발스나 2박자의 밀롱가로 음악이 바뀌면 홀 안의 분위기는 급변한다. 그래서 땅고 디제이들은 일반적으로 땅고+땅고+밀롱가, 땅고+땅고+발스 이런 식으로 딴다를 구성한다.

그러나 밀롱가는 살아 있는 생물체와 비슷해서 디제이들은 분위기에 따라 발스나 밀롱가 딴다를 건너뛰고 땅고 딴다만 연속적으로 보낼 수도 있고, 밀롱가보다는 발스 딴다를 더 자주 내보낼 수도 있으며 혹은 그 반대의 경우도 가능하다. 지난 2016년 7월 30일 서울 땅고 마라톤의 그랜드 밀롱가에서 아르헨티나 출신의 세계적인 땅고 디제이 라루비아LaRubia는 자신의 마지막 딴다에서 땅고를 연속으로 5곡을 틀었다. 이것은 밀롱가에서 디제이만이 갖는 특권이다.

땅고의 황제, 까를로스 가르델

1900년대 이후 저잣거리의 속된 음악과 춤인 땅고가 서서히 상류 계층에 흡수되기 시작하고 전국적으로 유행하면서 땅고의 전설적인 가수 까를로스 가르델이 등장한다. 그의 출생 과정은 정확하게 밝혀져 있지 않다. 출생 연도는 1887년이라는 설과 1890년이라는 설이 있으며, 출생지도 프랑스에서 사생아로 태어났다는 설이 있고 우루과이 출생이라는 설이 있다. 우루과이에서는 까를로스 가르델이 1887년 12월 11일에 우루과이 북쪽 지방에서 출생했다고 믿고 있다. 일반적으로는 1890년 프랑스 오트가른 주의 틀루즈에서 프랑스인 어머니와 우루과이 출신 아버지 사이에서 태어났으며, 당시 아버지는 기혼남이었다는 출생설이 설득력 있게 받아들여지고 있다.

까를로스 가르델의 어머니는 1893년 어린 까를로스 가르델을 데리고 우루과이 몬테비데오로 이주했으며 1895년 우루과이 시민권을 취득했으나 그 이듬해인 1896년 다시 라 쁠라따 강 건너편에 아르헨티나의 부에노스아이레스로 이주했다. 분명한 것은 까를로스 가르델이 아버지 없이 어머니와 함께 성장기를 보냈다는 것이며 1896년부터는 부에노스아이레스에 거주했다는 사실이다. 그가 아르헨티나 시민권을 갖게 된 것은 1923년이다.

생계를 위해 막노동부터 온갖 허드렛일을 하며 성장한 까를로스 가르델은 청소년기에 아바스또 거리에 있는 극장의 잡역부로 취직을 했다. 그가 하는 일은 극장 공연이 시작하기 전에 무대의 막을 올렸다가 공연이 끝나면 내리는 단순한 것이었지만, 그는 자신의 손으로 하나의 세계가 열렸다 닫히는 것이 마술처럼 신비로웠으며 무대에 서고 싶다는 생각을 했다. 까를로스 가르델의 극장 체험은 땅고를 중심으로 성장해가던 엔터테인먼트 산업의 이면을 엿보게 한 결정적 계기가 되었다.

그가 청소년기에 살았던 부에노스아이레스의 아바스또 까를로스 가르델 거리에는 지금 까를로스 가르델 동상이 서 있고, 아바스또 거리의 지하철역 이름도 까를로스 가르델이라고 명명되어 있다. 까를로스 가르델 거리에는 많은 땅고 뮤지션들과 가수들의 동상이 길 양쪽으로 조성되어 있다. 땅고 쇼를 하는 극장들이 밀집되어 있으며 땅고 옷과 구두 등을 판매하는 숍들도 즐비하게 늘어서 있다.

까를로스 가르델은 타고난 미남이었으며 미성이었다. 그는 노래를 부르기 시작했고 그의 아름다운 목소리는 특히 많은 여성들의 가슴을 뒤흔들었다. 1909년 국립 꼬리엔떼스 극장에서 바리톤 가수로 데뷔를 했으나

가수로서뿐만 아니라 영화배우로서도 활약하면서 대중들의 사랑을 받았던 까를로스 가르델은 너무 짧은 생을 살다가 떠났다. 지금도 그의 묘지에는 날마다 꽃다발이 놓이고, 애연가였던 그를 위해 묘지 옆 동상의 손가락에는 항상 연기가 피어오르는 담배가 꽂혀 있을 정도로 아르헨티나 사람들의 변함없는 사랑을 받고 있다.

까를로스 가르델 거리에 조성된 땅고 뮤지션 동상들.

부에노스아이레스 시의 지하철 까를로스 가르델 역 내부.

1910년 그 극장 무대에서 땅고 곡을 부르며 땅고 가수로 전향했다. 하지만 1910년대에는 대부분의 땅고 곡들이 춤을 위한 연주곡으로 만들어졌고 노래 가사는 후렴구 정도에 그쳤다. 그는 1911년 호세 라사노와의 2중창단을 결성해 극장에서 정기적으로 노래를 했고 우루과이 등 중남미 국가를 순회하며 노래를 불렀으며 때로는 프란시스꼬 마르띠노가 포함된 3중창단을 구성해서 국립 꼬리엔떼스 극장에서 노래를 불렀다.

까를로스 가르델이 한 가장 중요한 업적 중의 하나는 그가 최초로 땅고 가사가 있는 노래를 녹음했다는 것이다. 1917년 까를로스 가르델이 녹음한 〈내 슬픈 밤〉은 노래가 있는 최초의 땅고 곡이다. 이 노래가 라틴 아메리카 전 지역에서 크게 히트하면서 수많은 땅고 곡들이 만들어지고 땅고 가수가 등장하는 새로운 계기가 되었다. 이제 춤을 위한 반주곡 정도로 작곡되고 녹음되던 땅고 곡들은 가수가 등장해서 노래를 부르는 곡들이 주류를 이루기 시작했다. 이른바 노래하는 땅고, 땅고 깐시온의 시대다. 까를로스 가르델이 부른 〈귀향Volver〉, 〈간발의 차이로Por Una Caveza〉, 〈내 사랑 부에노스아이레스Mi Buenos Aires Querido〉 같은 노래들이 라틴 아메리카 전역과 스페인 등에서 히트하면서 그는 독자적으로 활동하기 시작했으며 땅고의 대중화에 결정적 기여를 했다. 가르델은 살아생전 직접 수백 곡의 땅고 곡을 작곡했고 노래 불렀으며 음반을 만들었지만 체계적으로 음악 교육을 받지 못했기 때문에 그때그때 떠오른 악상을 반주자에게 부탁해 악보로 옮겨야만 했다. 가끔 직접 가사를 쓰기도 했으나 가르델의 곡들은 대부분 가르델과 음반을 계약한 미국의 파라마운트사에서 고정으로 연결해준 브라질 출신의 작사가 알프레도 레 뻬라Alfredo Le Pera가 가사를 썼다. 가르델이 취입한 곡은 무려 900여 곡에 이르는 것으로 알려져 있다.

아르헨티나 많은 청소년들에게 까를로스 가르델은 성공의 롤 모델이었다. 이민가의 가난한 가정에서 태어나 혼자의 힘으로 부와 명예를 거머쥔 그는, 땅고 춤과 음악이 국민적으로 유행하면서 땅고 그 자체와 동의어가 되었다. 특히 미국과 프랑스, 스페인 등 유럽 순회공연을 통해서도 높은 인기를 모았으며 당시 보급되기 시작한 라디오를 통해서 그의 목소리는 전 세계로 퍼져나갔다. 귀족적 외모와 세련된 무대 매너를 가진 까를로스 가르델의 치솟는 인기는 그를 영화 스타로도 만들었다. 특히 1930년대에는 가르델을 주인공으로 한 수많은 땅고 영화들이 만들어졌다. 대부분 뮤지컬 영화였는데 그 영화들 속에서 가르델은 연기를 하면서 동시에 자신의 노래를 불렀으며 때로는 직접 땅고를 추기도 했다. 1917년 10월 5일 떼아뜨로 올림뽀Teatro Olimpo에서 여자 가수인 록산나와 함께 로베르토 피르뽀의 〈몬테비데오〉라는 곡에 맞춰 아주 멋진 땅고 공연을 했다는 기록도 남아 있다.

대표적인 영화로는 영화 제목이 주제곡인 〈마노 아 마노Mano a mano〉(1931), 〈시라 시라Yira, Yira〉(1931), 〈비에호 스모킹Viejo Smoking〉(1931), 〈미 부에노스아이레스 께리도Mi Buenos Aires Querido〉가 주제곡인 〈꾸에스따 아바호 Cuesta Abajo〉(1934)를 들 수 있다.

그러나 1935년 6월 24일, 까를로스 가르델을 태운 비행기가 남미 순회 공연 도중 콜롬비아의 수도 보고타의 메들린 공항에서 충돌하면서 세상을 떠난다. 40대 중반의 아까운 나이였다. 가수로서뿐만 아니라 영화배우로서도 활약하면서 대중들의 사랑을 받았던 그는 너무 짧은 생을 살다가 떠났다. 지금도 그의 묘지에는 날마다 꽃다발이 놓이고, 애연가였던 그를 위해 묘지 옆 동상의 손가락에는 항상 연기가 피어오르는 담배가 꽂혀 있을 정도로 아르헨티나 사람들의 변함없는 사랑을 받고 있다.

●
●

땅고 오케스트라의
4대 악단

　일반적으로 밀롱가에서 사랑받는 땅고 오케스트라의 4대 악단으로 까를로스 디 사르리 악단, 후안 다리엔쏘 악단, 오스발도 뿌글리에쎄 악단, 아니발 뜨로일로 악단을 든다.

　땅고가 발생 초기의 혼돈을 거쳐 까를로스 가르델의 〈내 슬픈 밤〉의 엄청난 성공 이후 하나의 장르로 점차 자리를 잡아가던 1920년대에서 1930년대 사이에는 대중적으로 널리 알려진 땅고 악단들이 등장하기 시작했다. 솔리스트로 악기를 연주하면서 자신의 악단을 갖고 있던 작곡가들로는 훌리오 데 까로Julio De Caro(1899. 12. 11-1980. 3. 11) 오스발도 프레세도(1897. 5. 5.-1984. 11. 18) 프란시스꼬 로무또(1893. 11. 24.-1950. 12. 23) 프란시스꼬 까나로(1888. 12. 26.-1964. 12. 14) 등을 들 수 있는데 이중에서 초창기 가장 성공한 땅고 뮤지션은 바이올리니스트이자 작곡가였던 훌리오 데 까로였다. 그의 오케스트라에는 뛰어난 반도네오니스트이자

후안 다리엔쏘.

작곡가였던 페드로 라우렌쓰Pedro Laurenz도 있었다. 데 까로 악단에는 피아니스트 오스발도 뿌글리에쎄와 반도네오니스트 아니발 뜨로일로 등도 합류했었다.

데 까로의 성공을 뛰어넘어 까를로스 가르델 사후 땅고계를 진두지휘하면서 광범위한 대중적 인기를 모은 사람은 바이올리니트이며 지휘자였던 프란시스꼬 까나로였다. 그는 〈센티미엔토 가우초〉 〈아디오스 빰빠미아〉 등 약 700곡을 녹음했다. 까나로 악단에 뿌리를 두고 갈라져 나온 후안 다리엔쏘, 그리고 다리엔쏘 악단에서 갈라져 나온 로돌포 비아지 등은 땅고 음악에 하나의 계보를 형성하고 있다. 그들은 스타카토가 분명하고 힘 있으며 빠른 속도의 땅고 음악들을 만들고 연주했다.

바이올리니스트 출신인 다리엔쏘는 탁, 탁 끊어지는 스타카토를 절묘하게 활용하여 힘 있는 남성적 리듬을 만들었다. 그는 1935년부터는 연주를 그만두고 자신의 오케스트라를 지휘만 했다. 〈El Rey del Compas〉(1938년)라는 앨범을 발표하면서 비트의 제왕King of Beat이라는 별칭을 얻었다. 이 앨범은 향후 다리엔쏘 유의 빠르고 힘 있는 남성적 땅고가 한 시대를 풍미할 것이라는 신호탄이었다. 지휘할 때 탁월한 쇼맨십을 갖고 있던 다리엔쏘는 어떻게 하면 대중들이 그의 음악에 열광하는지를 알고 있었다. 훌리오 데 까로는 다리엔쏘를 시기했고 질투했는데, 그들의 성공은 여름이 지나면 가실 것이다라고 말했고 다리엔쏘는 이 얘기를 들고 그를 평생 용서하지 않았다. 다리엔쏘 악단에서 피아니스트로 일하다 독립한 로돌포 비아지는 스타카토로 끊어지는 빠른 리듬을 극대화해서 남성적 강건함과 속도감의 음악을 연주했다.

물 흐르듯이 부드러운 연주와 따뜻한 감성이 특징인 오스발도 프레세도 악단에서 성장한 피아니스트 까를로스 디 사를리(1903~1960)는 서정적인 멜로디가 있는 땅고 곡들을 만들어 많은 지지를 받았다. 피아니스트 출신의 까를로스 디 사를리는 어릴 때 눈을 다쳐 평생 선글라스를 벗지 않았으며 우리는 지금 남아 있는 그의 사진 어디에서도 그의 눈을 볼 수가 없다. 디 사를리는 끊어지지 않고 이어지는 유장한 선율과 부드럽고 섬세한 감성, 따뜻하고 풍부한 이미지로 여성적 리듬을 만들었다. 초기에는 비교적 단순한 구조를 갖고 있는 음악들을 연주했으나 후기로 갈수록 선명한 비트를 유지하면서도 서정성이 풍부하고 우아한 감성의 곡들을 연주했다. 아직까지도 디 사를리의 음악이 세계 각지의 밀롱가에서 가장 많이 나오는 땅고 음악 중 하나인 이유다. 알베르또 뽀데스따Alberto Podesta, 오스까르 세르빠Oscar Serpa, 호르헤 듀란Jorge Duran, 로베르또 루피노Roberto Rufino 등의 가수들과 작업을 했다. 특히 알베르또 뽀데스따는 최근 타계 직전까지도 밀롱가에서 현역으로 노래를 부르며 활동하면서 많은 땅게로스들에게 깊은 감동을 주었다.

까를로스 디 사를리나 후안 다리엔쏘보다 후배인 아니발 뜨로일로(1914~1975)는 1935년 무렵부터 1955년까지의 땅고 황금시대, 부에노스아이레스 밀롱가의 가장 인기 있는 악단의 지휘자였다. 아니발 뜨로일로는 훨씬 복잡하다. 실제로 부에노스아이레스 밀롱가에서 가장 많이 나오는 땅고 음악은 뜨로일로라는 조사가 있을 정도로 뽀르떼뇨들의 뜨로일로 사랑은 크다. 그의 음악은 단순하지 않고 복잡하며, 복잡하면서도 높은 서정성을 갖고 있어서 오래 들어도 쉽게 질리지 않으며 들을수록 깊고 새로운 느낌을 준다. 반도네온으로 음악적 대화를 시도하면서 정확하고 개성적이며 감각적인 연주를 하던 뜨로일로는 또한 작곡가로서도 미학적으로 균형 잡힌 아름다운 곡들을 발표했다. 악단의 지휘자로서 그는 항상 그 곡에 맞는 최고의 연주자와 가수들을 찾아내서 함께 연주를 했다. 젊은 시절의 피아졸라가 뜨로일로 악단에서 반도네오니스트로 일하게 된 것은 우연이 아니었다. 뜨로일로는 프란시스꼬 피오렌티노Francisco Fiorentino, 알베르토 마리노Alberto Marino, 프로레알 루이스Froreal Ruiz, 로베르또 고에네체Roberto Goyeneche 등의 가수들과 작업했다.

오스발도 뿌글리에쎄.

오스발도 뿌글리에쎄는 독특하다. 밀롱가에서 뿌글리에쎄 음악이 나오면 몇 초만 듣고도 땅게로스들은 금방 뿌글리에쎄인 줄 안다. 뿌글리에쎄 이전에 뿌글리에쎄 없고 뿌글리에쎄 이후에 뿌글리에쎄 없다. 천국까지 올라갔다가 지옥까지 뚝 떨어지는 음의 사용, 강약을 극단적으로 대비하거나, 느리게 진행하다가 갑자기 빨라지는 것처럼 완급을 대비시킨다. 이렇게 뿌글리에쎄 음악은 모든 것이 확실하고 드라마틱해서 콘서트 스타일로 땅고 음악을 발전시켰다. 그래서 일반 땅게로스들이 밀롱가에서 춤추기 가장 어려운 악단으로 손꼽힌다. 1950년대 이후에는 주로 극장용 음악을 만들었다. 주로 로베르토 샤넬Roberto Chanel, 알베르토 모란Alberto Moran 등의 가수들과 작업을 했다.

1940년대 후반 뮤지션들은 밀롱가에서 춤추는 사람들을 위해 라이브로 연주하는 것보다는 레코딩을 하거나 라디오 방송에 출연하는 것에 더 관심을 기울였다. 다시 음악과 춤이 조금씩 분리되었다. 땅고 영화가 수없이 만들어지면서 영화음악 작업에도 악단들이 참여하였다. 춤추는 것만을 위해 연주를 하거나 음악을 만들면 일정한 박자를 따라가는 리듬상의 제약이 있었지만, 영화와 라디오를 위한 작업에서는 그런 것들로부터 자유로워졌기 때문에 많은 뮤지션들이 그쪽에 더 힘을 쏟았다.

1952년 LP 레코드가 나오기 시작하고 1959년 스테레오 사운드가 등장한 것은 땅고에 큰 영향을 끼쳤다. 이런 환경의 변화로 오케스트라의 편성도 반도네온 2대, 바이올린 2대, 피아노와 베이스 각 1대로 구성된 섹스떼뜨 혹은 오르께스따 띠삐까 편성에 바이올린과 반도네온이 3~5명, 피아노·베이스, 거기에 가수 1~2명으로 구성의 변화를 시도하게 되었다. 또 비올라나 첼로 같은 다른 악기가 추가되기도 했다.

땅고의 새로운 시대를 개척한 아스또르 피아졸라

뛰어난 반도네온 연주자이며 혁신적인 작곡가였던 아스또르 피아졸라 는, 그때까지 춤을 위해 만들어졌던 땅고 음악을 감상을 위한 음악으로 바 꾸어놓았다. 그는 클래식의 위대한 전통과 재즈 그리고 전위적 요소들까 지 도입해 땅고의 역사를 바꾼 혁명을 일으키며, 땅고를 예술적 차원으로 격상시켰다. 전통 땅고 음악에 매우 독창적인 화음 개념을 끌어와서 〈부 에노스아이레스의 사계〉 등 위대한 작품을 만들어 클래식 연주자들의 공 연 목록에 포함시키며 땅고 음악의 새로운 길을 제시했다. 그는 땅고의 위대한 공헌자이다. 그는 땅고 음악의 혁명가이다. 하지만 처음부터 그랬 던 것은 아니다. 정통 땅고 음악 계승자들의 눈에 그는 이단자였다. 그의 음악을 밀롱가에서 듣기는 어려웠고 춤꾼들은 땅고를 춤 수 없는 음악은 땅고 음악이 아니라고 비난했다.

1921년 3월 11일 부에노스아이레스 마르델 플라타에서 이발사 아버지

아스또르 피아졸라.

와 재봉사 어머니 사이에서 태어난 피아졸라는 세 살 때 가족과 함께 미국으로 이주해 뉴욕의 뒷골목에서 거친 어린 시절을 보냈다. 그가 처음 반도네온을 잡은 것은 여덟 살 때였다. 피아졸라가 태어나기 전날 만삭의 어머니를 이끌고 땅고 공연을 보러 갈 정도로 땅고 마니아였던 아버지가 그에게 생일 선물로 반도네온을 사주었다. 아들이 최고의 반도네온 연주자가 되길 바랐던 아버지의 소망은 이루어졌다. 피아졸라는 세상을 떠난 아버지를 위해 1959년 〈아디오스 노니노Adios Noniño〉라는 명곡을 헌정했다. 이 곡은 지난 2014년 러시아의 소치에서 열린 동계올림픽에서 김연아 선수가 연기한 마지막 고별 곡이기도 하다.

어린 시절부터 라디오 연주회에서 반도네온을 연주했던 피아졸라는 1933년에는 헝가리의 피아니스트 윌다Bela Wilda에게 피아노를 배우기도 했다. 그리고 부에노스아이레스로 돌아와 까를로스 가르델의 마지막 영화에 신문팔이 역으로 출연해서 직접 연주를 하기도 했다. 아니발 뜨로일로의 오케스트라에서 반도네온 솔리스트로 활동을 시작한 그는, 작곡 경연 대회에서 1등을 하면서 파리 음악원으로 유학을 가게 된다. 이곳에서 피아졸라는 자신의 인생에 결정적인 방향을 제시해준 스승 나디아 블랑제Nadia Boulanger를 만난다. 지휘자이자 음악 교사였던 나디아 블랑제는, 피아졸라가 유럽 전통의 클래식 음악을 작곡하는 것보다는 고향인 아르헨티나의 정서를 담은 땅고 곡을 작곡하도록 조언했다. 스승의 조언은 피아졸라 음악에 획기적인 전기를 마련해준다.

1955년 유럽에서 다시 부에노스아이레스로 돌아온 피아졸라는 자신의 밴드를 결성하고 작곡과 연주를 했다. 그는 전통적인 땅고의 틀 안에 머물러서는 성공하기 어렵다는 것을 깨닫고 전통 땅고적 요소와, 어릴 적 미국에서 들었던 재즈적 요소, 그리고 자신이 유럽에서 공부한 클래식한 요소를 혼합하여, 그때까지 땅고 댄서들이 생각하고 있던 것과는 근본부터가 다른 재즈 스타일의 리듬jazzy rhythms을 만들었다. 1960년 누에보 땅고 5중주단Quinteto Nuevo Tango을 결성한 뒤부터 춤추기 위한 기존의 땅고 음악과는 다른, 듣기 위한 자신의 독창적 땅고 음악을 만들었고 스스로 그것을 누에보 땅고라고 불렀다. 피아졸라의 누에보 땅고는 남아메리카 대륙의 땅고, 북아메리카 대륙의 재즈, 유럽 대륙의 클래식 등 여러 대륙의 융합물이라고 볼 수 있다.

피아졸라의 땅고 음악은 황금시대의 전통을 충실하게 이어받으면서도 바흐에서 베토벤으로 이어지며 발달해온 클래식의 기법과 재즈의 기법을 도입해 그때까지 존재하지 않던 전혀 새로운 음악을 창조했다. 부에노스아이레스의 전통을 고수하려는 사람들에게 피아졸라는 이단아였고 혁명아였다. 그들은 피아졸라의 땅고를 싫어했다. 피아졸라의 땅고 곡들은 밀롱가에서 춤추기에 적합한 음악이 아니었다. 그러나 보까 항구의 빈민가에서 태어난 땅고 춤이 유럽 대륙의 인기를 바탕으로 다시 아르헨티나에 역수입되어 국민적 춤이 된 것처럼, 피아졸라의 누에보 땅고도 다른 나라에서 놀라운 음악적 성공을 거두면서 아르헨티나로 역수입되어 점점 인정받기 시작했다. 부에노스아이레스의 땅고 뮤지션들과 땅고 댄서들

까를로스 가르델 거리에 있는 피아졸라 동상.

도 피아졸라의 훨씬 더 자유로운 리듬에 매력을 느꼈고, 밀롱가에서도 누에보 땅고가 주류를 형성하기 시작했다.

아르헨티나의 군부 쿠데타로 공포정치가 실시되고 땅고가 억압받자 피아졸라는 1974년 유럽으로 건너가 민주화가 되는 1983년까지 파리·암스테르담·빈은 물론, 뉴욕·도쿄 등 세계 각국을 오가며 활동했다. 이 시기는 군부의 억압적 통치로 아르헨티나의 땅고 암흑기였지만 유럽에서는 다시 땅고가 주목을 받던 시기였다. 피아졸라는 자유를 잃고 폭력적 억압에 고통받는 조국의 땅게로스를 위해 〈리베르땅고〉를 작곡했다. 피아졸라의 누에보 땅고는 클래식 음악계의 많은 관심을 모았다. 특히 1992년 발표된 크로노스 4중주단의 〈다섯 개의 땅고 센세이션 Five Tango Sensatio〉은 세계적 반향을 불러일으켰다. 땅고에 차원 높은 예술성을 부여한 피아졸라는 다른 장르의 아티스트들에게도 깊은 영감을 주어 피아노의 다니엘 바렌보임, 바이올린의 기돈 크레머, 첼로의 요요마 등 대표적인 클래식 아티스트들이 그의 땅고 곡들을 녹음하면서 경의를 표했다.

피아졸라는 1990년 파리에서 뇌출혈로 쓰러진 뒤 시한부 판정을 받고 향수병에 시달렸다. 그는 아르헨티나 문민정부의 도움으로 부에노스아이레스로 돌아와 투병하다가 1992년 7월 5일 부에노스아이레스에서 생을 마감했다. 내가 만난 부에노스아이레스의 많은 땅고 댄서나 아티스트들은 입을 모아 자신들의 땅고가 피아졸라에게서 큰 영향을 받았다고 대답했다. 피아졸라 사후 20년 가까이 땅고 누에보 스타일이 세계 밀롱가를 휩쓸었다

●
●

룬파르도: 땅고의 언어

룬파르도는 땅고의 속어를 뜻한다. 땅고를 이해하는 데 있어서 룬파르도는 아주 중요하다. 땅고 시나 가사를 보다가 스페인어 사전에도 없는 단어가 등장하면, 룬파르도 사전을 펼쳐봐야 한다. 땅고가 처음 발생했던 19세기 후반의 부에노스아이레스의 보까 항구는 언어의 용광로였다. 비록 독립은 했지만 부에노스아이레스의 지배 세력은 여전히 스페인계였다. 1816년 스페인으로부터의 완전한 독립을 선언하고 국가의 틀을 잡아갈 때는 스페인계가 대부분이었지만 1870년대부터 유럽 이민자들을 대거 받아들이면서 수백만 명에 이르는 이탈리아계가 유입되었다. 그후 1차 세계 대전을 겪으면서 독일계가 유입되었고 전란의 피해를 벗어난 아르헨티나는 당시 최대의 번영을 누리게 된다.

땅고가 발생한 보까 항구 인구 구성원은 스페인어를 쓰는 아르헨티나 주류 세력, 제노바에서 출발한 이민선을 타고 보까 항구에 발을 디딘 이탈리아계들, 그리고 독일계 및 포르투갈, 프랑스, 영국, 터키 등 유럽의 다양한 나라에서 이민자들이 유입되면서 언어의 용광로가 만들어졌다. 땅고를 추고 땅고 노래를 부르면서 사람들은 여러 가지 바벨의 언어를 뒤섞고 비틀어 새로운 언어를 만들어냈다. 까를로스 가르델이 〈내 슬픈 밤〉을 성공시킨 이후 가사가 붙은 땅고 노래가 수없이 만들어지면서 룬파르도는 하나의 유행처럼 땅고 문화를 점령했다.

원래 룬파르도는 이탈리아 롬바르디아 지방의 속어였다. 특히 감옥에서 죄수들이 알아들을 수 없게 간수들끼리 언어를 비틀어 그들끼리만 소통할 수 있는 단어를 쓰기 시작한 것이 시초라고 알려져 있다. 가장 대표적인 언어 비틀기가 한 단어의 앞뒤를 바꾸는 것이다. 2000년대 초반 전 세계적으로 일렉트로닉 땅고 붐을 일으켰던 고탄 프로젝트의 Gotan은 Tango라는 단어의 앞뒤를 바꿔서 만든 단어다. 우리 식으로 표현하면 바보를 보바라고 발음하는 것과 마찬가지다.

이런 식으로 남녀 사이의 은밀한 성적 긴장 관계, 헤어진 연인에 대한 아쉬움과 원망, 자신이 싫어하는 사람에 대한 조롱과 비아냥 등 직설적으로 표현하기 곤란한 내용들을 담아내기 위해서는 적절한 속어 즉 슬랭이 필요했고, 다양한 언어가 부딪치며 바벨탑을 쌓고 있던 당시의 보까 항구는 룬파르도가 탄생될 수 있는 최적의 입지를 갖고 있었다. 이탈리아 롬바르디 지방의 감옥 은어로 출발한 룬파르도는 약칭 룬파Lunfa라고도 불렸는데 부에노스아이레스 보까 항구에서 새로운 언어적 전기를 맞았다.

처음에 부에노스아이레스 최하 계층에서 도둑, 무법자라는 뜻으로 사용되었던 룬파르도는 스페인계와 이탈리아계, 독일계, 프랑스계 등이 뒤섞이면서 진화해갔다. 다양한 언어들을 섞고 어미를 비틀고 단어의 앞뒤를 바꾸면서 원래의 뜻에서 변용된 새로운 의미의 단어·속어들이 만들어졌다. 이렇게 땅고 언어에 도입된 룬파르도는 지금도 부에노스아이레스 밀롱가에 넘쳐난다. 아무리 스페인어를 열심히 공부해도 룬파르도를 모르면 땅고 노래의 의미를 제대로 이해하지 못하고 밀롱가에서 흘러다니는 땅게로스들의 은밀한 귀엣말이나 언어들을 이해하기 힘들다.

룬파르도를 비롯한 부에노스아이레스 밀롱가의 은어들

Amarrete 구두쇠

Amargo 지루하고 재미없는

Croto 거지

Un Dandy 여자들한테 인기가 많은 우아한 남자

Canuto 구두쇠, Amarrete보다 좀더 지독한 구두쇠

Socotroco 살짝 가볍게 툭 치다

Tachero 택시기사

tacho 택시

Upite 등 아랫부분

Yeca 길, calle를 뒤집은 단어

Julepe 놀라다 Que julepe

Joda 피에스타. 파티에 놀러가다

Curda 취하다

Gaga 치매 걸린 노인네처럼 잘 잊어버리는 것. 그렇게 행동하는 것

Grela 땅고에서 쓰일 때는 여자. 보통 쓰일 땐 지저분한, 더러운

Garpar 지불하다

pagar 지불하다. Garpar를 뒤집어 만든 단어

Bagre 못생긴 물고기 이름. 못생겼다는 뜻

Bancar 친구니까 견딘다, 참다라는 뜻. 또다른 의미는 기다리다

Buzarda 뚱뚱한 배

Garronear 공짜로 해달라고 부탁하는 것

Bochinche 소음을 많이 내는 것

Miti Miti 반반씩 나눠 내자, 나눠 먹자 등등

Feten Feten 어떤 상태나 관계가 좋다

Logi 바보

Kilombo 정신이 없는 어지러운 상태

Lienzos 스페인어로는 천이라는 뜻인데 룬파르도에서는 바지라는 뜻

Mamao 취한

Pilcha 옷

Rolete 많은 것

●
●

땅고의 명곡들

라 브루하 La Bruja(마녀)

가슴속 차오르는 외침을 억눌러보려 하지만,

결국 한이 맺혀 입술까지 새어나온다.

내 두 손은 여전히 묶여 있지만

모든 게 끝났다는 말을 하기 위해

나는 다시 너에게 돌아간다.

더이상 내 웃음이나 눈물 따위는 내게 중요치 않다.

용기를 갖고 떨리는 마음 억누르며

오늘 그 어느 때보다 너에게 가깝게 다가가니

진짜 너의 모습이 보이는구나.

어제까지는 나의 여왕이라 여겼던

마녀야.

오늘 그 마법이 풀리니

너도 다른 평범한 여자 중 하나일 뿐이다.

마녀야.

나를 마음대로 부려먹던 너의 심한 변덕,

지금 생각해보니 공포스러운 하나의 풍경일 뿐이다.

나는 소박하고 올바른 삶으로 돌아간다.

나는 고귀하고 올바른 사랑을 찾아 돌아간다.

어느 날 내 영혼이 치유되면

내 힘으로 가정을 만들 수도 있겠지.

그러면 아마 내 자신을 되찾을 수 있을 거야.

네가 누군지 사람들이 알게 될까?

너는 후회로 가득찬 쓸쓸한 날들을 보내며

남은 인생을 기침하듯 토해내겠지.

1935년 땅고의 황제, 까를로스 가르델이 세계 순회공연 도중 불의의 비행기 사고로 세상을 떠난다. 불과 45세의 젊은 나이였다. 유럽 대륙은 히틀러의 침략 야욕으로 서서히 전운이 감돌기 시작한다. 1934년 독일 뉘른베르크 전당대회를 기점으로 완전히 정권을 잡은 히틀러는 1936년 베를린 올림픽을 개최하면서 게르만 민족의 우수성을 알리고 싶어했다. 1938년 히틀러는 체코슬로바키아의 주데텐 지역을 독일 영토로 편입시키며 동유럽을 불안에 떨게 한다.

정치, 경제가 불안하면 춤이 자유로울 수 없다. 춤은 근본적으로 삶의 대지에 뿌리박고 있기 때문이다. 유럽의 전란을 피해 많은 사람들이 아르헨티나로 건너왔다. 세계 대전 기간 동안 오히려 부에노스아이레스 밀롱가는 흥청거렸다. 땅고 최고의 전성기, 땅고의 황금시대가 온 것이다. 1938년 땅고계의 새로운 물결을 만들고 있던 후안 다리엔쏘 오케스트라는《엘 레이 델 꼼파스El Rey del Compas》라는 걸작 앨범을 녹음한다. 이 앨범 속의 모든 음악들이 지금도 세계 밀롱가에서 쉬지 않고 흘러나오고 있다. 〈라 브루하〉는 이 앨범 13번째 트랙에 들어 있다.

1938년 8월 23일 녹음된 이 곡은, 땅고 음악의 또다른 뛰어난 작곡가이자 피아니스트였던 로돌포 비아지가 다리엔쏘 오케스트라의 피아노 파트에 참여했다가 탈퇴한 이후 새로 영입된 피아니스트 후안 뽀리또Juan Polito(1908-1981)가 작곡한 곡이다. 프란시스꼬 고린도Francisco Gorrindo가 작사한 〈라 브루하〉는, 힘 있는 미성 가수 알베르또 에차게Alberto Echague의 목소리로 녹음되어 있다. 1952년 작곡가 후안 폴리토가 자신의 오케스트라에서 라울 피게로Raul Figueroa의 목소리로 녹음한 버전도 있다.

대부분의 땅고 노래들은 사랑의 고통, 이별의 아픔에 대해 노래한다. 상실감에 빠진 사람은 대부분 남자들이다. 남녀의 성비가 너무 차이가 나고 여자가 귀했기 때문에, 이별 통보를 받는 쪽은 대부분 남자들이었다. 〈라 브루하〉는 사랑의 포로가 되었던 한 남자가 결박에서 막 풀려난 상

〈라 브루하〉는 경쾌한 역동성 속에 땅고 특유의 비장미를 내포하고 있는 명곡이다. 한 여자의 사랑의 포로
가 되어 이성적 판단을 제대로 하지 못하던 남자는, 안간힘을 쓰며 그녀에게서 멀어지려고 노력한다. 그것
이 옳은 길이 아니라는 것을 알았기 때문이다.

태의 심정을 노래하고 있다. 어제까지 내 영혼을 사로잡고 나를 하인처럼 마음대로 부려먹으며 내 삶을 뒤흔들던 그녀의 실체를 바라보니, 한낱 마녀에 불과하다는 이 깨달음은 사랑의 지옥에서 빠져나온 모든 남자들의 공통된 심정일 것이다. 호소력 있는 시와 비트가 강한 연주 그리고 힘 있는 에차게의 목소리가 어울리면서 땅고의 명곡으로 남아 있다. 작곡가인 후안 폴리토가 훗날 녹음한 또다른 버전은 단조의 우울한 진행으로 사랑의 상실에 대한 비극성을 높여준다. 밀롱가에서 춤추기에는 다리엔쏘 버전이 좋을지 몰라도 나는 후안 폴리토 버전의 우울함이 더 좋다.

까를로스 디 사를리는 긴 호흡의 유장한 리듬으로 땅고의 깊은 맛을 표현한다. 사를리에 비해 다리엔쏘는 비트의 제왕이라는 별명답게 비트가 강하고 역동적이고 빠르며 경쾌하다. 밀롱가에서도 다리엔쏘의 음악이 나오면 시계 반대 방향으로 일정하게 돌아가며 춤을 추고 있던 땅게로스들의 흐름이 갑자기 빨라지면서 호흡이 거칠어진다. 하지만 다리엔쏘의 음악 역시 그 바닥에는 사랑의 슬픔과 고통을 담고 있다. 4박자의 땅고 음악이 일반적으로 우울하고 무겁기 때문에, 춤을 추는 밀롱가에서는 땅고와 땅고 딴다 사이에 2박자의 경쾌한 밀롱가나 3박자의 발스를 집어넣는다. 3박자는 삼각 파도처럼 끝이 솟구치며 기분을 업그레이드시켜준다. 2박자의 밀롱가 리듬 또한 땅고가 처음 시작되었을 때의 유곽에서처럼 흥겨운 분위기를 만들어준다.

〈라 브루하〉는 경쾌한 역동성 속에 땅고 특유의 비장미를 내포하고 있는 명곡이다. 한 여자의 사랑의 포로가 되어 이성적 판단을 제대로 하지 못하던 남자는, 안간힘을 쓰며 그녀에게서 멀어지려고 노력한다. 그것이

옳은 길이 아니라는 것을 알았기 때문이다. 역시 다리엔쏘는 평생 많은 가수들과 작업했지만 나는 에차게의 목소리로 녹음된 다리엔쏘의 곡을 제일 좋아한다. 에차게도 젊은 시절과 노년의 목소리가 많이 다른데 젊은 시절의 미성은 미성대로, 세월의 거친 풍파를 겪고 난 뒤의 노년은 노년 대로 가슴을 울리는 깊은 맛이 있다.

뽀에마Poema(시)

달콤한 꿈같은 사랑
몇 시간이고 지속되던 행복과 기쁨
어제 내가 꿈꾸었던 황금의 시는
내 마음이 만든 헛된 것들이었다.
결코 다시는 만들 수 없는
우리의 꿈같은 사랑은 순식간에 사라졌다.

당신의 장미 정원 꽃들이 아름답게 피어날 때
당신은 내 사랑을 떠올리게 되겠지.
비로소 알게 될 거예요.
내 깊은 아픔을

우리 사이를 황홀케 하던 시는

이제 하나도 남아 있지 않다.

나는 헤어지자고 슬프게 말했고

당신은 이제 그 아픔을 느끼리라.

〈뽀에마〉라는 이 노래는 1935년 프란시스꼬 까나로 악단에 의해 발표된 곡이다. 로베르토 마이다Roberto Maida의 목소리로 녹음된 이 곡은 매우 아름답고 서정적이어서 땅고를 추는 땅게로스들에게 사랑받는 곡이지만 밀롱가에서 특별히 환영받지는 못한다. 너무 서정적이고 특별한데다가 까나로의 다른 곡들과도 달라서, 4곡이 한 묶음으로 연달아 구성되는 밀롱가 디제잉의 구성상 어려움이 있기 때문이다.

통속적 가사의 이 노래는 이별의 상처를 장미꽃과 시에 비유하면서 노래하고 있다. 화자가 여자인지 남자인지는 불확실하다. 그러나 노래를 부른 가수가 남자라는 점에서 다른 많은 땅고 곡들처럼 일방적 사랑을 퍼부었던 남자가 버림받은 후 느낀 실연의 상처를 노래했다고 보는 게 옳다. 사랑의 절정을 화자는 '황금의 시'로 표현한다. 과거에 그가 그녀 곁에 있을 때는 모든 것이 황금으로 만들어졌었다. 그녀 곁에 함께 있다는 것 자체만으로도 기쁨과 행복이 몇 시간이고 지속되었다. 하지만 그것을 "내 마음이 만든 헛된 것"이라고 화자는 파악한다. 어쩌면 그 사랑은 화자만 느꼈던 일방적인 것이었으리라.

결국 화자는 이별을 고하고 그녀 곁을 떠난다. 그녀는 아직 그의 소중함을, 그가 얼마나 자신을 사랑했는가를 모르고 있다. 그러나 다시 그녀의 장미 정원에서 붉은 장미꽃이 아름답게 피어날 때, 그때서야 비로소 그

너는 그렇게 장미꽃처럼 열정을 다해 아름답게 자신을 사랑했던 그를 떠올리게 된다. 그리고 왜 그가 그녀 곁을 떠나가게 되었는지를 깨닫게 된다. 이미 그는 그녀에게 이별을 고했고, 그들이 만들었던 황금의 시는 하나도 남아 있지 않는 것이다.

하지만 냉정하게 이 노래의 가사를 분석해보면, 어쩌면 그것은 화자의 희망 사항에 그칠 수도 있다. 그녀를 사랑했던 그는, 그녀의 마음이 자신을 향하고 있지 않다는 것을 알고 이별을 고했을 것이다. 장미꽃이 뜨겁게 피어나면, 그때서야 너는 비로소 내 사랑을 깨달을 수 있겠지, 라는 것은 화자의 일방적 희망 사항일 뿐이다. 사랑의 냉정한 법칙으로 볼 때, 나는 그녀가 그의 사랑을 깨닫고 뒤늦게 후회의 눈물을 흘리리라고는 생각하지 않는다. 모든 사랑의 실패자는 나름대로 자기 사랑을 합리화하고 위안 받으려고 한다. 〈뽀에마〉는 실연에 상처받은 한 찌질한 남자의 넋두리에 지나지 않는다. 그런데도 이 노래가 폭넓은 공감을 얻는 이유는 대부분의 남자들은 찌질이기 때문이다. 사랑의 작은 가시에도 크게 아파하고 고통스러워한 경험을 누구나 다 갖고 있기 때문이다. 그래서 사랑은 황금의 시처럼 위대하고 아름답지만 또한 통속적이며 덧없는 것이다.

레꾸에르도Recuerdo(기억)

어제 시인들은 노래했고
악단은 흐느꼈으며 밤은 즐겁고 부드러웠다.

자유롭지만 연약한 영혼의 청년은

남쪽 지역의 술집에서

매력적인 여인에게 사로잡혀

여위어갔다.

환상 속에 죽으며

그녀의 노래에 죽으며

여인이여, 나는 좋은 시를 얻었지만

여인이여, 사랑은 얻지 못하리라.

아쉽구나, 그대가 나의 이상형이라면

아쉽구나, 길 떠나는 나와 함께하면 좋을 텐데.

술집에서 네 목소리가 사라질 때까지

너의 대답은 듣지 못했다.

술 취한 미미,

파리를 떠나 당신의 흔적을 따라왔지만

즐거웠던 것은, 그 소년들과

오래된 커피뿐

이미 과거가 되어버린

그를 기억하고 있는 것은,

낡은 커피 테이블뿐.

지난밤의 기억,

연약한 영혼의 청년과

그에게 잘못을 저지른 여인은 잊혀간다.

카페 콘서트가 진행되는 동안

그는 어느새 잠이 들었다.

 땅고 황금시대의 악단 중에서도 대중들이 기억하는 가장 땅고스러운 음악을 만든 사람은 오스발도 뿌글리에쎄다. 〈레꾸에르도〉라는 이 곡은 1924년 녹음된 이후, 밀롱가에서 저잣거리에서 많은 사람들에게 사랑받았으며, 지금까지도 가장 많이 공연되는 곡 중 하나이다. 환한 빛을 받으며 향기로운 천상의 구름 위까지 올라갔다가 어느 순간 지옥으로 떨어져 암울한 종말과 어두운 늪 속에 빠져 허우적거린다. 그러다가 어느 순간 그 절망적 상황을 극복하고 힘차게 솟아오른다.

 뿌글리에쎄의 다른 음악이 그런 것처럼 이 〈레꾸에르도〉 역시 드라마틱하다. 여성적이며 로맨틱하고 섬세하며 느리면서도 서정적인 분위기와, 강하고 빠르며 힘찬 남성적 분위기의 강렬한 조화는 듣는 사람을 정신없이 휘몰아친다.

 〈레꾸에르도〉는 시를 쓰는 섬세한 영혼을 가진 청년이 지난밤 한 여성과 사이에 있었던 일을 기억하는 곡이다. '미미'라는 이름의 그 여인을 따라 파리에서부터 부에노스아이레스 남쪽 지역의 술집까지 온 이 청년은 그 여인에게서 버림받았다. 구체적으로 그녀가 어떻게 그에게 실망감을 안겨주었는지 표현되어 있지는 않지만, 2연에서 갑자기 1인칭으로 바뀌며 자신의 현재를 이야기한 것을 보면, 시를 쓰는 이 청년은 그녀와의 이별을 느끼며 한 편의 시를 쓰기는 했지만 더이상 그들의 관계는 회복 불가능한 것처럼 보인다.

청년의 영혼은 너무나 섬세하고 연약해서, 다른 남자들을 만나는 그녀의 자유분방함에 상처를 받았다. 지난밤 흐트러진 모습으로 그를 좌절시켰던 그 기억은 이제 모두 지나갔고, 낡은 커피 테이블만 그것을 기억하고 있을 뿐이다. 다음날에도 그 카페에서는 콘서트가 진행되고 여인이 떠난 그 카페 한쪽 구석에서 청년은 잠이 든다.

사쿠라 땅게라

물에서 왔다고 했다. 그녀의 집은
비 그친 뒤 투명한 날 남산 타워의 피뢰침이 바라보아도
보이지 않는 곳에 있다고 했다. 늘 젖은 나무 냄새가 나는
그녀의 사타구니에서는 해방된 벚꽃이 피고
나는 무지개의 일곱 기둥을 차례로 박으며 땀이 식을 때까지
버섯 같은 둥근 지붕 밑에 머물러 있었다.

아버지의 아버지의 아버지로부터 물려받은
내 패밀리 네임은 하, 물 하 자야. 한자로 삼수변이 앞에 붙어 있지. 나도
물에서 왔어. 개울물인지 섬진강인지 남해 바다인지는 모르지만
나도 물 건너 가본 적이 있지 거기서는
내가 사쿠라야. 내 사타구니에서도 끝이 길고 뾰족하며
가장자리에 잔톱니가 있는 왕벚꽃 잎을
그녀는 볼 것이다. 껍질이 벗겨지면 그녀의 입장에서는
네가 사쿠라 땅게로다. 꽃잎의 붉은 열기로 하늘이 타오르고
재가 된 지평선 쪽으로 나무들은 죽은 뿌리를 뻗는다.

두려움이 없기 때문에 내 걸음에는 흔적이 없다.

함께 걸으면서 벚꽃 향기를 맡을 수 있는

그런 사람이었으면 좋겠어. 그녀는 두 손으로 자기 입을 막고

자기 눈을 지운다. 꽃비 그친 뒤

나는 다시 검은 물을 건너갈 거겠지만

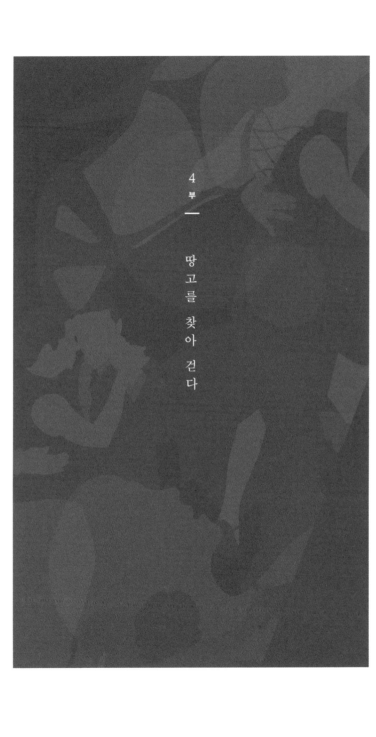

4부 —

땅고를 찾아 걷다

●
●
보르헤스와 땅고

보르헤스의 책에는 여기저기서 땅고에 관한 이야기가 심심치 않게 등장한다. 1899년 부에노스아이레스의 빨레르모 지역에서 태어난 그는 이제 막 땅고가 하나의 문화적 장르로서 형성되던 초창기의 모습을 목격하면서 땅고와 함께 성장했다. 그는 어린 시절부터 자기가 속한 삶의 토대 속에서 어떤 과정을 거치며 땅고가 진화되어갔는가를 보고 자랐다. 그는 땅고와 함께 동반 성장한 세대에 속한다. 그래서 그의 많은 글 속에는 땅고에 대한 이야기가 자주 삽입되어 있다.

땅고에 대한 보르헤스의 생각은 마초적이다. 그는 넓은 빰빠에서 소를 몰던 가우초들, 혹은 도시의 거리를 몰려다니던 남성적 집단들인 꼼빠드레 속에서 남자와 남자들끼리 추면서 시작되었던 땅고가 어느 순간 여성화된 것에 대해 분노한다. 그는 그 주범이 까를로스 가르델이라고 믿었다. 미남에 미성을 가졌던, 그래서 〈바람과 함께 사라지다〉의 클라크 케이블까지 질투할 정도로 멋진 매력을 뿜냈던 까를로스 가르델의 엄청난 인기는 땅고를 대중화시키는 데 절대적으로 공헌했으나, 가르델이 이탈리안적인 감성과 노래로 접근하면서 땅고를 여성에 대한 세레나데처럼 멜랑콜리하게 바꿔놓았다고 비판했다. 남성적 연주와 춤 중심이었던 땅고를, 실연의 상처를 호소하는 나긋나긋한 노래로 가르델이 바꿔버렸다고 분노했다.

보르헤스는 땅고가 잃어버린 초창기의 남성성을 회복해야 한다고 평생 주장했는데 그 대표적인 표현이 1965년에 펴낸 시집『여섯 개의 현을 위하여』이다. 보르헤스는 4박자의 땅고를 싫어했고 2박자의 밀롱가를 좋아했다. 밀롱가는 강한 남성성, 땅고 발생 초창기의 강렬함과 유쾌한 매력이 살아 있기 때문이다. 그래서 11편의 시로 구성된 소시집『여섯 개의 현을 위하여』에 수록된 시들은 전부, 2박자의 음악이며 춤인 밀롱가를 위해 써진 시들이다.

보르헤스가 원했던 것은 격렬함 속에서 표현되던 남성스러움과 관능적 매력이 땅고에서 유지되는 것이었다. 수많은 이민자들이 몰려들고 부랑아들이 넘쳐나면서 거리에서는 집단 패싸움이 수시로 벌어졌던 당시, 생존을 위한 거친 폭력과 칼부림이 있어도 신사다움을 잃지 않았던 남자의 매력을 보르헤스는 그리워했다. 그것이 땅고에서 표현되기를 바랐다. 그가 한 인터뷰를 보면, 그의 소설 속에 부에노스아이레스의 칼잡이들이 자주 등장하는데 실제로 아는 사람들인가라는 질문에 자신의 친구 중 한 명이 살인자였지만 매우 호감이 가는 사람이었다고 대답했으며, 칼잡이들 중에서도 친교를 맺고 지내는 사람이 있고,「도박꾼의 카드」라는 소설에 나오는 돈 니꼴라스 빠라데스라는 사람이 실제 그 사람 이름이라고 밝혔다. 그리고 이 이름은 보르헤스가 펴낸 밀롱가 시집의 제목 속에도 '돈 니까르노 빠라데스' 라는 이름으로 등장한다.

그래서 그가 펴낸 밀롱가 시집『여섯 개의 현을 위하여』는 시집 전체가 밀롱가의 활기 넘치는 역동성을 그리는 것으로 채워져 있다. 2박자의 춤인 밀롱가의 기본 스텝은 여섯 걸음이다. 시집 제목에 들어 잇는 여섯 개의 현은, 라 발도사라고 부르는 밀롱가의 여섯 스텝을 상징한다. 이 시집의 서문에서 보르헤스는 "나는 약간의 새로운 공기를 집어넣어 길이 막힌 땅고-깐시온과 속어가 난무하는 감상적인 가사를 벗어나고 싶어서" 이 시집을 출간한다고 명백하게 자신의 의도를 드러냈다.

대부분의 땅고 가사에는 슬랭인 룬파르도가 사용되고 있다. 그래서 스페인어를 잘 안다고 해도 가사를 제대로 이해할 수 없는 경우가 많다. 왜 땅고 가사는 슬랭으로 되어 있을까? 미국에 흑인들이 쓰는 슬랭이 있다면 룬파르도는 아르헨티나식 슬랭이다. 스페인계가 주류를 형성하고 있던 아르헨티나의 부에노스아이레스에 1880년대부터 1920년대까지 짧은 시기에 수백만 명의 유럽 이민자들, 특히 이탈리아 제노바를 중심으로 한 이민자들이 몰려들어왔다. 대부분 하층민인 그들은 스페인어와 거의 유사하지만 조금씩 다른 이탈리아어와 스페인어를 뒤섞으면서 그들만의 은어, 속어를 만들어 소통하기 시작했다. 또 이민자들 중에서 이탈리아계 다음으로 많은 비중을 차지했던 독일계는 물론 포르투갈어, 불어, 영어, 때로는 아메리칸 인디언들의 토속어까지 뒤섞이고 비틀리면서 변형된 속어가 만들어졌고 이것이 룬파르도이다. 그리고 땅고는 그런 하층민 속에서 탄생했기 때문에 땅고 가사의 상당 부분을 룬파르도가 차지하고 있다.

「두 형제의 밀롱가MILONGA DE DOS HERMANOS」「그들은 어디로 사라질까?DONDE SE HABRÁN IDO?」「야신토 치클라나 밀롱가MILONGA DE JACINTO CHICLANA」「돈 니까르노 빠라데스 밀롱가MILONGA DE DON NICANOR PAREDES」「북쪽의 칼UN CUCHILLO EN EL NORTE」「인형EL TÍTERE」「모레노스의 밀롱가MILONGA DE LOS MORENOS」「밀롱가 빠라 로스 오리엔탈레스MILONGA PARA LOS ORIENTALES」 등 당시 실제로 존재했던 밀롱가를 소재로 노래한 보르헤스의 시들은 룬파르도로 대표되는 속어에서 탈피해 정통 스페인어로 감정을 표현하려 했고, 이탈리안적 감성의 여성 취향 가사에서 벗어나 멋진 남성성을 표현하려고 했다.

빨레르모 지역의 투쿠만 840번지에서 태어나 보르헤스가 가장 오래 살았던 마이푸 994번지, 그리고 카페 또르또니 근처에 있던 그의 집, 부에노스아이레스 어디에서든 우리는 보르헤스의 흔적과 마주할 수 있다. 히틀러의 나치와 무솔리니의 이탈리아 정권을 비난하고, 페론의 사회당 정권을 비난했던 보르헤스는 국립중앙도서관에서 근무하다가 페론 정권 시절 동물 검역소로 좌천되는 수모를 당하기도 했지만 페론이 쿠데타로 실각한 이후에는 국립중앙도서관장을 맡았다. 천국이 도서관이라고 생각하고 책읽기를 너무나 좋아했던 보르헤스는 결국 책을 읽다가 눈이 멀고 말았지만 죽을 때까지 구술을 통한 책읽기와 글쓰기를 멈추지 않았다. 보르헤스의 생가는 지금 카페 리떼라리오Cafe Riterario로 바뀌었으며 매주 수요일 밤이면 문학 토론회가 개최된다.

보르헤스의 밀롱가 시집은 앞이 보이지 않는 상태에서 구술로 집필하던 시기에 쓰였다. 『여섯 개의 현을 위하여』 속에 들어 있는 시들의 아름다운 운율은 보르헤스의 시력과 맞바꾼 것이어서 더욱 소중하다. 보르헤스의 묘비에는 "두려워하지 말라"라고 쓰여 있다. 묘비 뒤에는 뱃머리가 해 뜨는 동쪽을 향하고 있는 바이킹의 배가 새겨져 있는데, 죽음이란 새로운 모험을 떠나는 것이라고 보르헤스는 생각했기 때문이다.

"내 삶은 실수의 백과사전이었어요. 실수의 박물관이었어요. 삶은 이미 지옥이니까요. 갈수록 심하게 지옥이 되어가니까요. 나는 개인적으로 모든 작가는 같은 책을 되풀이하여 쓰고 있다고 생각합니다. 내가 원하는 것은 잊히는 거예요. 물론 나는 잊히겠죠. 모든 건 때가 되면 잊히니까요."

보르헤스의 낮은 바리톤 음색이 부에노스아이레스 어디를 걷든 내 귓가에 들리는 것 같다. 보르헤스는 걷는 것을 좋아했고, 틈날 때마다 자신이 가장 사랑한 이 도시 부에노스아이레스 구석구석을 걷고 산책했다. 친구들과 이야기할 때도 항상 걸으면서 이야기하기를 좋아했다. 대화가 끝나지 않으면 같은 길을 반복해서 빙빙 돌면서 걸을 정도로 그는 걷는 것을 좋아했고, 걸으면서 대화하는 것을 좋아했다.

보르헤스가 직접 땅고를 추었다는 기록을 찾지 못한 것이 나는 유감이다. 하지만 내 상상 속에서 보르헤스는 2박자의 경쾌한 밀롱가 음악이 흐르면 카페 또르또니에 있는 그의 테이블에서 일어나 땅고를 추고 있는 모습이다. 그는 그의 아버지가 그랬던 것처럼 이미 50대 후반부터 서서히 눈이 보이지 않기 시작해서 반실명 상태에서 말년을 보냈다. 앞이 보이지 않는 보르헤스가 땅고를 추는 모습을 상상하니까, 〈여인의 향기〉의 알 파치노가 떠오른다. 〈여인의 향기〉의 시나리오 작가는 보르헤스에게서 캐릭터를 어느 정도 빌려가지 않았을까? 만약 보르헤스가 땅고를 추었다면 그의 마지막을 함께한 비서이자 1986년 6월 스위스 제네바에서 죽기 두 달 전 결혼한 39세 연하의 부인 마리아 코다마와 함께였을 것이다.

10대 때 처음 보르헤스를 만나 30여 년간 실명한 보르헤스의 눈이 되어 그의 비서이자 연인 그리고 마지막에는 아내로 함께했던 마리아의 얼굴을 보르헤스는 볼 수 없었다. 그는 두 손으로 마리아의 얼굴을 만져보았지만 어떻게 생겼는지 느낌이 오지 않았다. 보르헤스는 어느 날 친구인 윌리스 반스톤에게 마리아 코다마가 어떻게 생겼느냐고 물어보았다.

"그녀는 늘 자기가 못생겼다고 말하거든."

"그녀는 너무나 아름다워서 그녀가 당신을 바라보기만 해도 당신은 고마워해야 할 것입니다."

윌리스는 보르헤스의 질문에 이렇게 대답했다. 실제로 마리아 코다마는 보르헤스가 그녀의 얼굴을 볼 수 없었다는 것이 너무나 아쉬울 정도로 동양적 신비한 감성의 카리스마와 부드러움이 매혹적인 뛰어난 미인이다. 일본인 아버지와 독일인 어머니 사이에서 태어난 마리아 코다마는 현재 보르헤스 국제 재단 이사장을 맡고 있다.

얼마 전까지만 해도 부에노스아이레스를 방문하는 해외 땅게로스들이 땅고를 배우기 위해 제일 많이 찾아가는 곳이 보르헤스 문화센터였다. 라바세 역이나 플로리다 역에서 번화한 도심 한복판을 걸어가면 부에노스아이레스 대학 근처에 커다란 백화점이 있고 그곳 2층에 보르헤스 문화센터가 있다. 갤러리에서는 항상 아르헨티나의 문화 수준을 보여주는 전시회가 열리고 있고, 극장에서는 요일별로 각각 다른 땅고 쇼가 공연된다. 시내 대형 극장에서 하는 상업적인 디너쇼가 아닌 순수한 땅고 쇼이기 때문에 비교적 가격도 저렴해서 해외 관광객들이 많이 찾아와 객석은 거의 빈자리가 없다. 보르헤스 센터 내의 갤러리 한쪽 방에는 보르헤스의 자료 사진들이 전시되어 있다.

보르헤스의 밀롱가 시집은 앞이 보이지 않는 상태에서 모든 책을 구술로 집필하던 시기에 써졌다. 구술로 작품을 완성한다는 것은 문자로 적을 때와는 달리 운율성이 강해지는 결과를 가져온다. 그가 구술하고 비서인 마리아 코다마가 타이핑을 해서 완성된 『여섯 개의 현을 위하여』 속에 들어 있는 시들의 아름다운 운율은 보르헤스의 시력과 맞바꾼 것이어서 더욱 소중하다. 보르헤스의 묘비에는 "두려워하지 말라"라고 쓰여 있다. 묘비 뒤에는 뱃머리가 해 뜨는 동쪽을 향하고 있는 바이킹의 배가 새겨져 있는데, 죽음이란 새로운 모험을 떠나는 것이라고 보르헤스는 생각했기 때문이다. 그 배를 타고 레테 강을 건너 보르헤스는 또다른 책이 있는 어딘가를 항해하고 있을 것이다.

●
●
땅고 대학

부에노스아이레스의 땅고 여행에서 가장 감동받았던 순간은 땅고 대학을 취재할 때였다. 주택가 한 귀퉁이에 있는 작고 허름한 파라과이 초등학교. 한국의 학교들과는 달리 운동장도 없는 2층 건물 하나가 전부인 학교에 초저녁에 도착했다. 초등학교 교실을 빌려서 땅고 대학이 운영되고 있었다. 수업이 끝나고 아이들이 모두 돌아간 다음, 매일 밤 8시부터 10시까지 2시간 동안 땅고 대학이 문을 연다. 땅고 대학의 수강생들은 낮에 아이들이 공부했던 작은 나무 책상 나무 의자들을 벽 쪽으로 물려놓고 중앙의 빈 마루 공간 위에서 춤을 춘다.

부에노스아이레스 시 정부의 지원을 받아 운영되는 땅고 대학은 수업료가 없다. 가르치는 선생님들도 무보수다. 수염이 덥수룩하고 얼굴의 깊은 주름으로 밀롱가에서 보낸 세월을 짐작할 수 있게 해주는 원로 땅게로스들이 선생님이다. 1992년 문을 연 땅고 대학은 원하는 사람이면 누구

초등학교 교실을 빌려서 운영되고 있는 땅고 대학. 수강생들은 낮에 아이들이 공부했던 작은 나무 책상, 나무 의자들을 벽 쪽으로 물려놓고 중앙의 빈 마루 공간 위에서 춤을 춘다.

나 들을 수 있다. 매년 약 200명이 등록을 한다고 한다. 땅고의 역사, 땅고 악단들의 특징, 뮤지컬리티에 대한 이해 등 이론 수업은 물론 땅고의 기본 스텝부터 고급 피구라까지 그리고 땅고를 출 때의 얼굴 표정, 감정 표현 연출까지 가르치는 다양한 수업들이 1, 2, 3, 4학년으로 나뉘어져 진행된다. 각 교실에서는 커리큘럼에 따라 체계적으로 수업이 이뤄지고 있었다.

땅고 대학 설립자 중의 한 사람인이 로스 딘셀이 고급반 수업을 맡고 있었다. 로스 딘셀은 부에노스아이레스의 땅고를 상징하는 원로 중 한 사람이다. 복도를 따라 수업이 진행중인 교실들을 기웃거리다가 딘셀이 앉아 있는 교실을 발견하고 안으로 들어갔다. 내가 교실에 들어갔을 때 날카로운 눈빛과 하얀 구레나룻부터 턱수염까지 엄청난 포스를 풍기며 딘셀은 의자에 앉아 있었다. 학생들은 둥그렇게 책상 위에 걸터앉아 있고 중앙의

땅고 대학의 간판.

빈 공간에 한 커플이 서 있었다. 딘셀은 손바닥으로 나무 책상을 두드리며 박자를 맞춰주고 있었고 그들은 박자를 맞추며 걷고 있었다. 창의력 수업이었다.

둥근 원 바깥에 앉아 있는 학생들이 이렇게저렇게 동작을 말로 하면 중앙에 서 있는 커플은 그 말대로 움직이는 것이다. 각자 어떤 상황에서 어떤 동작을 할 것인지 창의력을 높이고 그것이 몸으로 표현되었을 때 어떤 모습으로 나타나는지를 객관적으로 바라보는 것이다.

또 여섯 커플을 둥그렇게 세워놓고 춤을 추게 하면서 그중 한 커플만 LOD의 역방향으로 돌게 연습하는 수업도 있었다. 역방향으로 도는 사람은 다른 커플들과 몸을 부딪치지 않기 위해서 조심해야만 한다. 사람 많은 부에노스아이레스 밀롱가에서 다른 사람들에게 폐를 끼치지 않고 신체 접촉 없이 춤을 추게 하는 훈련이었다. 그다음에는 1, 3, 5 커플은 역방향 2, 4, 6 커플은 순방향으로 돌게 하는 수업이 진행되었다.

같이 간 일행이 땅고 대학 학생들에게 한국에서 땅게로가 왔는데 땅고 추는 것을 보고 싶지 않느냐고 말하니까 학생들이 박수를 쳤다. 나는 땅고화로 갈아 신고 중앙의 빈 공간으로 나섰다. 시범을 보였던 땅게라가 내 파트너를 해주었다. 딘셀은 다시 손바닥을 부딪쳐 박자를 만들어냈고, 나는 두 귀를 활짝 열고 박자를 들으며 걷기 시작했다. 기본적인 스텝 위주로 거의 걷기만 하다가 딘셀의 손 박자 소리가 끝나자 마무리를 했는데 학생들이 뜨겁게 박수를 쳤다. 50대 이상으로 보이는 나이든 학생 하나는 나에게 넘버 원 손가락을 치켜세운 뒤 자기 아들이 유명한 땅고 댄서라고 자랑을 했다.

다른 교실에서는 땅고 시험을 보고 있었다. 학생들은 모두 의자에 앉아서 답안지를 적고 있었고 선생님은 땅고 음악을 틀어주며 음악에 대한 이해를 측정하는 시험을 보는 것이다. 소박한 초등학교 교실, 밤늦은 시간에 펼쳐지는 땅고 대학. 초등학교 건물 입구에는 'Universidad del Tango'라는 동판이 붙어 있었다. 진지하면서도 즐겁게 춤을 추는 학생들, 무보수로 봉사를 하는 선생님들, 따뜻한 기운이 넘치는 이 소박한 땅고 대학은 나에게 땅고란 진정 무엇인가 생각하게 하는 중요한 계기가 되었다.

●
●

땅고 누에보, DNI 스튜디오

어떤 땅고 학자는 땅고 누에보는 전통 땅고에서 너무나 멀리 떨어져 있어서 땅고처럼 생각되지 않는다고 말하기도 한다. 확실히 땅고 누에보는 걷기부터 아브라쏘, 오쵸 등 땅고의 기본 동작들에 대한 이해나 접근이 전통 땅고와 많이 다르다. 두 사람이 가슴을 그윽하게 맞대고 한 덩어리가 되어 움직이는 전통 땅고에 비해, 땅고 누에보는 오픈된 자세로 홀딩을 하며 내밀한 관계 형성이나 두 사람의 내적 교류보다는 리드와 팔로우의 원리에 의해 두 사람의 육체가 만들어내는 크고 화려한 피구라를 구사하는 데 집중하는 것처럼 생각된다. 이것은 결국 땅고 누에보가 극단으로 치달으면서 현대 무용과 차별화가 되지 않는 수준으로 진전되어 결과적으로 많은 땅게로스들의 지지를 잃어버린 것과도 상통한다. 땅고는 현대 무용이 아니다. 땅고는 땅고다.

땅고 살론과 땅고 누에보, 그리고 에세나리오의 걷기와 자세는 각각 다르다. 땅고를 배우는 사람들은 이 모든 것을 한꺼번에 소화하려는 과욕으로 소화불량에 걸리기도 한다. 가장 중요한 것은 땅고의 기초적인 몸만들기와 걷기의 중요성이다. 특히 걷기는 땅고의 모든 것이다. 땅고의 A부터 Z는 걷기라고 할 수 있을 정도로 어떻게 걷는가 하는 문제는 중요하다. 비샤 우르키사Villa Urquisa 스타일에서 땅고 살론 챔피언이 연이어 나온 것은 그들이 추구하는 걷기의 아름다움 때문이다. 그들의 땅고 미학을 한 단어로 표현하면 엘레강스, 우아함이다. 그러나 땅고 누에보의 걷기는 힘 있고 스타카토가 분명하다. 과학적 원리를 적용하여 신체의 움직임을 다양하게 활용한 새로운 피구라를 만들어내서 밀롱가에서도 스테이지 땅고 못지않은 화려한 아름다움을 보여준다. 엄숙하고 진지하게 한 발자국씩 걷는 것보다는 기성 체제의 고루함과 격식을 벗어던지고 싶어한다. 생각의 차이는 걷기의 차이를 만들어낸다. 또 전통 땅고가 정장에 깔끔한 구두를 신고 걷는 데 비해 땅고 누에보는 멜빵바지나 진 바지, 혹은 활동적인 치마나 탱크톱 같은 좀더 간편하고 캐주얼한 차림에, 땅게로들은 신사화 대신 컬러풀한 구두나 스니커즈, 땅게라들도 높은 하이힐을 벗어던지고 운동화에 가까운 굽 낮은 구두를 신고 춤을 춘다.

땅고 누에보의 시작은 피아졸라의 음악이다. 그때까지 존재하지 않은 리듬이 피아졸라에 의해서 만들어졌고 몇몇 춤꾼들은 전통 땅고와는 다른 이 음악에 춤추기 위해서는 새로운 접근 방법이 필요하다고 생각했다. 구스타보 나베이라Gustaavo Naveira와 파비안 살라스Fabian Salas, 파블로 베론Pablo Veron 그리고 치초 등에 의해 땅고 누에보의 기초가 체계적으로 만들어졌다. 파블로 베론 주연의 영화 〈땅고 레슨〉을 보면 그들이 어떻게 땅고 누에보를 창조했는지 짐작할 수가 있다. 파블로 베론은 일찍부터 유럽 무대로 진출했고 구스타보 나베이라는 미국 등 북미 대륙에서 오랫동안 정기적으로 워크숍을 진행했다. 파비안 살라스는 1990년대 말부터 부에노스아이레스에서 CITA를 기획해서 세계적으로 땅고 누에보 붐을 일으켰다.

땅고 누에보의 시스템은 땅고가 갖고 있는 리드와 팔로우의 원리를 벗어나지 않는 범위 내에서 인체의 움직임을 자연스럽게 최대한 활용하는 방법을 연구하면서 이루어졌다. 과학적인 원리에 의해 만들어지는 움직임을 통해 미학적으로 아름다우며 다양하고 혁신적인 동작들이 만들어졌다. 땅고 누에보의 아름다운 피구라들은 상대의 좌측으로 하던 동작을 우측으로도 할 수 있고, 좌측 왼발을 이용했다면 좌측 오른발도 이용 가능하다는 원리가 적용되면서 기본적으로 좌측의 왼쪽, 오른쪽, 그리고 우측의 왼쪽, 오른쪽 이렇게 하나의 원리에 의해 생성된 피구라가 4가지 방향의 새로움을 만들어낸다. 이것이 땅게로에서 땅게라로 바뀌면 8가지 새로운 스텝이 생겨난다. 거기에 연결 동작을 조금만 변형해도 수십 개의 새로운 동작이 생겨난다. 가령 볼까다만 해도, 땅게라의 좌측 발을 땅게로를 향하여 회전을 시켰다면, 우측 발도 가능한 것이고, 프런트 볼까다가 아니라 백 볼까다도 가능하다. 그렇다면 오른쪽 옆을 향해 시도하는 사이드 볼까다도 가능하고, 왼쪽 옆을 향하는 왼쪽 사이드 볼까다도 가능하다. 이런 식의 원리를 모든 피구라에 적용시키면서 창조적 상상력으로 계속해서 새로운 동작들을 만들어냈다.

고전은 그것대로의 가치가 있어서 존속되지만, 그러나 결국 변화하는 시대의 흐름에 밀착해서 대중들과의 감각적 정서의 연결 통로를 확보한 세력이 한 시대의 문화적 지배자가 된다. 이사도라 던컨이 토슈즈를 집어 던졌지만 지금도 여전히 클래식 발레만 좋아하는 사람들이 있듯이, 정통 땅고의 리듬과 움직임을 사랑하는 사람들은 수십 년이 흘러도 여전히 존재할 것이다.

CITA는 땅고 누에보 최대의 축제다. 파비안 살라스가 매년 3월 개최하는 CITA를 통해 땅고 누에보의 다양한 피구라를 응용한 춤들이 부에노스아이레스 무대에 등장했다. 그러나 최근 부에노스아이레스에서 땅고 누에보의 명문은 다나 프리호리Dana Frigoli가 이끄는 DNI 그룹이다. 구스타보 나베이라는 CITA가 처음 출발할 때부터 일정한 선을 긋고 독자적으로 활동했지만, DNI는 다나와 파블로 비샤라사Pablo Villarraza가 공동으로 설립했다가 파블로가 탈퇴한 이후 다나의 지휘 아래 계속해서 세력을 확장해가고 있다.

DNI 스튜디오는 부에노스아이레스 시내의 불네스Bulness 1011번지에 있는 4층으로 된 커다란 저택을 개조해서 만들어졌다. 지하철역에서 상당히 떨어져 있기 때문에 교통편이 좋은 것은 아니다. 꼬리엔떼스 애브뉴에 있는 메드라노Medrano 역에서 내려서 15분 정도 걸어야 한다. 1층에는 등록을 받는 접수처와 쇼룸, 그리고 카페가 있다. 이곳에서 커피와 간단한 식사를 할 수 있다. 또 쇼룸에는 DNI에서 제작한 남녀 땅고화와 땅고 의상 등이 전시되어 있고 판매도 한다. DNI의 땅고 슈즈들은 다른 구두들에 비해 컬러풀하고 화려하다. 의상도 진 바지를 변형한 캐주얼한 스타일이다. 해외 관광객들이 이어지자 최근 DNI는 까를로스 가르델 역 앞의 아바스또 백화점 근처 라바세 거리에 또 하나의 스토어를 냈다.

불네스 거리의 스튜디오 2층과 3층으로 올라가면 메인 스튜디오가 있다. 작은 방에서는 개인 연습을 하거나 프라이빗 레슨이 진행된다. 옥탑방 같은 4층 베란다는 담배를 피우는 땅게로스들이 자주 찾는 곳이다. DNI의 땅고 수업은 1, 2, 3, 4, 5, 6, 7 단계로 나누어져 레벨에 따라 수업이 진행되고 있다. 특히 토요일 오후에 진행되는 프락티카는 그 수준이 매우 높아서 다른 곳에서도 젊고 잘 추는 땅게로스들이 많이 찾아온다. 2016년에는 설립 10주년 기념행사를 가진 바 있다.

다나는 파블로와 헤어진 뒤 지금은 제자인 아드리안 페레이라Adria Ferreyra와 파트너십을 이루며 수업과 공연을 하고 있다. 유럽에서 온 해외 땅게로스들의 상당수는 DNI를 찾아온다. 그만큼 해외에서는 DNI와 다나의 인지도가 높다. 하지만 지금 땅고 정책을 이끌어가고 있는 땅고 살론의 핵심 세력들과는 거리가 있다. 하지만 언젠가는 그들도 메인스트림 안으로 흡수될 것이다. 왜냐하면 땅고 정책을 키워가는 부에노스아이레스의 노회한 정치가들은 매우 현실적이어서 세계 땅고의 큰 흐름을 놓치지 않기 때문이다.

땅고도 일종의 패션이다. 그 시기에 유행하는 피구라가 있고 스타일이 있다. 지금 현재 부에노스아이레스에서 유행하고 있는 스타일과 새롭게 만들어지는 피구라들은 시대의 유행에 따라 변하고 있지만, DNI는 전통 땅고의 흐름에서 크게 벗어나지 않으면서 새로운 감각의 땅고를 추고 있다. DNI는 그들을 땅고 누에보라고 말하지 않는다. 하지만 전통 땅고의 시각으로 보면 그들은 분명히 땅고 누에보다. 전통 땅고와 땅고 누에보를 구분 짓는 이런 잣대 또한 무의미한 것이다. 여러 가지 스타일이 모였다 흩어지고 다시 뒤섞이면서 새로운 전통이 만들어진다. 지금은 땅고 살론의 큰 흐름에서 벗어나 있지만 2000년대 초반 땅고 누에보가 세계를 휩쓸었듯이 전통과 뒤섞여서 새로운 모습으로 창조된 또다른 땅고, 그것이 땅고 살론, 혹은 땅고 밀롱게로, 땅고 누에보라는 이름으로 불리든 아니면 또다른 새로운 이름이 만들어지든 시대가 만들어내는 감각의 춤을 찾아 갈 것이다.

●
●

까를로스 꼬뻬쇼 스튜디오

　지금은 세월의 변화와 함께 사라졌지만, 까를로스 꼬뻬쇼가 운영하는 스튜디오는 부에노스아이레스 번화가인 꼬리엔떼스 애브뉴의 까를로스 가르델 역 근처에 있었다. 까를로스 가르델 역에 내리면 중절모를 쓴 가르델의 얼굴이 지하철 벽에 그려져 있다. 밖으로 나가면 땅고 발생 초창기 무렵부터 있었다고 전해지는 커다란 아바스또 백화점이 있다. 백화점 안에 극장도 있고, 수많은 식당들이 모여 있는 카페테리아도 있다. 아바스또 백화점을 둘러싸고 수많은 극장들이 자리잡고 있다. 대부분 땅고 디너쇼를 개최하는 극장들이다. 해가 지면 대형 관광버스들을 비롯해서 크고 작은 승합차들이 골목을 가득 메우고 땅고 공연을 관람하려는 관광객들이 쏟아져나온다. 부에노스아이레스를 방문하는 관광객들이라면 적어도 1회 이상 극장에서 땅고 공연을 관람한다. 디너를 겸하기 때문에 비용은 상당히 비싸다. 극장의 수도 많고 종류도 다양하다. 작은 무대에서 2,

3 커플이 나와 녹음된 음악으로 공연을 하는 곳도 있고, 20명 이상의 출연진들이 라이브 밴드와 함께 화려한 공연을 하는 곳도 있다. 조금 더 저렴한 땅고 공연을 보려면 밀롱가를 가기도 한다. 아니면 극장 공연을 보고 땅고에 매력을 느껴 극장식 땅고가 아닌 살아 있는 땅고를 보기 위해 밀롱가를 찾는 관광객들도 있다. 그들 중의 어떤 사람들은 부에노스아이레스에 눌러앉아서 땅고의 매력에 빠져 땅고를 배우고 밀롱가를 다니기 시작한다.

까를로스 가르델이 유년 시절 이곳 아바스또 백화점 근처에서 성장했고 청소년 시절부터 극장에서 아르바이트를 하며 땅고를 배우고 땅고를 추었다고 해서, 지하철역 이름이 까를로스 가르델이다. 아바스또 백화점 근처의 길가에는 까를로스 가르델 동상이 서 있다. 주변에는 땅고화나 땅고 옷을 판매하는 숍들도 많다. 그중에서 마치 대통령궁처럼 까사 로사, 붉은색으로 칠해진 2층 건물이 하나 있다. 한 시대를 풍미했던 전설적 땅게로 까를로스 꼬뻬쇼가 운영하는 스튜디오다.

까를로스 꼬뻬쇼는 할리우드 스타 로버트 듀발이 감독·주연을 맡은 영화 〈어세션 땅고〉에 출연하기도 했다. 분홍색 페인트가 칠해진 2층 스튜디오는 멀리서도 눈에 확연히 띌 정도로 독특하다. 하지만 설립된 지 오래되어서 매우 낡았고 그동안 개보수를 별로 하지 않아서 노쇠한 흔적이 확연하다. 1층 입구에 메인 홀이 있고 그 안쪽에 작은 카페가 있다. 커피와 메디아 루나 같은 간단한 음식을 먹을 수 있나. 작은 방 몇 개가 있어서 소규모 레슨을 진행하기도 한다. 2층에는 1층보다 조금 작은 홀이 있고 또 몇 개의 방이 있다. 어떤 방의 마루는 낡아서 삐걱거리고, 공사판 합판

지금은 사라진 까를로스 가르델 거리 근처의 있던 까를로스 꼬뻬쇼 스튜디오 내부. 까를로스 가르델이 유년 시절 이곳 아바스또 백화점 근처에서 성장했고 청소년 시절부터 극장에서 아르바이트를 하며 땅고를 배우고 땅고를 추었다고 해서, 지하철역 이름이 까를로스 가르델이다.

같은 나무 바닥으로 되어 있는 곳도 있는데 수업을 듣는 땅게로스들은 개의치 않고 열심히 땀을 흘린다.

나는 까를로스 꼬뻬쇼 스튜디오에서 정말 많은 수업을 들었다. 2006년 문디알 살론 땅고 챔피언인 파비안 뻬랄따에게서도, 그리고 그와 함께 챔피언이 되었지만 그후 결별한 파트너 나타챠 포베이라에게서도, 또 파비안의 다음 파트너인 비르히니아 빤돌삐의 수업도, 밀롱가의 제왕 엘 뻴라꼬 다니의 수업도 모두 여기서 들었다. 부에노스아이레스의 대표적인 밀롱게로 에두아르도와 글로리아의 수업을 통해 이른바 뽀르떼뇨들이 즐겨 하는 스텝이나 과거 1940년대 1950년대 1960년대 유행했던 스텝과 피구라들을 배운 곳도 여기였다.

부에노스아이레스 시내에서 하루에만 매일 평균 100여 개 정도의 클래스가 열린다. 아침 11시부터 밤 10시 정도까지 시간대별로 수업이 빼곡하게 진행된다. 수업의 레벨에 따라 비기너도 있고 인티미디어에이터도 있고 어드밴스도 있다. 정통 살론도 있고 밀롱가나 발스도 있고 땅고 누에보도 있다. 허접한 곳이라고 해도 배울 것은 있다. 그러나 이름 있는 마에스트로들은 대부분 해외로 돈다. 땅고를 추는 사람들 중에는 이탈리아 이민자들의 후예가 많아서 대부분 자신들의 고향인 이탈리아나 스페인 혹은 독일에 자신의 스튜디오를 만들어서 이중생활을 하는 경우도 많다. 그들이 부에노스아이레스를 지키고 있을 때는 12월부터 2월 사이, 그리고 8월이다. 왜냐하면 유럽의 겨울에 해당되는 12월부터 2월 사이에는 해외 땅고 페스티벌이나 워크숍이 거의 없기 때문이다. 그리고 8월에는 세계 땅고 대회가 개최되기 때문에 전 세계에서 수많은 땅게로스들이 부에노스아이레스로 몰려든다.

내가 까를로스 꼬뻬쇼 스튜디오를 처음 방문했을 때는 꼬뻬쇼가 해외에 나가 있었고 그의 아들 막시 꼬뻬쇼가 수업을 진행하고 있었다. 부에노스아이레스 땅고계에도 친소 관계에 따라 보이지 않는 인맥과 라인이 형성되어 있다. 까를로스 꼬뻬쇼 스튜디오에서는 파비안 페랄따, 나타챠, 비르히니아 빤돌삐 등이 주로 수업을 맡아 진행한다. 내가 직접 꼬뻬쇼의 수업을 들은 것은 부에노스아이레스를 방문한 3년째였나. 나는 한 달 동안 그에게 집중적으로 사사받았다. 또 그다음 해 부에노스아이레스를 갔을 때는 두 달 동안 빠지지 않고 꼬뻬쇼 스튜디오를 다녔다. 수업의 퀄리티가 아주 높다고 할 수는 없지만 이상하게도 그 낡은 스튜디오와 여기저기서 오합지졸처럼 모인 학생들이 정겨웠다. 무엇보다 수업 후 아바스또 백화점에서 쇼핑을 할 수 있고 근처의 또다른 대형 마트에서 싼 값으로 생필품도 살 수 있어서 이곳을 자주 갔었다.

까를로스 꼬뻬쇼 스튜디오에 가서 비르히니아 빤돌삐를 만났을 때가 생각이 난다. 그녀는 백인들이 대부분인 땅고계에서 활동하는 토착민과 피가 섞인 몇 안 되는 끄리오요이다. 서울에도 파트너인 파비안 페랄따와 와서 수업과 공연을 한 적이 있는데 2011년 그들은 헤어졌다. 헤어진 뒤 얼마 지나지 않아서 얼굴에 그늘이 가득차 있던 그녀에게 나는 인사동에서 구입한 냉장고 자석 두 개를 선물했었다. 그다음 해 만났을 때 그녀는 1년 전보다 훨씬 유쾌해져 있었고, 얼굴도 예뻐졌다. 2012년 미스테리오 땅고 페스티벌 마지막 날, 밀롱가 라 비루따에서 그녀가 하비에르 로드리게스와 공연했을 때 이상하게 슬펐다. 하비에르는 교통사고로 갑자기 숨진 자신의 파트너 안드레아 미쎄 대신 비르히니와 호흡을 맞춰 춤을 추었는데 나는 숨죽이며 공연을 보았었다. 나는 또 한번 냉장고 자석 인형을 선물했고 그녀는 그 전해 내가 준, 모양은 다르지만 같은 제품을 기억하고 있었다.

부에노스아이레스에 가기 전부터 비르히니아가 배꼽에 피어싱을 했다는 것을 페이스북의 사진을 보고 알았다. 그녀는 더워서 탱크톱을 입고 있었는데 배꼽의 피어싱이 선명하게 드러났다. 비르히니아의 땅게라 클래스는 부에노스아이레스의 모든 클래스 중 사람이 가장 많다.

40도까지 올라가는 무더위 막바지에도 지하철 에어컨은 작동되지 않는다. 지하의 시커먼 터널을 창문을 열고 지하철은 달린다. 사람도 많다. 냄새도 심하다. 비가 온다는 예보가 있으니, 이 비 그치면 더위도 한 풀 꺾일 것이다. 일요일은 24도까지 기온이 내려간다고 하니까 조금은 숨을 쉴 수 있을 것 같다. 땅고 연습을 하면서 걸었다. 집에 올 때까지 누군가 내 뒤를 따라왔다. 내 그림자였다.

●
●
마리포시따

비가 올 것 같아서 까를로스 꼬뻬쇼 스튜디오 근처에 있는 대형 할인 마트 꼬또Coto에 가서 필요한 식량을 조금 사고 우산을 샀다. 마트에서 제일 싼, 20페소 검은 우산을 집었는데 조금 불안했다. 여기 공산품들이 튼튼하지 않기 때문이다. 마트에서 나오니 비가 내리고 바람이 불고 있었다. 우산을 쓰고 300미터쯤 걸었는데 바람이 정처 없이 불었다. 우산이 뒤집어졌다. 우산살이 휘어져서 더 쓸 수가 없었다. 길가에 우산을 버리고 다시 온 길을 되돌아 마트로 들어갔다. 내일부터 사흘 비가 온다니까 우산이 필요하기 때문이다. 이번에는 제일 비싼 60페소 우산을 집었다. 그래도 우산살이 한국산과 비교해보면 턱없이 약하고 튼튼하지 못하다. 빗속을 뚫고 마리포시따 스튜디오를 찾아갔다.

산뗄모의 까를로스 깔보 거리에 있는 마리포시따는 부티크 땅고 호텔이자 땅고 수업을 진행하는 스튜디오다. 아마도 부에노스아이레스에 있는 모든 땅고 스튜디오 중 최고급 스튜디오일 것이다. 주인인 까롤리나 보나벤투라는 프랑스계고 그녀의 성인 보나벤투라는 아르헨티나 역사에 기록되는 유명한 가문이다. 까롤리나는 한국에 두 번 와서 워크숍과 공연을 진행했었는데 그때 함께 온 파트너 프란시스꼬 뽀르께라와는 지금은 헤어졌고, 다른 후배 댄서들을 초청해서 마리포시따를 운영하고 있다. 특히 마리포시따 스튜디오 위층은 고급 부티크 땅고 호텔로 만들어져 있어서 해외에서 찾아오는 부유한 땅게로스들이 즐겨 찾는 곳 중 하나이다. 마리포시따 호텔에 투숙하면 스튜디오 강습이 무료이고 수업이 없을 때는 언제나 스튜디오에서 연습할 수 있다는 장점이 있어서, 최근 부에노스아이레스 시내에 급증하고 있는 저렴한 땅고 게스트 하우스보다 비용이 비싸다는 단점에도 불구하고 꾸준히 땅게로스들의 발걸음이 이어지고 있다.

길가에서 초인종을 누르면 항상 안에서 사람이 나와 문을 열어준다. 보안이 철저해서 외부 침입이 불가능한 구조였다. 1층은 넓은 스튜디오인데 한쪽에 카페가 있다. 바깥 정원에 의자를 놓고 커피를 마시기도 한다. 클래스 등록은 70대가 넘어 보이는 할머니가 맡아 하고 있는데, 마리포시따는 고정으로 수업을 듣는 사람들을 위해 할인 쿠폰 제도를 실시하고 있다. 한 번은 마리포시따의 땅게로 클래스에 갔었는데 아파트에 정기 쿠폰을 놓고 왔다는 사실을 깨달았다. 등록받는 할머니에게 조심스럽게 말했더니, 할머니는 장부에 오는 사람 이름을 다 기록해놓으니까 괜찮다고, 다음에 올 때 쿠폰을 보여달라고 했다.

마리포시따 수업을 들은 후 다시 까를로스 꼬뻬쇼로 갔다. 밤 9시가 지난 시간이었다. 수업 시작할 때까지 시간이 남아서 아바스또 백화점에 가서 아이스크림을 먹었다. 아이스크림을 다 먹고 아바스또를 한 바퀴, 두 바퀴 돌며 노닥거리며 시간이 될 때까지 기다리다가 나타챠 수업을 들었다. 너무 피곤해서 수업에 참여하기가 힘들었다. 비가 오는 오늘 같은 날은 낄메스 흑맥주를 마셔야 한다는 것을 나는 알고 있다. 집에 돌아와서 샤워하고 맥주를 땄는데 한 잔 마시고 곧바로 쓰러졌다. 아침에 일어나보니 언제나처럼 1리터 큰 맥주병이 깨끗하게 비워져 있었다.

다음날 땅게라이며 땅고 학자인 끌라우디아 보쏘 수업을 들으러 갔다. 보쏘가 며칠 전 나에게 〈호스트〉라는 한국 영화를 봤다고 했다. 무슨 영화인가 했는데 물에서 괴물이 나온다는 설명을 듣고 봉준호 감독의 〈괴물〉이라는 것을 알았다. 보쏘는 그것을 보면서 아, 서울이 저런 모습이구나 하고 고개를 끄덕였다는 것이다. 보쏘는 키가 크다. 그녀는 밀롱가를 자주 다니는 밀롱게로라기보다는 땅고 학자에 가깝다. 나는 보쏘와 대화하면서 땅고에 대해 많은 것을 배웠다. 그녀의 스튜디오는 주택가 2층의 자기집 거실을 개조해서 만들었다. 넓은 거실 창문은 길가로 향해 있고 천장에서는 항상 대형 프로펠러가 돌아가고 있어서 쾌적했다. 개인 아파트의 거실을 개조했기 때문에 다른 스튜디오보다 훨씬 따뜻한 분위기에 정감이 있어서 이곳도 한 달 동안 꾸준히 걸어다녔다. 보쏘가 밀롱가를 가자고 해서 뽀르떼뇨 y 바일라린에 갔었는데 나보다 키가 큰 그녀가 하이힐을 신으니까 머리 하나가 내 위에 있었다. 그런데도 춤을 추자고 해서 진땀 흘리며 한 딴다를 추었는데 조금 힘들었다.

오벨리스끄 근처에 있는 땅고화 전문점 프라벨라에 가서 맡겨놓은 구두를 찾고 시티뱅크에 가서 돈을 찾은 뒤 개인 레슨 예약이 되어 있는 사르미엔또 722의 페르난도의 스튜디오를 찾았다. 페르난도는 파트너 빌마와 함께 최근 부에노스아이레스에서는 땅고 살론 강습을 제일 잘한다고 소문이 나 있었다. 4층 벨을 눌렀더니 대답이 없다. 잠시 후 길가에서 키 작은 남자가 다가왔다. 페르난도였다. 그가 문을 열고 함께 들어가서 수업을 받았다. 기대했던 개인 수업은 기대 이상은 아니었다. 역시 그룹 레슨을 먼저 받은 후 나와 춤이 맞는 선생인지, 티칭 능력은 어느 정도 되는지 등 모든 것을 확인하고 개인 레슨을 신청해야 한다. 집으로 돌아오면서 지하철역 근처 와이파이가 잘 터지는 카페에 들어가 피자를 시켰다. 피자는 세계 어디서나 먹어도 비슷비슷하다. 입으로 피자를 넣은 채 인터넷 서핑만 하다 아파트로 들어갔다.

●
●
부에노스아이레스의 밀롱가들

2월의 부에노스아이레스는 너무나 덥다. 습도는 없고 쨍쨍한 햇빛만 날카롭게 대지에 내리꽂힌다. 한낮에는 섭씨 38도까지 기온이 올라간다. 선크림을 발라도 따가운 햇볕이 숨구멍 속으로 팍팍 꽂힌다. 건조하고 무더우며 메마른 날씨지만, 아침저녁으로는 선선한 바람이 불어서 긴팔 옷을 입어야 한다. 잠을 잘 때 아파트 베란다 문을 열어놓으면 새벽에 찬 기운이 느껴져서 몸을 오스스 떨며 깨어난다. 일교차가 10도 이상이 나기 때문에 감기 걸리기 딱 좋다.

부에노스아이레스에서는 매일 저녁마다 수백 개의 밀롱가가 문을 연다. 동네에 있는 작은 밀롱가부터 살론 까닝이나 라 밀롱가 데 로스 수까La milonga delos Zucca, 데 께루사De Querusa처럼 5백여 명에 가까운 인파가 꽉꽉 들어차는 밀롱가도 있고 야외 공원의 정자에서 개최되는 아웃도어 밀롱가 라 글로리에따도 있다. 부에노스아이레스의 밀롱가는 이곳에 살고 있는 뽀르떼뇨들뿐만 아니라 세계 각지에서 온 수많은 땅게로스들이 항상 뒤섞여 있다. 어느 밀롱가는 관광객들이 절반 이상을 차지하기도 한다. 그래서 늘 새로운 얼굴들이 보이고 그들은 싱싱한 기운을 뿜으며 플로어를 날아다닌다. 그러나 일반적으로 뽀르떼뇨 땅게로스들은 외국에서 온 관광객들과 춤을 추려고 하지 않는다. 그들 자신이 최고라고 생각하고 있기 때문에 그들은 그들끼리만 까베세오를 한다. 관광객들에 대한 텃세가 아주 심하다.

뽀르떼뇨들은 땅고를 추기 위해 해외에서 부에노스아이레스를 찾아온 사람들을 관광객이라고 표현한다. 물론 밀롱가에는 땅고를 추지 못하는 진짜 관광객들이 찾아오기도 한다. 그들은 밀롱가의 테이블 하나를 차지하고 호기심 어린 눈으로 춤추는 사람들을 바라본다. 꼰피떼리아 이데알이나 살론 까닝 같은 경우는 부에노스아이레스 가이드북의 관광 코스에 들어가 있다. 일반 관광객들과 땅고를 추기 위해 해외에서 찾아온 관광객들을 구별하는 방법은 신발을 보면 된다. 땅고화를 신고 있으면 땅게로스, 그렇지 않으면 관광객이다. 이데알과 살론 까닝을 제외하면 일반 관광객이 찾아오는 밀롱가는 매우 드물지만 최근에는 SNS 포스팅이 늘어나면서, 극장식 식당에서 진행되는 값비싼 땅고 디너쇼를 보는 것보다 오히려 다운타운의 밀롱가에서 땅고를 만나려는 관광객들이 늘어나고 있다.

나도 부에노스아이레스에 처음 도착해서는 무료로 배포되는 땅고 잡지 뒤편에 실려 있는 밀롱가 정보를 보고 밀롱가를 찾아다녔다. 시행착오도 몇 번 있었다. 분명히 어제와는 다른 이름의 밀롱가를 찾아왔는데, 도착해서 보니까 어제와 같은 장소였다. 땅고 잡지에 실린 Mi Refugio라는 밀롱가에 가기 위해 택시를 탔었는데, 택시가 나를 내려준 곳은 밀롱가 니뇨 비엔과 똑같은 장소였다. 주소를 찾아 비교해보았더니 똑같았다. 하나의 공간에서 요일마다 다른 이름의 밀롱가가 개최되기 때문에 일어난 해프닝이다. 같은 주소지에 있는 같은 공간이라고 해도, 각 요일마다 밀롱가를 개최하는 오거나이저가 다르고 밀롱가의 이름도 다르다.

부에노스아이레스의 밀롱가들은 대부분 땅고 음악을 밀롱가 이름으로 선택한다. 니뇨 비엔, 아따니체, 까치룰루, 라 비루따, 라 브루하, 씬룸보 등등이 그렇다. 부에노스아이레스 바깥의 해외 밀롱가들은 또 성공한 부에노스아이레스의 밀롱가 이름을 카피한다. 그들이 지향하는 부에노스아이레스의 밀롱가와 같은 이름을 내세움으로써 자신들의 땅고의 정체성을 드러낸다.

매일 밤 수많은 밀롱가가 개최되지만 사실 춤 잘 추는 땅게로스들은 어느 정도 한정되어 있다. 그들은 A급 밀롱가를 찾아다닌다. 어떤 밀롱가가 더 좋은 곳인가에 대한 개인적 호불호가 반드시 일치하는 것은 아니다. 음악과 분위기 그리고 그곳에서 춤추는 사람들이 공간의 특징을 결정한다. 우선 음악이 좋아야 한다. 그날의 밀롱가에서 누가 디제이를 하는가도 아주 중요하다. 땅고는 음악과 함께 두 사람이 걷는 것이기 때문에 디제잉이 좋지 않으면 금방 땅게로스들이 발길을 돌려버린다. 그다음 중요한 것이 누가 공연하는가이다. 대부분의 부에노스아이레스 밀롱가에서는 매번 공연이 개최된다. 그리고 밀롱가의 분위기도 중요하다. 어떤 밀롱가는 따뜻하고 어떤 밀롱가는 차갑다. 어떤 밀롱가는 건조하고 어떤 밀롱가는 뜨거운 열기로 가득차 있다.

가장 중요한 것은 어떤 사람들이 그곳에서 춤을 추는가 하는 것이다. 밀롱가의 론다가 잘 돌아가면 그곳은 일급 밀롱가라고 할 수 있다. 초보들이 많으면 밀롱가의 론다가 잘 돌아가지 않는다. 밀롱가는 평범한 사각형의 공간이지만 땅고를 출 때는 일정하게 반시계 방향으로 돌면서 춤을 춰야 한다. 그래서 수많은 사람들이 비좁은 공간에서 춤을 춰도 서로 부딪치지 않는 것이다. 사람이 많은 큰 밀롱가는 사각형의 공간 안에서 세 개 이상의 원이 돌아간다. 바깥 원은 질서 정연하게 빠르게 움직인다. 앞 커플을 추월하지 않고, 뒷 커플과 부딪히지 않으면서 계속해서 전진하며 춤을 춘다는 것은 매우 어려운 일이다. 그래서 보통 초보자들은 빠르게 원을 돌며 춤을 출 필요가 없는 밀롱가의 중앙에서 춤을 춘다.

그래서 고수들은 론다가 잘 돌아가는 밀롱가를 찾아 돌아다닌다. 론다가 잘 돌아간다는 것은 잘 추는 땅게로스들이 많다는 뜻이다. 요일별로 좋은 밀롱가는 다르다. 월요일이나 화요일 살론 까닝의 밀롱가 빠라꿀뚜랄이나 이데알, 화요일의 까치룰루, 수요일의 쁘루또 둘쎄, 목요일의 데께루사, 밀롱가 수까, 엘 쎄이떼, 금요일의 라 브루하, 신 룸보, 라 발도사, 시라 시라 토요일의 DNI 쁘락띠까와 까치룰루, 라 비루따 일요일의 비바라 뻬빠, 플로렐 밀롱가, 뽀르떼뇨 y 바일라린으로 가면 그 얼굴이 그 얼굴이다. 물좋은 밀롱가를 순회하며 찾아다니는 땅게로스들을 여기저기서 다시 만날 수 있다.

부에노스아이레스의 대부분의 밀롱가에서는 밀롱가를 오픈하기 전, 땅고 수업을 진행한다. 강사들은 이름을 들으면 알 만한 일급 마에스트로들이다. 수업료는 밀롱가마다 다르다. 밀롱가 뽀르떼뇨 y 바일라린처럼 강습 등록을 하면 밀롱가가 무료인 곳도 있고, 살론 까닝처럼 강습+밀롱가를 신청하면 4, 5천 원 더 받는 곳도 있다. 스튜디오의 땅고 클래스는 해외에서 오는 땅게로스들이 주로 많이 참여하기 때문에 정기권보다는 일회 강습료를 받고 운영된다. 보르헤스 센터의 땅고 클래스는 10회, 20회, 30회 단위로 할인되어서 장기 체류하는 관광객들에게 인기가 있었다. 스튜디오 마리포시따도 쿠폰제로 할인을 해준다.

부에노스아이레스의 밀롱가가 한국의 밀롱가와 다른 점은 밀롱가가 어떤 법적 규제를 받는가 하는 것이다. 국내에서는 무도장 허가를 받아야 춤을 출 수 있다. 홍대 클럽이 있는 마포구만 구 조례로 클럽에서 춤을 추는 것을 허용하고 있고 다른 지역에서는 무도장 허가를 받지 않고 춤을 추면 원래 불법이다. 한국의 밀롱가는 대부분 에어로빅 같은 신체 단련 스튜디오나 간이음식점으로 등록되어 있어서 술을 판매할 수 없다. 밀롱가 입장권에 음료수 한 병이 무료로 포함된 한국과 달리 부에노스아이레스에서 밀롱가 입장료는 그냥 입장료다. 물을 마시거나 다른 음료수를 마시려면 별도 주문을 해야 한다.

밀롱가에는 맥주나 와인, 샴페인 같은 술 종류도 다양하게 있고 저녁 식사용 음식을 주문할 수도 있다. 보통은 아구아, 혹은 아구아 꼰 가스를 주문한다. 춤을 출 때는 갈증이 나기 때문에 물, 그것도 탄산수가 들어 있는 물을 주문한다. 혹은 메디아 루나라고 불리는 크루아상과 커피를 주문하기도 하고, 우리나라의 왕만두 같은 엠빠나다를 주문해서 저녁 식사 대용으로 먹기도 한다. 어느 정도 사회적 위치가 있는 사람들은 본인이 술을 마시지 못해도 밀롱가에 가면 샴페인 한 병을 주문한다. 얼음이 가득 들어 있는 쿨러에 샴페인 병이 꽂혀 테이블 위에 있다는 것 자체가 하나의 상징이다. 물론 술을 좋아해서 주문하는 사람도 있지만 일종의 세력 과시, 혹은 밀롱가 오거나이저에 대한 예의로 고참 땅게로스들은 샴페인을 주문한다.

꼰피떼리아 델 이데알

부에노스아이레스에서는 매일 밤 백여 개가 넘는 크고 작은 밀롱가가 개최된다. 그 많은 밀롱가 중에서도 자타가 공인하는 첫번째 밀롱가는 이데알Ideal이다. 이데알은 부에노스아이레스 어디에서나 볼 수 있는, 이 도시를 상징하는 뾰죽한 탑 오벨리스끄 근처의 수피차Supicha 거리에 있다. 갈리시아 출신의 부유한 상인이었던 돈 마누엘 로센도 페르난데쓰가 1912년에 만든 이데알은, 아르헨티나가 가장 영화로웠던 시절에 세워진 밀롱가답게 화려함의 극치를 보여준다. 페론 대통령 시절, 영부인인 에비타도 이곳을 방문했었다는 기록이 남아 있다. 2층으로 되어 있지만 각각의 층은 다른 건물 2층 높이여서 천장이 매우 높다. 고급 대리석으로 만든 둥근 기둥과 바닥, 화려한 문양으로 장식된 높은 천장, 체코슬로바키아에서 가져온 고급 의자와 프랑스산 샹들리에, 이탈리아산 창문, 슬로베니아산 오크 패널 등 유럽에서 가져온 고급 자재들로 건축되있기 때문에 백 년이 지난 지금도 그 화려함은 눈부실 정도이다. 자나 보코바Jana Bokva 감독이 2003년에 만든 다큐멘타리 필름 〈The Tango Salon─La Confiteria

1912년에 만든 이데알은, 아르헨티나가 가장 영화로웠던 시절에 세워진 밀롱가답게 화려함의 극치를 보여
준다. 페론 대통령 시절, 영부인인 에비타도 이곳을 방문했었다는 기록이 남아 있다.

Ideal〉에는 밀롱가 이데알이 어떻게 만들어졌고 운영되었는지 상세하게 나와 있다. 전체적으로 이데알은 파리의 고급 건축물을 상기시킨다. 특히 부르봉 왕가의 상징인 백합 문양이 1층 입구의 간판에도 들어 있으며 건물 여기저기에도 사용되고 있다.

이데알의 1층은 카페로 운영되고 밀롱가는 2층에서 열린다. 꼰피떼리아라는 단어에서 드러나듯이 1층은 원래 유명한 카페, 제과점이었다. 전성기 시절에는 특히 패스트리와 샌드위치가 유명했다고 하는데 48명이 3교대로 24시간 일할 정도로 손님이 많았다고 한다. 얇게 슬라이스된 고기와 햄, 달걀, 치즈, 토마토, 피망 등으로 만들어진 아르헨티나 스타일의 샌드위치는 지금도 밀롱가에서 맛볼 수 있다. 1층에서는 낮 시간에 땅고 교습도 열린다. 밀롱가는 2층에서 개최되는데, 한국의 밀롱가와는 달리 이데알의 바닥은 대리석이다. 바닥이 많이 미끄러운 편이어서 힘 조절을 잘하면서 춤을 춰야 한다. 테이블 위에서 대리석 바닥까지 길게 드리워진 짙은 선홍빛의 붉은 천 윗부분에는 검정색의 사각형 천이 깔려 있다. 이데알 하면 가장 먼저 떠오르는 이미지는 강렬한 레드와 블랙의 조화이다.

이데알 역시 다른 밀롱가처럼 각 요일마다 이름을 달리하는 여러 종류의 다양한 밀롱가가 있다. 심지어 같은 요일에도 시간대를 달리하여 다른 이름의 밀롱가가 개최된다. 특히 수요일 낮에는 시니어들을 위한 일종의 마티니 밀롱가가 개최된다. 최근의 이데알은 예전의 영화로운 모습에서 많이 쇠퇴해서 세계 땅고 1번지로서의 자존심과 품격을 더이상 찾아보기 힘들게 되었다. 이렇게 땅고는 흐르는 물처럼 계속해서 몸을 바꾸며 진화해간다. 밀롱가의 부침은 최근 들어 더욱 빈번하게 이루어지고 있다. 트렌드가 빨리 변하기 때문이다. 어제까지 번성했던 밀롱가가 불과 몇 달 만에 썰렁해지고, 새롭게 등장한 밀롱가가 땅게로스들을 블랙홀처럼 빨아들이기도 한다.

내가 2009년 〈EBS 세계테마기행〉 팀과 함께 부에노스아이레스에 갔을 때도 처음 간 밀롱가가 이데알이었다. 촬영 협조를 받기 위한 미팅 때문에 이데알을 찾아갔는데, 대부분의 테이블에는 머리가 희끗한 노인들이 앉아 있었다. 목요일 오후였다. 오후의 밀롱가에는 시니어들만이 자리를 지키고 있다. 우리는 이데알 매니저인 마리오 모레노와 미팅을 했고, 그는 기꺼이 촬영에 협조하겠다고 했다.

전 세계에서 부에노스아이레스를 방문하는 관광객들이 가장 많이 찾는 밀롱가가 이데알이다. 그래서 금요일과 토요일에는 관광객 대상의 이벤트가 많다. 오케스트라와 함께 열리는 라이브 밀롱가는 물론, 땅고 공연도 다양하게 개최된다.

우리는 다음날 촬영을 위해 이데알에 다시 갔었는데 관광객들이 가장 많이 찾아오는 금요일 밤이었다. 'Unitango'라는 오케스트라의 라이브 밀롱가가 개최되고 있었다. 미팅을 했던 목요일 낮과는 비교할 수 없을 정도로 많은 사람들이 홀을 가득 메우며 춤을 추고 있었다. 영화 〈땅고 레슨〉을 보면 주인공 빠블로 베론이 여제자인 셀리 포터 감독과 함께 부에노스아이레스를 방문한다. 파리에서 오랜만에 귀환한 빠블로 베론을 환영한 밀롱가가 바로 이데알이다. 라이브 밀롱가나 공연이 있는 날에는 항상 더 많은 사람들이 밀롱가에 오기 때문에 활기가 넘쳐흘렀다.

이데알 계단에서 나는 부에노스아이레스로 땅고 유학을 온 한국의 동료 땅게로스들을 만났다. 사전 약속도 없었는데 만나게 되어서 너무나 반가웠다. 그때 밀롱가 밖으로 여행용 트렁크를 끌고 나오는 동양 여자가 있었다. 지난 2005년부터 부에노스아이레스에 머물면서 활동하고 있는 크리스탈 유, 유수정씨였다. 한국에서부터 이름은 듣고 알고 있었지만 그녀를 만난 것은 그때가 처음이었다. 왜냐하면 내가 땅고를 시작하던 무렵, 그녀는 부에노스아이레스로 떠났기 때문이다.

유수정씨는 이데알에서 성장한 대표적 땅고 댄서이다. 한국에서 땅고를 처음 공연한 아르헨티나 교포 공명규씨에게서 1999년부터 땅고를 배웠고, 2004년 아르헨티나의 세르반떼스 국립극장에서 땅고 공연을 한 후 귀국했다가 2005년에 다시 부에노스아이레스로 와서 땅고를 추고 있다. 지금은 이데알에서 벗어나 독자적으로도 활동하고 있지만 그녀가 부에노스아이레스에서 자리를 잡고 성장하기까지 이데알은 일종의 모태 같은 역할을 했다.

유수정씨는 그날도 이데알에서 공연을 마치고 트렁크를 끌며 집으로 돌아가던 길이었다. 항상 프로 댄서들은 자신의 공연복과 땅고화, 기타 공연에 필요한 물품들을 여행용 트렁크에 넣고 움직인다. 내가 유수정씨와 인사를 하는 동안 통역을 맡은 정덕주씨가 EBS 피디와 함께 금요일의 오거나이저와 협상을 했다. 그리고 밀롱가에서 15분 정도 촬영 허락을 받고 새벽 1시부터 촬영을 했다. 이데알의 매니저가 촬영 협조를 해준다고 했지만 금요일 오거나이저 입장에서는 방송 촬영이 밀롱기 흐름을 방해할 수 있기 때문에 썩 달가운 것은 아니다.

내가 땅고화를 들고 이데알 2층 계단을 올라가는 것부터 촬영이 시작되었다. 나는 당시 부에노스아이레스에서 땅고 유학 중이던 한걸음님에게 서 소개받은 땅게라 로우라와 춤을 추었다. 20대 후반의 미인인 로우라는 현대 무용을 전공했고 배우로 활동하고 있다고 했다. 촬영감독과 피디가 각각 2대의 카메라로 밀롱가를 스케치하는 동안 나는 로우라와 춤을 추 었다. 그녀는 매우 부드러웠고 세련된 발동작을 가진 땅게라였다. 두 딴 다를 연속해서 추었다. 그리고 잠깐 쉬는 동안 피디는 오거나이저를 인터 뷰했다. 인터뷰가 끝나자 오거나이저는 나에게 〈우니땅고〉의 디브이디 와 시디를 선물로 주었다.

새벽 2시쯤 밀롱가에서 또하나의 공연이 있었다. 부에노스아이레스에 체류하고 있던 일본 출신 땅게라 루이 사이또가 아르헨티나 댄서와 공연 을 했다. 우리는 공연을 보고 새벽 2시쯤 이데알을 나왔다. 새벽 2시 30분 부터 밀롱가 라 비루따에서의 촬영이 예정되어 있었기 때문이다.

2010년에 부에노스 아이레스에 갔을 때도 나는 크리스탈 유를 만나기 위해 이데알에 갔었다. 유수정씨가 진행하는 초급 강습이 끝나면 CITA 워 크숍에서 만난 에두아르도와 마리사의 강습이 진행될 예정이었다. 유수 정씨의 강습은 1층에서 진행되고 있었다. 나는 2층으로 올라가는 계단에 서 아이를 안고 있는 한국 남자를 만났다. 그는 부에노스아이레스의 대표 적인 게스트 하우스이자 포털사이트 다음의 여행 카페인 〈남미사랑〉의 주인장이었다. 〈남미사랑〉은 아르헨티나와 남미에 관심 있는 한국인 여 행자들에게는 잘 알려진 유명한 카페다. 〈남미사랑〉에 머물고 있던 한국 인 관광객들이 땅고를 배우고 싶다고 해서 모두 데리고 유수정씨의 강습 을 들으러 왔다는 것이다. 〈남미사랑〉 안주인도 유수정씨의 땅고 강습에 참여하고 있었기 때문에 그는 아이를 안고 밖으로 나온 것이다. 그때 1층 입구 쪽으로 중년의 남자가 나오더니 나를 향해 말했다.

"from?"

내가 고개를 갸우뚱하자 그는 한 번 더 소리친다.

"from?"

"Corea."

그는 저기 강습하는 선생이 한국인이라고 알려준다. 내가 알고 있다고, 그녀를 만나러 왔다고 하자 나에게 안으로 들어오라고 손짓한다. 원래 1층 입구는 강습 참가자들의 등록을 받는 곳이다. 그래서 나는 계단으로 올라가 있었는데, 그 남자는 안으로 들어와서 기다리라고 친절하게 안내해주었다. 그런데 어딘가 낯이 있었다. 생각해보니까 2009년 이데알에 왔을 때 촬영 허가를 해준 매니저 마리오 모레노였다.

강습을 끝낸 유수정씨와 인사를 했다. 그녀는 나에게 마리오 모레노를 소개하면서 이데알의 매니저이자 자신의 남편이라고 말했다. 나는 깜짝 놀랐다. 2009년에 3월에 왔을 때만 해도 그녀가 결혼했다는 얘기를 못 들었기 때문이다. 그들은 2009년 10월 결혼했다.

다음날 다시 만난 유수정씨는 좋은 땅고화 가게를 알려달라는 내 부탁을 듣고 이데알 근처에 있는 플로벨라로 나를 데려갔다. 땅고화의 명문인 다르코스의 옆 가게였는데(다르코스는 수피차 거리의 본점 이외에 사르미엔또 거리에 훨씬 더 규모가 크고 화려한 2층 분점을 냈다. 1층 매장 외에도 2층에 스튜디오가 있어서 강습도 진행되고 있었다) 한국에는 잘 안 알려져 있지만 유수정씨 자신이 여러 종류의 땅고화를 신어본 결과 이 집 신발이 가장 튼튼하고 편안하다고 추천해주었다. 좋은 땅고화를 신으면 더 멋진 땅고를 출 수 있을 것 같은 환상 때문에 이미 수십 컬레의 땅고화를 구입했지만 그곳에서 흰색 구두를 하나 더 샀다.

저녁 9시부터 에두아르도의 강습이 시작되기 때문에 나는 다시 이데알로 돌아왔다. 에두아르도와 마리사는 나를 보고 반갑게 포옹을 하고 베소를 했다. 역시 그들의 수업은 좋았다. 나는 CITA 워크숍에서 그들의 살또 수업을 듣고 매혹되어 워크숍이 끝난 후에도 그들의 수업을 더 듣기 위해 이데알까지 찾아온 것이다(그러나 이 커플은 몇 년 전 헤어졌고 지금은 각각 다른 파트너와 땅고를 추고 있다).

에두아르도의 강습이 끝나고 밤 11시부터 밀롱가가 시작되었는데 수요일의 밀롱가 이데알은 대부분 관광객들이 찾아온다. 땅고를 추는 것보다는 구경하러 온 사람들이 더 많다. 3인조 밴드와 남자 보컬로 구성된 악단이 연주를 했다. 관광객이 대부분인 수요일이었지만 그래도 역시 이데알이라서 연주 수준이 높았다. 인상적이었던 것은 70대로 보이는 노인들 두 커플이 춤을 추었는데 서로 너무 달랐다. 한 커플은 부에노스아이레스 밀롱가에서 잔뼈가 굵은 전형적인 밀롱게로였다. 특히 〈뽀에마〉에 맞춰 춤을 추는 장면은 잊을 수가 없다. 감성이 넘쳐났고 수십 년 함께 땅고를 춘 사람들만이 가지고 있는 교감과 느낌으로 충만한 춤이었다.

또 한 커플은 온갖 화려한 기교를 총동원해서 춤을 추었다. 마치 무대 공연을 보는 것 같았다. 문제는 할아버지가 나이가 너무 들어서 동작이 엉성하다는 것이었다. 할머니는 다리가 제대로 퍼지지 않아서 모양이 좀 그렇기는 하지만 아주 즐겁게 땅고를 추고 있었다. 그들은 다만 걷고 있었을 것이다. 음악과 함께 걸을 때 그것은 춤이 된다.

라 비루따

우리는 새벽 2시가 지나서 아르메니아Armenia 1366에 있는 밀롱가 라
비루따에 도착했다. 금요일 밤이다. 평일 밀롱가도 새벽까지 하는데 금요
일 밤에는 새벽 6시까지 하는 곳도 많다. 라 비루따의 지하 계단을 내려가
자 이데알과는 너무나 다른 분위기가 펼쳐졌다. 우선 시끄러웠다. 땅고
음악뿐만이 아니라 수많은 사람들이 왁자지껄 대화하는 소리가 뒤섞여
서 시장 바닥처럼 혼잡한 느낌을 주었다. 더구나 아주 가까이 있는 사람
들의 얼굴만 알아볼 수 있을 정도로 어두웠다.

천장이 낮은 지하 공간에 넓은 직사각형 홀이 있었다. 홀 입구에서 다
시 계단 두 개를 내려간 곳에 춤추는 플로어가 있었다. 50미터 크기의 수
영장 위에 낮은 천장이 있고, 수영장 바깥에 테이블이 있다고 생각하면 딱
맞을 것이다. 길쭉한 직사각형의 공간이어서 음료수나 음식을 주문하는
바가 양쪽 끝 두 군데에 모두 있었다. 테이블 주변을 지나가는 웨이터를
불러 음식을 주문하기에는 워낙 사람이 많고 혼잡하기 때문이다.

라 비루따는 부에노스아이레스 밀롱가 중에서도 가장 젊은 밀롱가에
속한다. 이데알이나 살론 까닝과는 또다른 젊은 에너지를 홀 입구에서부
터 강하게 느낄 수 있다. 입구 오른쪽 벽에는 짐을 보관하는 곳이 있고 5페
소를 받았다. 입구 왼쪽 끝에는 디제이 테이블이 있고 홀 건너편 반대쪽

양끝에는 각각 남녀 화장실로 올라가는 계단이 있다. 화장실 안에는 껌과 사탕 등을 파는 아저씨가 앉아 있다. 화장실을 내려와 홀 안으로 들어가면 음료수와 피자, 샐러드 등을 만드는 주방이 있다.

라 비루따를 들어가면서 나는 라우라와 아브라쏘를 하고 사진을 찍었다. 유명한 땅고 뮤지컬 〈땅게라〉의 포스터가 뒤에 걸려 있다. 금요일과 토요일의 라 비루따는 새벽 3시 이후에는 입장료를 받지 않는다. 따라서 다른 밀롱가에서 춤을 추던 땅게로스들은 새벽 3시 이후 2차로 이곳으로 몰려온다. 새벽 3시 30분이 가장 붐비는 시간이다. 라우라는 자신이 무료로 입장할 수 있다면서 우리 일행을 입장료도 내지 않고 무사 통과시켜 준다.

우리는 홀 맨 끝, 주방 바로 앞에 있는 예약석에 앉았다. 보통 때는 공연자들이 앉는 자리라고 했다. 부에노스아이레스에서 빠소라는 이름으로 활동하고 있던 한걸음님이 계산하겠다면서 음식을 주문한다. 나는 식욕이 없었다. 밤늦게는 먹지 않는다. 푸짐하게 음식들이 테이블 위로 날아왔고 라우라는 허겁지겁 많이 먹는다. 그런데도 그 몸매가 유지되는 걸 보면 신기하다. 라우라와 많은 이야기를 했다. 그녀는 현대 무용을 전공했고 영화에도 출연했으며 특히 실험예술에 관심이 많았다. 그녀는 김기덕 감독의 영화에 대해서 말했다. 그가 내 친구라고 말하자 라우라는 눈을 빛내며 믿을 수 없다고 소리쳤다.

라 비루따의 촬영 허가는 받았지만 너무 어두워서 그림이 되지 않는다며 스태프들은 난색을 표한다. 결국 스태프들은 먼저 철수하고 나는 라우라, 한걸음, 지운과 남았다. 라 비루따를 비롯한 부에노스아이레스 밀롱가는 정통 땅고 음악만을 고집한다. 하지만 라 비루따는 자유분방하다. 꼬르띠나도 없다. 젊은 땅게로스들이 아브라쏘를 하고 살론 땅고에서는 거의 쓰지 않는 볼까다나 꼴까다, 간초나 볼레오 등도 자유롭게 시도한다. 라우라가 춤을 추자고 청한다. 플로어는 역시 발 디딜 틈 없이 붐빈다. 나는 니뇨 비엔이나 이데알에서도 그랬듯이 맨 바깥 라인을 선택한다. 라우라는 그 좁은 공간에서도 내가 아브라쏘를 한 상태에서 볼까다를 리드하자 슬쩍 텐션을 주면서 발을 움직인다. 그래서 트리플 볼까다를 시도하자 역시 부드럽게 받아넘긴다. 홀의 내부는 세 개의 론다가 돌아가고 있다. 물론 고수들은 바깥 라인에서 춤을 춘다. 한번 흐름에서 이탈되면 안으로 끼어들기가 쉽지 않다. 고수들은 좁은 공간을 이용하여 다양한 피구라를 구사하며 즐겁게 춤을 춘다.

　새벽 3시 반쯤 되자 다른 밀롱가에서 건너온 땅게로스들이 줄지어 무료입장을 한다. 이데알에서 만났던 한국 땅게로스들도 모두 라 비루따로 건너왔다. 3백여 명이 넘는 사람들이 밀롱가를 가득 메우고 있다. 사람이 너무 많아서 한국 팀들이 어느 자리에 앉아 있는지 확인할 수 없었는데 화장실 앞에서 겨우 만날 수 있었다. 새벽 4시쯤 되니까 차카레라 음악이 흘러나온다. 플로어에서 춤을 추던 1백여 명의 남녀가 네 줄로 나란히 선다. 여자들은 두 손끝으로 양쪽 치마를 잡고 있다가 두 팔을 올려 춤을 춘다. 남자들 역시 두 팔을 올리거나 뒷짐을 쥐고 춘다. 이렇게 많은 사람들이 한꺼번에 차카레라를 추는 것을 본 적이 없다. 아르헨티나 민속춤인 차카레라를 배우고 싶은 생각은 없었는데, 함께 차카레라를 추는 것을 보니까 너무나 아름다웠다.

차카레라가 5곡 정도가 끝나자 삼바 음악이 흘러나온다. 많은 사람들이 무대를 빠져나가고 5커플만 밀롱가에 남았다. 그들은 각자 손수건을 꺼내 밑으로 내려뜨리고 여기저기에 서 있다. 애절한 음악이 흘러나오자 춤을 췄는데 처음 본 춤이었다. 브라질 삼바와는 다른 아르헨티나 삼바였다. 마치 즉흥 공연을 하는 것처럼 뜨거운 열기 속에서도 모든 것이 너무나 자연스럽고 정돈되어 있다(차카레라와 아르헨티나 삼바는 가우초 파티에서 다시 볼 수 있었다. 시내 외곽에서 열린 가우초 축제에 참석한 수많은 시민들은 길거리에서 차카레라와 아르헨티나 삼바를 추었다. 춤이 일상 속에 녹아 있는 도시가 부에노스아이레스였다).

밀롱가 라 비루따는 부에노스아이레스에 갈 때마다 자주 갔다. 매년 2월 라 비루따에서는 미스테리오 땅고 페스티벌이 개최된다. 차세대 젊은 댄서들이 주축이 되어 기획을 하고 마에스트로들을 초청해서 행사를 진행한다. 많은 땅고 워크숍이 열리고 다양한 공연이 개최된다. 특히 치초, 세바스티안 아르쎄, 오라시오 고도이 등이 이곳에서 성장했다.

2010년 CITA 워크숍에 참석했을 때였다. 토요일 새벽, 택시를 타고 새벽에 라 비루따로 갔는데 도착하니 2시 50분이었다. 라 비루따 입구에는 무료 입장 가능한 새벽 3시 30분이 될 때까지 기다리는 사람들이 길게 줄을 서 있다. 시간이 지날수록 하나둘 사람들이 늘어난다. 그중에는 CITA 수업을 같이 들었던 땅게로스들의 얼굴도 보인다. 라 비루따 안에서 누가 걸어 나오는데, 자세히 보니까 뿔뽀Pulpo다. 낮에 CITA 수업이 열리는 곳에 설치된 땅고화 부스에서 그를 만났었다. 국제 규모의 땅고 페스티벌에서는 입구에 땅고화나 땅고 드레스, 액세서리 등을 판매하는 부스를 설치

한다. 오거나이저들은 부스 비용을 업자들로부터 받아서 좋고, 워크숍에 참가하거나 공연을 보기 위해 찾아오는 땅게로스들은 다양한 땅고 콘텐츠들을 한군데서 만날 수 있어서 좋다.

땅고화 부스 중에서 독창적 디자인을 한 남자 구두들이 눈에 띄었다. 대부분은 땅게라 구두가 훨씬 많이 진열되어 있는데 그 부스에는 땅게로 구두들뿐이었다. 구두가 너무나 예뻐서 갖고 싶을 정도로 탐이 났다. 그런데 내 발에 맞는 사이즈가 없었다. 당시 환율로 한 컬레에 150달러니까 꽤 비싼 구두였다. 그런데 놀라웠던 것은 그 구두를 디자인하는 사람이 마에스트로 뿔뽀라는 것이다. 그리고 그날은 워크숍 마지막 날이라고 부스에 뿔뽀가 직접 나와 있었다. 2010년 CITA에서 뿔뽀는 특별 세미나 수업을 맡았었다. 나는 뿔뽀의 그 멋진 구두를 사기 위해 워크숍에 갈 때마다 부스에 들러 내 발에 맞는 사이즈가 없느냐고 매일 귀찮게 물었었다. 매니저가 뿔뽀에게 나를 가리키며 작은 소리로 뭐라고 얘기를 했다. 저 사람이 며칠째 계속 찾아온다고 말했을 것이다. 라 비루따 앞에서 다시 만난 뿔뽀는 나를 알아보았다. 내가 구두 이야기를 했더니 월요일에 자기 집에 오라는 것이다. 자신의 구두는 자기 집에서 가내수공업으로 만들고 있기 때문에 시내 가게에서는 살 수 없다는 것이다.

나는 뿔뽀와 월요일 오후 3시에 만나기로 약속하고 라 비루따 안으로 들어가서 춤을 췄다. CITA 워크숍의 마지막 수업이 끝난후 함께 사진을 찍었던 강사 셀린느가 바로 옆에서 춤을 추고 있었다. 고개만 좌우로 돌리면 유튜브 땅고 인기 동영상의 주인공들인 마에스트로들이 여기저기서 춤을 추고 있었다. 새벽 6시가 되자 밀롱가의 불이 환하게 켜졌다.

니뇨 비엔

내가 경험한 첫번째 부에노스아이레스의 밀롱가는 니뇨 비엔이다. 목요일 밤에 어느 밀롱가에 갈 것인가 질문한다는 것은 어리석은 일이다. 설명이 필요 없다. 우리는 니뇨 비엔에 가야만 한다. 〈EBS 세계테마기행〉팀과 부에노스아이레스에 도착한 날이 목요일이었다. 그날 저녁 우리는 라 쁠라따 강이 보이는 강변 극장에서 땅고 쇼 촬영을 했다. 땅게라 모라 고도이 안무, 주연의 땅고 뮤지컬이었다.

나는 분장실로 찾아가서 모라 고도이를 만났다. 동영상에서나 보던 전설적 땅게라를 직접 만난다고 생각하니 흥분이 되었다. 분장실 복도는 사람 한 명이 겨우 지나갈 만큼 비좁았다. 그곳에서 모라 고도이와 땅고 포즈를 잡고 사진도 찍고, 인터뷰도 했다. 그리고 맨 앞좌석에 앉아서 공연을 보았다. 부에노스아이레스에서는 흔하게 볼 수 있는 땅고 디너쇼였다. 9시부터 저녁 식사, 공연은 10시 30분에 시작해서 12시쯤 끝났다. 호텔로 돌아오니 밤 12시 30분이었다.

사실 피곤했지만 부에노스아이레스에 도착한 첫날밤을 이대로 보낼 수는 없었다. 나는 얼른 옷을 갈아 입고 샤워를 한 뒤 땅고화를 들고 밖으로 나왔다. 내가 그 시간에 밀롱가에 간다고 하자 담당 피디는 걱정하는 표정이었다. 비행기 타고 도착하자마자 촬영을 했는데 너는 피곤하지도 않니? 라는 뜻과, 도대체 그렇게 땅고가 좋아? 또는 지금 밀롱가에 가면 언제 돌아와서 잠을 자고 또 내일 촬영은 어떻게 할 건데? 이런 복합적인 뜻을 담고 있는 표정이었다. 피디는 내일 아침 일찍부터 촬영이 있으니 늦지 않게 들어오라고 했지만, 부에노스아이레스의 밀롱가는 밤 10시나 11시부터 시작해서 새벽 3시나 4시에 끝나는 것을 모르고 하는 얘기였다. 방송 팀의 현지 코디네이터인 정덕주씨가 자기집에 들어가는 길에 나를 밀롱가 앞에 내려다준다고 했다.

니뇨 비엔, 부잣집 아이라는 뜻인데 1928년 오르께스뜨라 띠삐까 빅또르Orquestra Tipica Victor에 의해 발표된 곡의 제목이기도 하다. 오르께스뜨라 띠삐까 빅또르는 부에노스아이레스의 방송국에 소속된 악단이었다. 이 악단의 가장 알려진 지휘자는 아돌포 까라베이Adolfo Carbelli. 그는 1925년부터 1936년까지 12년 동안이나 지휘자로 있었고, 니뇨 비엔은 이때 발표된 곡이다. 니뇨 비엔이라는 단어는 부유하고 단정한 부잣집 도련님을 지칭하기도 하지만, 세상 물정 모르는 철없는 아이, 겉만 번지르하다는 조롱의 뜻도 담겨 있다.

니뇨 비엔의 1층은 레스토랑이고 밀롱가는 2층에서 열린다. 부에노스아이레스 최고의 밀롱가를 꼽으라면 사람마다 다르고 또 트렌드가 바뀌기 때문에 시기마다 달라지지만, 니뇨 비엔이 최고의 밀롱가 중 하나라는 데 이의를 제기할 사람은 없을 것이다. 다른 밀롱가에서 만난 땅게라들을 목요일 밤에는 니뇨 비엔에서 거의 모두 만날 수 있었다. 그런데 그들의 옷차림이 다르다. 니뇨 비엔에 올 때 가장 화려한 드레스를 입고 오고, 아름다운 액세서리를 착용하며 정성스럽게 화장을 한다. 그것은 니뇨 비엔이 최고의 밀롱가라는 증명이었다.

밀롱가 시작이 밤 10시 30분이고 끝나는 시간이 새벽 4시였다. 새벽 1시가 넘어서 도착해도 2시간 정도는 충분히 춤을 출 수 있을 것이다. 새벽 3시에 밀롱가를 나와 호텔로 돌아와도 다음날 스케줄이 오전 10시부터니까 5시간은 잘 수 있는 것이다. 이 정도면 충분하다.

정사장이 나를 내려준 곳은 한적한 주택가 골목이었다. 사람들 몇몇이 길가로 나와서 담배를 피우고 있었고 안에서는 땅고 음악이 흘러나왔다. 새벽에 호텔로 돌아갈 때는 꼭 큰길에서 택시를 잡으라고 정사장은 나에게 여러 번 신신당부를 했다. 우범 지역이어서 새벽 시간에는 험한 일을 당할 수도 있다는 것이다. 밝은 데까지 나와서 택시를 잡으라고 그는 나에게 여러 번 다짐을 받았다.

니뇨 비엔의 대리석 2층 계단을 올라가자 커다란 홀이 나왔다. 천장도 높고 실내도 널찍했다. 이데알은 고급스러웠지만 내부는 테이블과 밀롱가 사이에 대리석 기둥들이 서 있었는데, 니뇨 비엔은 그냥 단일한 공간 하나였다. 그래서 실내가 훨씬 넓어 보였다. 직사각형의 홀 중앙에 역시 직사각형 모양의 플로어가 있고, 그 플로어를 에워싸며 테이블이 놓여 있었다. 자리가 비어 있는 곳이 조금 있었지만 플로어는 빈틈이 없을 정도로 춤추는 사람들로 가득했다. 전체적으로 평균 연령대가 40대 이상으로 보였는데 무엇보다 음악이 달콤했다.

나는 자리를 잡고 앉아서 일단 분위기에 적응하려고 노력했다. 처음 본 낯선 동양 남자의 까베세오를 받아줄 땅게라가 필요했다. 그때 한쪽에서 뜨거운 시선이 나에게 꽂히는 것을 느꼈다. 60대 후반으로 보이는 땅게라가 꼿꼿하게 허리를 세우고 앉아서 강렬한 눈빛으로 나를 바라보고 있었다. 귀걸이와 목걸이가 화려하게 반짝였고 머리도 단정하게 손질을 한 귀부인이었다. 시간이 아까웠다. 빨리 춤을 추고 싶었다. 나는 고개를 끄덕인 뒤 플로어로 나갔다. 그녀도 나와 눈을 맞추고 플로어로 나왔다. 한 걸음 한 걸음에서 수십 년의 내공이 느껴졌다. 밀롱가는 조용한 가운데 빠르게 돌아갔고 리드미컬하게 움직였다.

일단 한 곡을 끝내자 마음이 편안해졌다. 다음 곡이 흐르는 동안 짧은 대화를 나누었는데 유럽 쪽에서 왔을 것이라는 내 예상과는 달리 뽀르떼뇨였다. 조금 더 편한 마음으로 다음 곡을 출 수 있었다. 그리고 3주 후, 서울로 돌아가기 전날 밤 나는 머물고 있던 사르미엔또 호텔 근처에 있는 밀롱가 뽀르떼뇨 y 바일라린에 갔다. 밀롱가가 끝날 시간이었지만 부에노스아이레스의 마지막 날 잠깐이라도 밀롱가에 있고 싶었다. 그런데 그곳에서 첫날 니뇨 비엔에서 처음 춤을 춘 이 땅게라를 다시 만났다. 나는 그녀와 마지막 곡을 추었다. 그리고 춤이 다 끝난 뒤에 말했다. 당신은 내 부에노스아이레스의 처음이자 마지막 땅게라였다고.

아르헨티나에 도착한 첫날밤, 부에노스아이레스의 대표적 밀롱가인 니뇨 비엔에서 첫번째 딴다를 마친 후 커다란 행복감이 가슴에 가득찼다. 자리에 돌아오자 나를 바라보는 땅게라들의 뜨거운 시선들이 여기저기서 느껴졌다. 꼬르띠나가 흐르는 동안 탐색전을 펼치던 눈빛들은 다음 딴다의 음악이 흘러나오자 맹렬하게 까베세오를 시도하기 시작했다. 피아노선 같은 팽팽한 눈빛들이 교환되고 까베세오에 성공한 커플들은 플로어에 나가 춤을 춘다. 나는 40대로 보이는 땅게라와 눈이 맞았다. 날씬한 몸매의 소유자였다. 아브라쏘를 하는데 깃털처럼 가벼웠고 부드러웠다.

붉은 셔츠를 입고 있던 세번째 땅게라는 구석 자리에서 오랫동안 춤 신청을 받지 못하고 있어서 까베세오를 했는데 역시 예상대로 외국인이었다. 한 곡이 끝나고 이름을 물어보았더니 캐나다 토론토에서 온 캐씨라고 했다. 땅고를 춘 지 1년밖에 되지 않았다는데 춤이 아주 좋았다. 한 딴다를 다 추고 꼬르띠나가 흐르자 캐씨는 한 딴다를 더 출 수 있겠느냐고 나에게 물었다. 나는 물론 좋다고 대답했다. 능숙하지는 않았지만 감성이 풍부한 땅게라였다. 내가 앉은 테이블 뒤편에 매혹적인 땅게라가 앉아 있었다. 춤을 추지 않겠느냐고 직접 말했더니 환하게 웃으면서 자리에서 일어선다. 하얀 이가 드러나면서 귀밑까지 미소가 번지는 아름다운 땅게라였다. 평균 연령대가 40대인 이곳에서 20대인 그녀는 더욱 눈부시게 빛났다. 그뒤에도 몇 명의 땅게라와 더 춤을 추었다. 벌써 새벽 3시가 넘었다. 이제는 호텔로 돌아가야 할 시간이다.

CITA 워크숍에 두번째 참석했던 2012년에는 니뇨 비엔에서 여러 번 밀롱가가 열렸다. 택시를 타고 니뇨 비엔에 도착했을 때 예약이 꽉 차 있는 상태였지만 나는 중앙 좌석으로 안내되었다. CITA의 행정 보는 친구들과 친해졌기 때문이다. 친한 사람들에게는 좋은 자리를 안내한다. 원칙이 있기는 하지만 여기서도 안면이 최고다. 비가 와서 웰컴 밀롱가보다 사람이 적었다. 공연 수준도 첫날보다 못했다. 밴드도 훨씬 대중적으로 음악을 연주했다. 음악이 흥겨우니까 술 한잔하신 미국인 땅게라가 무대로 나와 혼자 막춤을 추는데 기본기가 있어서 볼만했다. 오히려 관객들의 반응이 뜨거웠다.

공연 중에서 인상적이었던 것은 미국 캘리포니아 팀의 군무였다. 땅게라 4명으로 구성된 군무는 현대 무용에 땅고를 접목시킨 안무가 매우 훌륭했다. 전부 어드밴스 수업을 같이 듣는 땅게라들이었다. 그중 나이든 땅게라 한 명은 나를 보면 "하이, 타다!"라고 불렀다. '다다'라는 발음이 잘 안 되나보다. 악센트를 넣어서 타다! 이렇게 불렀다. 수업 시간에도 자주 땅게로로 리드하며 연습하던 그녀는, 자신의 파트너로 연습하는 땅게라를 소개해주었는데 그 땅게라의 아들은 지금 서울에서 영어 강사를 하고 있다고 했다. 너무 피곤해서 공연이 끝나고 곧바로 호텔로 돌아왔다. 그래도 새벽 2시가 넘었다.

2010년 CITA에서는 3번의 밀롱가가 니뇨 비엔에서 개최되었는데 그중 페어웰 밀롱가가 참여 인원이나 밴드, 공연 등 모든 것이 최고였다. 오프닝 때와는 비교할 수 없을 정도로 많은 사람들이 정장을 하고 밀롱가 니뇨 비엔이 열리는 그곳으로 찾아왔다. 일주일 동안 워크숍을 같이 들으며 친숙해진 얼굴들이 여기저기 보인다. 브라질 상파울루에서 온 부부 커플, 리우데자네이루에서 온 발레 커플, 아르헨티나 북부 지방인 살타에서 온 젊은 커플, 중국, 일본에서 온 땅게로스들, 샌프란시스꼬의 땅게로스들. 세우사도의 수업을 같이 들으며 파트너를 했던 일본 땅게라 디에꼬를 만났다. 그녀가 같이 자리에 앉아도 되느냐고 물어서 물론 좋다고 했다.

그러나 로얄석도 문제다. 너무 많은 사람들이 왔고, 사회를 보는 파비안 살라스 & 로라 커플 옆 테이블 뒤서 그 옆 테이블에는 치초의 파트너 후아나와 CITA의 강사들이 진치고 앉아 있었고, 곧 CITA 무대에 등장할 고수급 땅게로스들이 자리잡고 있어서 플로어가 보이지 않을 정도였다. 통로까지 가득차서 실내가 후끈거렸다. 특히 파이널 밀롱가의 밴드는 최고였다. 연주 수준도 너무 좋았고 보컬을 맡은 싱어가 너무나 매력적이었다. 190cm에 가까운 큰 키에서 뿜어져나오는 파워풀한 가창력과 좌중을 사로잡는 무대 매너, 정말 감미롭다는 말 이외에는 표현할 길이 없는 달콤한 목소리의 주인공이었다.

공식 행사 전에 밀롱가에는 치초 커플, 세바스티안 커플을 비롯해서 CITA의 핵심 맴버들이 우리들과 뒤섞여서 춤을 추기 시작했다. 가장자리 라인을 따라 춤을 추다보면 바로 뒤에 치초와 후아나가 춤을 추고 있고 앞에는 디아또와 까롤리나가 춤을 추고 있다. 턴을 하려고 돌아섰는데 바로 뒤에서 파비안 살라스가 피겨를 시도하고 있어서 앞으로 진행해야만 했다. 테이블 앞을 지나가는 뿔뽀를 만났다. 그는 나를 보더니 아마도 오늘 밤은 술을 많이 마시게 될 것 같다고 그래서 월요일 약속을 한 시간 미루자고 했다. 내 옆자리의 디에꼬는 동경으로 돌아가야 한다고 오늘이 마지막 밤이라고 아쉬워했다. 새벽 4시 지나서 밀롱가가 끝났다. 코믹 땅고의 세계 1인자 에두아르도를 만났다. 반갑게 사진을 찍었는데 가까이서 보니 그는 한쪽 눈이 장애인이었다. 뛰어난 테크닉의 땅게로스로 언제나 사람들에게 즐거운 웃음을 주는 그 자신에게도 상처가 있었다.

다음날 낮 12시부터 시작되는 첫 수업에 일찍 가서 어제 내용을 복습하려고 복도에 서 있는데 지나가던 커플이 나를 발견하고 인사를 한다. 어드밴스 클래스 같이 듣는 사람들인데 젊은 30대 남자가 다가와 사진을 좀 찍어도 되겠느냐고 묻는다. 어제부터 나를 지켜보고 있는데 춤을 정말 잘 춘다고, 네가 최고라고 사진을 같이 찍어도 되겠냐는 것이다. 갑자기 당하는 일이라서 내가 고맙다고 대답을 하자 그가 내 옆에 나란히 선다.

그리고 첫 수업을 듣기 위해 어드밴스 클래스 안으로 들어갔는데 잠시 후 중년의 남자가 다가온다. 그뒤에 중년의 부인이 따라오는데 어제 파트너 없이 온 사람들끼리 파트너 체인지하면서 수업 들을 때 아브라쏘를 했던 땅게라다. 그 남자는 영어를 하느냐 스페인어를 하느냐고 묻고 영어를 하는 게 더 편하다고 했더니 니뇨 비엔에서 전야제로 열린 밀롱가에서부터 네가 추는 것을 보고 자기 부인이 반했단다. 어제 수업에서도 네가 제일 잘한다고 계속 양손의 엄지 손가락 두 개를 높이 쳐들었다.

나보고 재팬이냐고 물어서 코리안이라고 했더니 자기들은 브라질의 상파울루에서 왔는데 상파울루에도 한국인들이 많은 가게를 하고 있다고 했다. 그들도 사진을 찍자고 했는데 그들의 카메라로 찍고 나도 내 카메라로 한 장 찍었다. 세계 각지에서 온 배우려는 열정에 가득찬 땅게로스들. 그들 중 상당수는 그 나라에서는 알아주는 프로급 선수들이나 강사들이다. 노트를 들고 모든 것을 카피하려는 자세로 노골적으로 수업 참여하는 사람들도 있다.

월요일 첫날부터 나를 따라다니며 놓아주지 않는 미국 할머니. 옷차림이나 가방과 액세서리를 보면 귀부인인데, 탱고를 너무 좋아해서 남편과 함께 왔다고 했다. 하지만 남편은 탱고를 보는 것만 좋아 하지 추지는 못한다고 했다. 60대의 그 할머니는 항상 내 곁에서 떨어지려고 하지를 않았다. 나이는 많지만 포스나 텐션이 아주 좋다. 수십 년 내공이 느껴진다. 어려운 피겨도 그 원리는 금방 이해를 했다. 하지만 중요한 것은 너무 나이가 들어서 몸이 잘 따라주지 않는다는 것.

월요일 파비안 살라스 클래스에서 동영상을 보며 내가 니무 듣고 싶어 했던 피겨를 하는데 할머니 몸이 제대로 움직여지지 않아서 조금 답답했다. 할머니가 괜찮냐고 물으면 언제나 나도 웃으며 잘한다고 대답해주었

다. 나는 반대편 자리로 옮겨 함께 사진을 찍은 상파울루에서 온 땅게라
와 홀딩을 하고 수업을 했다. 이 땅게라와는 다음 수업인 파비안 수업도
함께 했는데 그녀는 문제가 생기면 피비안! 하고 큰 소리로 불렀다. 늘
CITA를 찾는 단골 고객이고 피비안 살라스와 잘 아는 사이였다. 문제는
항상 그녀의 텐션이다. 파비안 파트너 로라가 옆에서 보더니 이것저것 그
녀에게 말하고 또 나에게도 주문한다. 상파울루 부인의 텐션을 그녀가 알
수 없으니 나에게 말하는 것인데 나는 어떻게 문제를 해결해야 하는지 물
론 잘 알고 있다.

그래서 로라에게 내가 너하고 해봐도 되겠느냐고 하자 그러라고 한다.
그래서 로라와 홀딩하고, 피비안 살라스의 백스텝 히로와 난이도 높은 긴
피겨를 단숨에 끝내버렸다. 로라는 두 개의 엄지를 치켜들며 무이비엥!
이라고 외친다.

밀롱가 니뇨비엔에서 춤추는 사람들 중에 한국에서 온 땅게로스들이
여럿 보였다. 미리 약속도 하지 않았는데 부에노스아이레스를 떠나기 전
날 이렇게 한자리에 모이다니. 그러나 사람이 너무 많아서 우리가 한자리
에 앉기 위해서는 시간이 필요했다. 마에스트로들의 공연이 끝나고 새벽
2시가 지나자 사람들이 빠지기 시작했다.

한국에서 온 땅게로스들이 테이블을 둘러싸고 모여 앉았다. 2009년에
왔을 때도 사전 연락 없이 밀롱가에서 이렇게 우연히 한국 땅게로스들을
만났는데, 2010년에도 마지막 밀롱가에서 또 만난 것이다. 물론 멤버는
조금 달라졌지만 인원수는 훨씬 많았다. 한국에 땅고가 보급되면서 부에
노스아이레스를 찾아오는 사람들이 갈수록 늘어나고 있었다. 누군가 이

곳에 도착하면 또 누군가 다시 귀국하고, 또 며칠 있으면 또 다른 누군가가 이곳을 향해 출발할 것이다. 우리는 니뇨 비엔이 문을 닫는 새벽 5시까지 춤을 추었고 술을 마셨으며 이야기를 했다. 밀롱가가 다 끝난 후 새벽 5시의 거리로 나와서도 헤어지기가 아쉬웠다. 한국 같으면 딱 2차 갈 분위기였지만 2차는 서울에서 하기로 하고 우리는 헤어져야만 했다.

2012년 우리가 신혼여행차 니뇨 비엔에 갔을 때 한 땅게라를 만났다. 나는 못 알아봤는데, 그녀가 먼저 나에게 말을 걸었다. 마침 카이가 화장실을 가느라고 자리를 비웠을 때였다. 뉴욕 밀롱가에서도, 부에노스아이레스 밀롱가에서도, 레슨 도중에도, 이상하게 내 옆에서 카이가 잠깐 자리를 비우면 여자들이 어디선가 다가와 사적으로 말을 건다. 어디 머물고 있니? 오늘밤 함께 밀롱가 가자 뭐 이런 질문들인데, 나도 잘 모르겠다. 왜 그런지. 그런데 키가 작은 땅게라였다. 나를 유심히 보더니 다가와 이름을 물어본다. 다다라고 말하자, 손을 내밀어 악수를 청한다. 나를 만났다는 것이다.

나 | 어디서?

땅게라 | 여기. 니뇨 비엔에서.

나 | 나, 이번 주에 부에노스아이레스에 도착했다. 다른 사람으로 착각한 거 아니니?

땅게라 | 아니, 아주 오래전에.

(나, 고개를 갸웃거린다. 이 여자 모르는 여자다. 기억이 없다. 땅게라는 내 옆에 있는 카이에게 말을 한다.)

땅게라 | 그때 맞은편 어떤 남자가 까베세오를 했는데 내가 일어나서 나가려고 했다. 그런데 그 남자가 까베세오 한 사람은 내가 아니었다. 내 앞자리에 앉은 당신(카이를 보며)이었다. 내가 창피해서 어쩔 줄 몰라 서 있는데 그때 다다가 얼른 나에게 다가와 춤을 신청해서 위기를 모면했다. 다시 한번 고맙다. Thank You.

(아, 그제야 그녀의 얼굴과 이름이 생각이 났다.)

나 | 까리나?

그 까리나를 다시 만났다. 밀롱가에서 그녀와 한 딴다를 추었는데 너무나 오랫동안 여운이 남았다. 니뇨 비엔 그 사람 많은 곳에서, 그 비좁은 공간에서 내가 리드를 하면 그녀는 모든 것을 척척 받았다. 우리는 맨 바깥 라인을 타고 날아다니며 코너의 구석진 곳에서는 볼까다 꼴까다까지 했었다. 그녀의 간초는 힘 있고 날렵했으며 무게중심은 완벽하고 어느 포지션에서도 균형감이 있었다. 처음 본 사람이라고 해도 춤을 출 때나 추고 난 뒤에 서로 기가 막히게 잘 맞는 사이라는 것을 느낄 때가 있다. 까리나가 그랬다. 그 까리나를 이렇게 다시 만난 것이다.

나는 까리나 멜레의 초대로 살바도르 대학에 있는 박물관에서 진행된 땅고 공연을 보러 갔다. 미리 예약된 사람만 들어갈 수 있었다. 까리나는 그 공연의 제작자이자, 조연출이다. 나는 감동했다. 부에노스 체류 중에서 가장 아름다운 순간이었다. 밀롱가의 그 어떤 마에스트로의 공연보다도, 화려한 대형 극장에서의 이름 있는 땅고 쇼보다도 훨씬 뛰어난 공연이 펼쳐지고 있었다. 관객들은 유서 깊은 대학 내의 박물관, 땅고 관련 온

갖 자료들이 진열된 그 박물관의 입구 로비부터 다양한 계단과 미로처럼 복잡하게 얽힌 방들을 거쳐 2층, 3층, 이곳저곳의 작은 공간들까지 이동하게 된다. 박물관의 모든 공간을 땅고의 무대로 이용한 연출이 아주 뛰어났다. 40명의 예약된 손님들은 안내자에 따라 한 공간에 도착해서 연기자들의 땅고를 보고 다시 안내를 받으며 다음 공간으로 이동한다. 전혀 새로운 공간에서 펼쳐지는 또다른 땅고 이야기를 본 후 다시 그다음 공간으로 이동하면서 관객들은 점차 건물 깊숙이 들어간다. 그리고 좁은 계단을 이용해서 건물 다락방 꼭대기까지 올라갔다가 다시 1층 로비로 내려왔을 때 공연이 끝난다.

1시간 30분 동안 나는 뉴욕의 오프 오프 브로드웨이에서도 보지 못한, 아니 그 이상의 뛰어난 공연을 보았다. 그것도 땅고만으로 이루어진 공연을. 남녀 4쌍이 펼치는 그것은 땅고로 표현할 수 있는 가장 아름다운 미학이었다. 보까나 산뗄모, 혹은 플로리다 거리에서 관광객들에게 보여주는 눈요기 땅고의 화려함이 아니라 땅고 미학의 핵심을 끄집어내 육체로 표현한 뛰어난 무대예술이었다. 진심으로 나는 감동했다.

공연 후, 나는 까리나 멜레와 커피 타임을 가졌다. 이제 우리는 헤어져야 한다. 나는 내년에 다시 만날 것을 약속하며 그녀와 베소를 했다. 정말 오래도록 만날 수 있는 좋은 친구가 생겼다고 생각했다.

그러나 그렇게 한 시절을 풍미했던 밀롱가 니뇨 비엔도 지금은 부에노스아이레스 밀롱가 정보에서 사라졌다. 대신 그 사리를 로베르또 수까리노Roberto Zuccarino와 막달레나 발데쓰Magdalena Valdez 부부가 운영하는 라 밀롱가 데 로스 수까가 차지하고 있다. 로베르또 & 막달레나 커플은 코리아땅고협동조합(KTC) 주최로 2015년 한국에서 진행된 세계 땅고 대회 아시아 지역 예선의 심판으로 내한해서 워크숍을 진행한 바 있다. 밀롱가 수까는 현재 부에노스아이레스 밀롱가의 핫 플레이스다.

까치룰로 Cachirulo

　방송 촬영을 마치고 호텔에 들어오니 새벽 2시 10분이었다. 나는 샤워를 한 뒤 곧바로 외출 준비를 했다. 오늘은 토요일이다. 새벽 시간이었지만 밀롱가는 지금쯤 뜨거운 열기로 타오르고 있을 것이다. 이대로 잠들 수는 없다. 다음주 토요일은 EBS 방송 팀과 아르헨티나의 다른 지역을 촬영해야 해서 부에노스아이레스의 토요일 밤 밀롱가를 경험할 기회는 지금뿐이다. 많이 피곤했지만 샤워를 하고 속옷을 갈아입고 네오 땅고에서 산 땅고화를 들고 방을 나섰다. 피디와 촬영감독은 오늘 촬영한 테이프를 돌려보며 회의를 한다고 했지만, 나는 아직 한 번도 신지 않은 새 땅고화를 가방에 넣고 호텔을 나왔다. 그리고 택시를 잡기 위해 거리로 나갔다.

　그런데 문제가 있었다. 돈이 없는 것이다. 지갑 속에 들어 있는 현금은 달랑 5페소짜리 한 장뿐. 다행히 지갑 안쪽에 넣어둔 7달러가 있었다. 호텔 프런트로 가서 환전해줄 수 있느냐고 물었더니 매니저가 고개를 끄덕이며 돈을 바꿔준다. 환율을 어떻게 해줄까 궁금했는데, 7달러를 받은 매니저는 나에게 10페소 두 장을 주고 다시 2페소짜리 두 장을 더 준다. 모두 24페소다. 그렇다면 3.5로 바꿔준 것이다. 너무 박하다. 환율이 안 좋은 공항에서도 1달러에 3.7로 바꿔주었었다. 내 수중의 돈이 모두 29페소다. 어림 계산을 해봐도 밀롱가 입장료 15페소에 왕복 택시비 대략 20페소를 합하면 모두 35페소가 필요한데 6페소가 모자란다.

그래도 일단 택시를 탔다. 그리고 땅고 잡지 『엘 땅가우따El Tangauta』의 토요일 밤 밀롱가 맨 앞에 있는 까치룰로의 주소를 보여줬다. 기사는 고개를 끄덕인다. 택시가 새벽 2시의 부에노스아이레스 시내 중심지에 있는 오벨리스끄를 관통해서 나를 내려준 곳은 인적 드문 골목길이었다. 택시비는 8.54가 나왔지만 1페소만 거슬러준다. 이 나라는 동전이 귀해서 잔돈은 무조건 생략한다.

어두운 새벽 거리를 둘러보니 불을 켠 곳은 클럽 하나뿐이다. 나는 까치룰로의 주소를 들고 건물 앞에 적힌 주소와 비교해가면서 길을 거슬러 올라간다. Maipu 444. 그곳에서 땅고 음악이 흘러나왔다. 그런데 입구에는 보헤미안 땅고 클럽이라고 적혀 있다. 노르마와 엑또르Norma y Hector가 오거나이저인 밀롱가 까치룰로는 보헤미안 땅고 클럽에서 매주 토요일에 열린다. 하지만 지금은 화요일 밤에 엘 베쏘에서 개최되고 있다.

계단을 올라가니 2층에 밀롱가가 있다. 계단 위에는 입장료를 받고 짐을 보관해주는 로커도 있다. 15페소를 내고 두껍게 처진 커튼을 열고 들어가니 작은 홀이 나타났다. 직사각형 모양의 홀에는 20여 커플이 춤을 추고 있었고, 20명 정도의 사람들이 홀의 의자에, 그리고 바 근처에 20여 명이 서 있다. 새벽 2시가 넘은 시간에 80명이 넘는 사람들이 춤을 추거나 밀롱가에 모여 있는 것이다.

밀롱가 까치룰로는 작지만 아름답고, 팽팽한 긴장감과 열기로 가득찬 최고의 밀롱가였다. 어느 밀롱가에서나 나는 낯선 이방인이기 때문에, 처음 까베세오를 하는 것이 어렵다. 누군가와 까베세오를 하고 춤을 한 번 추고 나면 그다음부터는 까베세오하기가 훨씬 편했다. 땅게라들은 밀롱가에 처음 등장한 낯선 동양인 땅게로를 유심히 바라본다. 그리고 저 사람과 춤을 출 것인지, 피할 것인지를 결정한다. 그래서 처음 까베세오를 하고 출 때 최선을 다해야 한다.

까베세오 할 틈도 없을 정도로 춤 신청이 끊이지 않고 이어지는 최고의 인기 땅게라와 드디어 눈을 맞추었다. 그런데 직접 춤을 춰보니까 그렇게 좋은 느낌은 아니었다. 땅고는 겉보기와는 다르다. 아브라쏘를 하고 춤을 춰봐야만 진가를 알 수 있다. 두 사람만이 느끼는 만족도가 있는 것이다. 캐나다에서 온 쏘냐는 한 달 전 아르헨티나에 여행 온 뒤부터 땅고를 배우기 시작했다는데 오히려 느낌이 좋았다. 그녀는 부에노스아이레스에 여행 왔다가 처음으로 땅고를 만나게 되었고 그 매력에 빠져 귀국을 연기하고 이곳에서 매일 강습 듣고 밀롱가 가는 생활을 한 달 이상 하고 있었다.

그리고 호텔에 돌아온 그날 밤, 나는 잠을 이루지 못했다. 새벽 3시가 지났다. 하지만 조금 전 밀롱가에서 경험했던 일들이 떠올라 흥분에 사로잡혀 쉽게 잠들 수가 없었다. 눈을 감으면 불과 몇 시간전 밀롱가에서 겪었던 일들이 사진처럼 선명하게 떠올랐다. 밀롱가 까치룰로는 당시의 서울 밀롱가와는 차원이 너무 달랐다. 수많은 사람들이 북적대는 밀롱가에서 춤을 추는 커플들은 복잡한 동작들을 하면서도, 빠른 방향 전환을 하면서도 서로의 옷깃도 스치지않을 정도로 질서 있게 움직이고 있었다. 바이올린이 흐느끼면 그 많은 사람들은 약속한 것도 아닌데 히로를 돌았다.

마치 아침 강 위로 물고기가 은비늘을 번뜩이며 뛰어오르는 것처럼 밀롱
가는 생기 있었고 활기찼으며 꿈틀거렸다. 밀롱가 까치룰루는 그 자체가
하나의 생명체였다.

밀롱가 니뇨 비엔에서도 그랬지만 까치룰로에서 아브라쏘한 좋은 땅게
라들의 공통점은 하나같이 프레임이 견고하다는 것이다. 그래야만 땅게
로의 리드를 정확히 팔로우할 수 있다. 상체가 단단하지 못하면 땅게로의
리드를 정확하게 알 수 없고 결국 까베세오에서 살아남는 땅게라가 되지
못한다는 것을 그녀들은 오랜 경험으로 잘 알고 있었다.

밀롱가 까치룰로를 나왔을 때의 그 상쾌함을 잊을 수 없다. 한 명 한 명
의 땅게라와 춤출 때마다 깊은 느낌을 받았다. 풍부한 경험에서 우러나오
는 섬세한 팔로우와 감각적이며 리드미컬한 땅게라의 동작들은 나를 오
래도록 매혹시켰다. 왜 부에노스아이레스에 온 땅게로스들이 한국으로
돌아가려고 안 하는지, 계속 이곳에 머물고 싶어하는지 알 수 있을 것 같
았다. 전 세계에서 부에노스아이레스만큼 풍부하게 땅고의 인프라가 구
축된 곳이 없다. 어느 밀롱가나 수준급 이상의 땅게로스들이 있으며 니뇨
비엔이나 까치룰로처럼 땅고의 깊은 향기를 느낄 수 있는 밀롱가가 있는
데 누가 이 도시를 떠나고 싶어하겠는가?

수중에는 3페소가 남아 있었다. 밀롱가 안에서 음료수를 주문하며 2페
소를 썼다. 서울의 밀롱가는 입장료에 음료수 하나를 마실 수 있는 쿠폰
을 주지만, 부에노스아이레스의 밀롱가에서는 별도 주문을 해야 한다. 호
텔로 돌아갈 택시비는 어차피 모자랐다. 나는 망설이다가 아구아 꼰 가스
를 주문했다. 택시를 타고 까치룰로에 올 때 유심히 거리를 측정해보았는

데 일방통행 길이라 돌아와서 그렇지 호텔과의 실제 거리는 가까운 것 같았다. 나는 밀롱가 지도를 보고 호텔 방향을 어림하며 새벽길을 걷기 시작했다. 거리는 텅 비어 있었지만 아직 몸에 남아 있는 까치룰로에서의 열기만으로도 나는 충분히 즐겁게 걸을 수 있었다. 소가 되새김질을 하듯이 조금 전 밀롱가에서 춤을 추었을 때의 광경을 머릿속으로 하나하나 반추하며 길을 걸었다. 30분 정도 걸었을 때 호텔이 보였다.

살론 까닝

이데알 다음으로 일반인들에게 유명한 땅고 바는 살론 까닝이다. 넓은 공간, 높은 천장, 그리고 환하고 빛나는 조명과 고품격의 우아한 분위기가 매력적인 살론 까닝은 그러나 이데알처럼 요일을 잘 선택해서 가야만 한다. 2009년 〈EBS 세계테마기행〉을 촬영할 때도 살론 까닝은 가지 못했다. 살론 까닝이 위치한 빨레르모 지역이 다른 밀롱가들이 밀집해 있는 센뜨로 지역에서 벗어나 있기 때문이었다. 우리는 사르미엔또 호텔에 묵고 있었는데 다른 밀롱가들은 택시를 타도 8페소 내외였지만 살론 까닝은 14페소가 나올 정도로 거리가 떨어져 있었다.

살론 까닝을 처음 간 것은, 아르헨티나 북부 지역의 살타와 이과수 폭포 남쪽의 고샤를 거쳐 부에노스아이레스로 다시 돌아온 일주일 뒤였다. 촬영을 마친 일요일 밤, 나는 호텔에서 나와 택시를 타고 기사에게 주소를 들이밀었다. 택시는 지금까지 밀롱가가 밀집해 있던 까샤오나 꼬리엔

밀롱가 살론 까닝. 나는 살론 까닝에서 개최된 오케스트라 섹스떼또의 라이브 밀롱가에서 전설적인 가수 알프레도 뻬데스따의 노래도 듣고, 또 밀레나 플렙스의 공연도 보았다. 요일만 잘 선택하면 살론 까닝에서 우리는 부에노스아이레스의 최고의 밀롱가를 경험할 수 있다.

떼스 거리를 벗어나 한참을 달렸다. 빨레르모 지역의 조용한 거리에 나를 내려주었다. 주변은 어두웠지만 불이 켜져 있는 건물 입구가 보였다. 몇몇 땅게로스들이 땀을 닦으며 밖으로 나오고 있었다. 좁은 복도에 남녀 화장실이 있고, 입구에는 비디오, 시디 등 각종 땅고 관련 자료와 기념품을 판매하고 있었다. 이데알도 그렇지만 살론 까닝은, 전시적 성격이 강한 극장 땅고 쇼가 아닌 진짜 땅고를 보고 싶어하는 관광객들이 가장 많이 찾는 밀롱가 중의 하나이다.

문을 밀고 안으로 들어갔더니 나이 지긋한 오거나이저가 예약을 했느냐고 묻는다. 아니라고 했더니, 의외로 맨 앞자리 가장 좋은 자리를 준다. 구두를 갈아 신고 플로어를 보았는데, 오 마이 갓, 스페인어로 마드레 미아! 소리가 저절로 나왔다. 오거나이저가 처음 본 동양인 땅게로를 맨 앞자리로 안내한 이유가 있었다. 플로어를 가득 메운 사람들의 머리 위에 흰 눈이 내려 있었다. 머리가 검은 사람은 살론 까닝 전체에서 진짜 나 혼자뿐이었다.

살론 까닝은 화요일 밀롱가가 가장 물이 좋다. 부에노스아이레스를 처음 방문한 2009년에 나는 가능한한 많은 밀롱가를 경험하기 위해서 새로운 공간을 찾아왔는데 요일을 잘못 선택한 것이다. 그러나 2010년이나 그다음 해 부에노스아이레스를 갔을 때는 살론 까닝에서 개최된 오케스트라 섹스떼또의 라이브 밀롱가에서 전설적인 가수 알프레도 뽀데스따의 노래도 듣고, 또 밀레나 플렙스의 공연도 보았다. 요일만 잘 선택하면 살론 까닝에서 우리는 부에노스아이레스의 최고의 밀롱가를 경험할 수 있다.

까베세오를 하려고 했더니 전부 할머니들뿐이다. 그렇다고 춤을 안 출 수도 없고 몇 명의 할머니 땅게라들과 춤을 췄다. 역시 수십 년간 춤을 춘 땅게라들답게 프레임은 단단하다. 리드는 확실하게 전달된다. 하지만 나는 평균 연령 65세의 일요일 밤 살론 까닝에서 30분 만에 나올 수밖에 없었다. 일요일 밤이다. 그렇다면 엘 베쏘에 가면 일주일 전 일요일 밤에 만났던 마리사를 다시 만날 수 있을 것이다. 나는 택시를 타고 엘 베쏘로 달렸다.

엘 베쏘

택시를 타고 엘 베쏘로 가는 동안 나는 이 낯선 도시를 바라보았다. 일주일 전 엘 베쏘로 갈 때는 택시가 시내를 빙빙 돌아서 도착했었다. 주소만 보고는 어디인지 몰랐지만 택시가 가는 길을 유심히 보았더니 일방통행인 길을 몇 블록 사각형으로 돌고 돌아서 내려준다. 그렇다면 출발점 근처로 다시 온 것이다. 어림짐작으로도 내가 묵고 있는 사르미엔또 호텔에서 아주 가까운 곳이라는 생각이 들었다. 현지에서 방송 팀 코디네이터를 맡은 정사장은 부에노스아이레스에서는 다른 택시 말고 라디오택시 Radio Taxi만 타라고 했다. 가장 안전하다는 것이다. 그래서 실제로 부에노스아이레스에 있는 동안 다른 회사 택시는 타본 적이 없다. 그런데 라디오 택시 기사 중에도 도둑놈이 있었다. 엘 베쏘에 가기 위해 잡아탄 택시 기사가 그랬다. 나중에 알고 보니까 사르미엔또 호텔에서 걸어서 10분 거리였다. 요금 받을 때도 내가 외국인이고, 스페인어를 잘 못하는 줄 알고 사기를 치려고 했다. 8.34 페소가 나와서 주머니를 뒤졌더니 5페소짜리

한 장과 2페소짜리 한 장, 모두 7페소밖에 없다. 할 수 없이 100페소를 냈더니 기사가 잔돈을 거슬러 준다면서 20페소 두 장과 10페소 한 장을 주고 잔돈 몇 푼 쥐여주면서 내리라고 그런다. 50페소를 까먹은 것이다. 내가 화를 버럭 냈더니, 그때서야 다시 지갑에서 10페소 2장과 20페소 1장을 꺼내준다. 도둑이 따로 없다.

엘 베쏘는 당시 밀롱가 까치룰로가 있던 보헤미안 땅고 클럽처럼 규모는 작았지만 부에노스아이레스의 가장 아름다운 밀롱가 중 하나였다. 지금은 매주 화요일 밤 엘 베쏘에서 밀롱가 까치룰로가 개최된다. 물론 높은 천장과 커다란 대리석 기둥으로 화려한 시설이 되어 있는 이데알이나 살론 까닝에 비할 바는 아니지만 밀롱가의 퀄리티는 시설이 전부가 아니다. 어떤 사람들이 그곳에서 땅고를 즐기는가가 중요하다.

엘 베쏘로 들어갈 때 밤 11시가 조금 지나 있었다. 일요일 밤의 엘 베쏘는 발 디딜 틈 없이 가득차 있다. 어디에 앉아야 좋을지 몰라 한참을 망설이는데 오거나이저가 구석자리 하나를 찾아 안내해준다. 그런데 이 자리는 까베세오가 불가능했다. 앞줄에 의자들이 빼곡하게 있어서 그 너머로 건너편 땅게라들과 눈을 맞춘다는 것은 힘들었다. 내가 앉은 곳은 사각형 공간의 구석자리 모퉁이였다. 까베세오로는 최악의 자리였다. 더구나 낯선 동양 남자에게 까베세오를 하는 땅게라는 찾아보기 힘들었다. 나는 자리에 앉아서 30분을 그냥 흘려보냈다. 꼬르띠나가 나와도 까베세오를 할 수가 없었다. 그러자 내 옆자리에 앉은, 그래도 나보다는 위치가 좋은 곳에 있던 땅게로가 나에게 물었다.

"너, 땅고 추는 거 구경하러 왔냐?"

"아니다. 난 춤추러 왔다."

"그런데 왜 안 추냐?"

"그게…… 까베세오가 너무 힘들다."

"그래? 그럼 내가 하는 걸 잘 봐라."

그 남자는 여기저기 고개를 돌리더니 곧 한 땅게라와 눈을 맞추고 무대로 나가면서 나를 보더니 한쪽 눈을 찡긋한다. 까베세오는 이렇게 하는 거야. 그래, 누가 모르냐? 그런데 사람이 너무 많아서 눈 마주치기도 힘들고. 내가 까베세오를 하려는 여자들은 저 앞줄에 앉아 있어서 나를 바라보지도 못하는데 어떻게 추냐?

하지만 까베세오의 전략적 방법이 있다. 한 땅게라만 집중 공략하는 것이다. 뜨거운 시선으로 그녀를 지속적으로 바라보다가 그녀가 나에게 시선을 던지면 곧바로 활짝 웃으며 고개를 크게 끄덕인다. 그녀가 고개를 끄덕이며 답례를 하면 곧바로 무대로 나가는 것이다. 까베세오인지 아닌지 애매모호하게 시선을 주어서는 안 된다. 땅게라들에게 일부러 혼돈을 줄 필요는 없다. 만약 그녀가 시선을 돌리면 다른 땅게라를 찾아 집중 공략한다. 너무 멀리서 찾지 말고 자신이 앉은 자리 주변의 땅게라부터 눈을 맞추려고 시도하는 게 좋다. 그러나 사실 까베세오는 각자 나름대로 가지고 있는 비법들이 있다. 오랜 시간 밀롱가에서 땅고를 추다보면 자기만의 스킬이 생기는 것이다. 어떤 땅게로는 한 여자가 아니라 3명 정도의 여자를 번갈아가며 바라보면서 까베세오를 시도하는 게 훨씬 확률이 높다고노 했다.

내 옆자리에서 까베세오란 이런 것이다라고 한 수 가르쳐주었던 그 땅게로 이름이 마르크였다. 안녕하세요, 물고기, 김치찌개 등을 또렷하게 한국어 발음으로 말한다. 불고기를 물고기로 말하는 것만 제외하면 한국어 발음도 좋았다. 2008년 비즈니스 관계로 서울을 방문해서 일주일을 머물렀다고 했다. 불과 일주일 있었는데 1년 뒤까지 한국어를 또렷하게 기억하는 너는 천재라고 나는 말해주었다. 그는 한국 음식이 너무 맛있었다고, 다시 가고 싶다고 했다.

일요일 밤 엘 베쏘에는 동양계 땅게라들이 몇몇 있었다. 일본 땅게라들 서너 명은 자신들끼리 일본어로 이야기하고 있었다. 구석에 앉아 있던 동남아 계열의 피부가 까만 여자. 한 딴다를 다 추고 꼬르띠나가 나오자 손을 놓고 자리로 돌아가려는데 갑자기 내 등뒤에다 "감사합니다"라는 또렷한 한국말을 해 나를 놀라게 했다. 또 한 명의 동양계 땅게라, 둥근 얼굴을 가진 밝은 인상의 비비엔은 한 곡을 추고난 후 어디에서 왔냐고 내가 묻자 싱가포르 출신이라고 했다. 내가 꼬레아노라고 하자 그녀는 팔짝팔짝 뛰면서 자신은 다음주 서울 땅고 페스티벌에 참가하기 위해 서울에 간다고 했다. 우리는 서울에서 만나기로 하고 아브라쏘를 풀었지만 결국 비비엔은 서울 땅고 페스티벌에 참가하지 못했다. 두 번의 파티, 몇 번의 워크숍에서도 나는 그녀의 얼굴을 볼 수가 없었다.

토요일 밤 까치룰로에서 마지막 춤을 췄던 그 여자. 너무나 인기가 좋아 자리에 앉아 있는 것을 본 적이 없는 그 땅게라와 밀롱가 끝날 무렵에 까베세오를 하고 플로어로 나가 아브라쏘를 했었다. 부드러우면서도 단단하고 유연하면서도 텐션이 확실했던 그 땅게라. 새벽 4시 가까운 시간, 5커플 정도밖에 남아 있지 않던 밀롱가의 빈 공간으로 슬쩍 볼까다 리드를 했더니 우아하게 받아넘겼다. 조금 더 진행하다가 트리플 볼까다를 시도했더니 그것도 너무나 유연하게 받아준다. 바리다에 스핀, 꼴까다 양념을 친 사까다까지 너무나 기분 좋은 텐션으로 받아주어서 까치룰로를 나올 때 나를 오랫동안 행복감에 젖게 해주었던 그 땅게라. 얼굴이 주먹만큼 작고 이목구비 또렷한 미인이었던 그녀. 그때까지 경험해보지 못한 행복을 나에게 안겨준 땅게라, 그녀의 이름을 못 물어본 것이 너무나 안타까웠는데 그녀가 일요일 밤의 엘 베쏘 한복판에 앉아 있었다.

내가 엘 베쏘의 모퉁이 구석자리에 앉았을 때부터 그녀는 나에게 계속 눈길을 보내며 까베세오를 했는데 나는 시선을 거두고 다른 쪽을 보았다. 나는 가능하면 그녀와 눈을 마주치지 않으려고 했다. 내가 춤을 거절하는 줄 알고 기분 상해 있던 그 땅게라는 화장실 갔다가 나를 스쳐 지나가면서 나를 보지도 않고 "홀라!" 인사를 한다.

그러나 나는 비좁은 홀, 한 걸음 딛기가 힘들 정도로 빼곡하게 가득찬 공간에서 그녀와 춤추고 싶지 않았다. 마지막 춤을 위해 그녀를 아껴두고 싶었다. 새벽 1시가 지나자 사람들이 빠져나갔다. 2시가 넘어가자 땅게라는 5명도 남아 있지 않았다. 나는 까베세오도 하지 않고 그냥 자리에서 일어서서 그녀 앞으로 걸어갔다. 그리고 뿌에도Puedo…… 라고 말했다. 그녀는 의자에 앉아서 내 얼굴을 올려다보더니, 내 시선을 피할 때는 언제고 이제 와서 춤을 신청하지? 이런 눈빛으로 바라보다가 그래도 자리에서 일어난다. 우리는 아브라쏘를 했다. 그리고 한 곡을 추었다. 어제보나 그녀의 몸이 조금 딱딱했다. 한 곡이 끝난 후 나는 말해주었다. 항상 나의 마지막 춤은 너를 위한 것이다. 나는 내일 새벽 부에노스아이레스를 떠나 다른 곳으로 가야 한다. 그랬더니 그녀의 얼굴이 환하게 밝아졌다. 이름을 물어보았더니 마리사라고 했다. '마리사' 나는 속으로 음미하듯 되새겨보았다.

그후 나는 5일 동안 아르헨티나 북부의 살타 지방으로 이동해서 소금사막으로 유명한 우유니 지역을 촬영했고, 체 게바라의 탄생지인 꼬르도바를 거쳤다. 하지만 체 게바라의 흔적이나, 포스트 모더니즘의 시조로 꼽히는 아르헨티나의 작가 보르헤스, 혹은 현대 땅고 음악의 대부 아스또르 피아졸라 박물관을 찾아보자는 내 의견은 묵살되었다. 피아졸라나 체 게바라 혹은 보르헤스 없이 어떻게 아르헨티나를 말할 수 있다는 것인가!

다시 돌아온 부에노스아이레스, 일요일 밤이었다. 나는 살론 까닝을 거쳐 엘 베쏘로 뛰어갔다. 아아, 두번째 다시 간 엘 베쏘는 더이상 생각하고 싶지 않다. 나는 그렇게 기다렸던 마리사와 재회했다. 하지만 그녀와 춤을 추지는 못했다. 마리사는 어느 땅게로와도 춤을 추지 않았다. 단 한 사람만 제외하고.

마리사의 시선은 그녀의 곁에 앉아 있는 한 남자에게만 집중되어 있었다. 이태리계로 보이는 그 땅게로는 얼굴이 내 반밖에 되지 않을 정도로 작았다. 마리사는 그를 사랑하고 있었다. 사랑하는 사람들은 아무리 감추려고 해도 드러나는 법이다. 그녀의 시선은 오직 그 땅게로에게만 향하고 있었다. 그들은 쉴새없이 서로의 눈을 마주보며 이야기했고 서로를 쓰다듬었으며 그리고 춤을 추었다.

나는 단 한 번도 마리사와 눈을 마주치지 못하고 엘 베쏘를 나와야만 했다. 그날 내가 어떤 땅게라와 춤을 췄는지 기억나지도 않는다. 일주일 전 토요일의 까치룰로에서 그리고 일요일의 엘 베쏘에서 마지막 춤을 추었던 마리사의 여운은 남아 있지만 그녀는 지금, 내 눈 앞에 있으면서 내 눈 앞에 없다.

밀롱가는 하나의 브랜드다. 2012년까지도 Maipu444에 있는 보헤미안 땅고 클럽에서 운영되던 밀롱가 까치룰로는 지금은 매주 화요일에 Riobamba 416의 엘 베쏘에서, 토요일에 Entre Rios 1056에서, 일주일에 두 번씩 개최된다. 엘 베쏘에서는 현재 수요일에는 수수Susu 밀롱가, 목요일에는 밀롱가 루호스Lujos, 금요일에는 밀롱가 라 마샬La Marshall이 개최된다.

클럽 그리셀

클럽 그리셀은 1995년 만들어진 밀롱가다. 지금은 20년이 넘어 노쇠한 느낌을 주지만 그래도 클럽 그리셀에 가면 한때 영화로웠던 흔적들을 찾을 수 있다. 클럽 그리셀이 문을 열던 1995년부터 2000년대 후반까지 클럽 그리셀의 전성기는 땅고 누에보의 전성기이기도 하다. 땅고 누에보의 중요한 디브이디를 비롯해서 많은 동영상들이 이곳에서 촬영되었다.

1996년 창간된 땅고 잡지 『엘 땅까우따』에 실린 가브리엘 앙히요 y 나탈리아 가메스의 인터뷰를 읽어보니까, 1990년대 초중반까지만 해도 부에노스아이레스에서는 땅고를 배울 곳이 거의 없었고, 땅고를 추고 싶은 젊은이들은 숨은 고수들을 물어물어 찾아가 어렵게 한 수 배우는 실성이었다고 한다. 2000년대 들어서면서 땅고가 세계적으로 문화 트렌드로서 위력을 떨치며 땅고의 르네상스가 찾아오고, 땅고의 새로운 황금시대가 시작되었다. 그러나 아르헨티나는 집권층의 경제정책 실패로 극심한 인플레와 국가적 위기를 겪었다. 땅고 마에스트로들은 생존을 위해 해외 강습에 눈을 돌렸고 해외 땅고 투어를 통해 많은 달러를 벌어들였다. 또 본고장에서 땅고를 배우기 위해 부에노스아이레스를 방문하는 해외 땅게로스들이 늘어나자 시내 여기저기에 땅고 스쿨이 생겨났고 수백 개의 땅고 클래스와 밀롱가가 활발하게 운영되기 시작했다.

클럽 그리셀의 밀롱가에 처음 갔을 때는 실망스러웠다. 손님들도 대부분 중장년층이었고 기초 수준의 동작밖에 할 줄 모르는 사람들이 대부분이었다. 그런데 시간이 지나자 숨은 고수들이 등장하기 시작했다. 수십 년 땅고를 춘 사람들의 내공은 정말 장난이 아니다. 물 흐르듯이 끊이지 않고 이어지는 걷기와 피구라들, 그리고 음악과 딱 맞아떨어지는 뮤지컬리티에 감탄하게 된다. 그중에서 80대로 보이는 노인 커플이 있었는데 두 사람 모두 나이가 들고 허리가 휘어서 등이 심하게 굽어 있었다. 그런데도 열정적으로 땅고를 추는 모습은 감동적이었다. 이상하게 슬프고, 안타깝고, 눈물이 나려고 했다.

비샤 말콤

비샤 말콤은 부에노스아이레스 시내에서 새로운 트렌드를 만들어가는 전위적인 땅고 클럽이다. 꼬르도바 거리에 있는 비샤 말콤은 부에노스아이레스의 땅고 플레이스 중에서 가장 젊은 공간이다. 특히 일요일 밤의

밀롱가 비샤 말콤.

비샤 말콤에서 매주 일요일 밤마다 개최되는 밀롱가 비바 라 뻬빠.

밀롱가 비바 라 뻬빠Viva la Pepa는 평균 200명에서 300명이 넘게 참가하는 최고의 밀롱가로 떠오르고 있다. 화요일에 같은 공간에서 개최되는 뻬르뿌메 데 무헤르Perfume de Mujer도 있지만 비바 라 뻬빠는 부에노스아이레스 밀롱가의 갑 중의 갑이다. 비샤 말콤은 부에노스아이레스 시내에서 새로운 트렌드를 만들어가는 전위적인 땅고 클럽이다. 초기에 열광적이었다가 지금은 한산해졌지만 2017년 1월 16일 5주년을 맞이한 수요일의 밀롱가 프루또 둘쎄Fruto Dulce나 일요일의 비바 라 뻬빠Viva la Pepa는 젊은층이 가장 선호하는 밀롱가다.

예전에는 월요일 밤에 개최되던 엘 모티보 땅고El Motivo Tango도 있었지만 지금은 사라졌다. 대부분의 밀롱가가 그렇듯이 엘 모티보 땅고 역시 땅고 노래 제목에서 밀롱가 이름을 가져왔다. 〈El Motivo〉는 1920년 후안 까를로스 꼬비안Juan Carlos Cobian이 작곡한 곡이다. 원곡은 다른 땅고 곡들과는 달리 기타 연주와 보컬만으로 진행된다. 부에노스아이레스를 처음 방문했던 2009년, 그때는 엘 모티보 땅고가 존재했었다. 나는 월요일 밤의 엘모티보 땅고에 가려는 것보다는 비샤 말콤이라는 공간에 가보고 싶었다.

테이블에 앉자마자 부에노스아이레스 밀롱가에서 처음으로 전통 땅고가 아닌 음악이 흘러나오는 것을 들었다. 무대에서는 라이브 뮤직이 연주되고 있었고 땅고에 이어 얼터너티브 음악에 춤을 추고 있었다. 이어서 누에보 음악이 흘러나왔다. 이때를 제외하고 4년 동안 부에노스아이레스의 밀롱가에서 일렉트릭 땅고 음악을 들어본 경우는 한 번도 없다.

그뒤 2012년 2월의 어느 일요일 밤, 나는 밀롱가 비바 라 뻬빠를 찾았다. 젊은 땅게로스들이 많이 몰리기 때문에 아무래도 옷차림과 향수 등에 신경을 더 쓰게 된다. 밀롱가에 조금 일찍 도착해서 중앙 맨 앞자리를 차지할 수 있었다. 까베세오가 엄청나게 많이 들어오는 특석이다. 밤 12시가 지나니까 사람들이 구름처럼 몰려들었다. 새벽 2시 10분 전쯤, 세바스티안 히메네스와 마리아 이네스 보가도Maria Ines Bogado가 밀롱가에서 춤을 추고 있는 것을 봤다. 청바지에 운동화를 신고 세바스티안은 이네스와 춤을 추고 있었다. 이 친구들이 밀롱가를 즐기려고 오지는 않았을 거고 공연하기 전 밀롱가 바닥을 점검하나 생각했는데 2시가 되자 세레모니가 시작되었다. 오거나이저의 긴 멘트가 이어질 무렵 세바스티안 히메네스가 단정하게 기름 바른 머리를 다듬고 흰색 와이셔츠에 흰색 넥타이를 매고 새 신랑처럼 다시 나타났다.

2012년 부에노스아이레스 밀롱가 최고의 아이돌 스타는 세바스티안 히메네스와 마리아 이네스 보가도 커플이었다. 그들은 2010년 문디알 세계 땅고 대회의 살론 부문 챔피언이 되었지만 오히려 그 이후 인기가 급상승하고 있다. 그들의 공연 소식이 알려지면 밀롱가 관객들이 늘어난다. 폭풍처럼 갤러리들을 몰고 다닌다. 한 시대를 풍미했던 후안 까를로스 꼬뻬스나, 미겔 앙헬 쏘또, 하비에르 & 제랄딘 혹은 누에보 땅고의 거두들인 치초 & 후아나, 세바스티안 아르쎄 & 마리아나 몬테스의 시대도 지나갔다. 2000년대 세계 땅고계를 주름잡는 스타는 문디알 세계 땅고 대회의 살론 땅고 부문 챔피언들이다. 그중에서도 특히 세바스티안 아차발 & 록산나 수아레스 커플과 세바스티안 히메네스 & 마리아 이네스 보가도 커플, 두 세바스티안이 2012년 부에노스아이레스 최고의 스타였다. 하지만 2015년 7월 25일 세바스티안 히메네스가 다른 땅게라와 포르투갈에서 결혼하면서 그들의 파트너십은 끝났다. 그의 새 신부는 요안나 페르난데스 고메스Joana Fernandes Gomes. 이제 더이상 히메네스 & 보가도 커플의 춤은 볼 수 없을 것이다. 2016년부터 히메네스는 그의 부인과 함께 땅고 투어를 다니며 워크숍과 공연을 소화하고 있다. 마리아 보네스 이가도는 지난 2016년 12월 그녀의 새로운 파트너인 호르헤 로페스와 함께 서울을 방문해서 한 달 동안 워크숍을 진행했다. 땅고 커플들도 세상의 다른 연인들처럼 만났다 헤어지고 새로운 인연을 찾아 밀롱가를 돌아다닌다.

나는 비샤 말콤의 맨 앞자리, 가운데 테이블에 앉아 그들의 공연을 보았다. 공연 장소가 비샤 말콤이어서 그런지 세바스티안 히메네스는 황금시대 오케스트라의 곡이 아닌, 현대 오케스트라에 의해 녹음된 곡들을 가져왔다. 공연이 끝나도 사람들의 박수 소리가 끝나지 않는다. 부에노스아이레스의 밀롱가에서는 공연할 때 땅고와 밀롱가, 발스 등 각 장르의 곡을 하나씩 총 3곡을 추는 게 일반적이다. 세바스티안 커플이 앵콜 곡까지 4곡을 췄으니까 이제 공연이 다 끝났다는 것을 알면서도 그들이 퇴장한 뒤까지 끊이지 않고 박수가 요동쳤다.

2017년 1월 22일 밤, 나는 다시 비바 라 뻬빠를 찾았다. 2017년 서울에서 개최되는 문디알 세계 땅고 대회 아시아 지역 예선인 Korea International Tango Championship & Festival의 심판으로 초청한 파비안 페랄따fabian Feralta와 조세피나 베르무데쓰Josefina Bermudez를 만나 계약서를 작성하기 위해서였다. 그런데 이날 마리아 이네스 보가도와 그녀의 새로운 파트너인 호르헤 로페쓰Jorge Lopez의 공연이 있었다. 2016년 마리아 이네스 보가도는 세계 땅고 챔피언 때부터 파트너였던 세바스티안 히메네쓰의 결혼으로 그와 결별하고 새로운 파트너를 만났다. 2016년 말 서울을 비롯해서 세계 땅고 투어를 호르헤와 함께하기는 했지만 이날의 공연은 부에노스아이레스에서 진행된 새로운 파트너십의 신고식이었다. 선배들인 치초와 후아나, 파비안 페랄따, 그리고 문디알 세계 챔피언인 막시밀리아노 등 선후배, 동료들이 그들의 공연을 축하해주었다. 서울에서부터 그들과 친분이 있었던 나도, 공연이 끝난 후 그들에게 찾아가 진한 베쏘를 나누며 축하해주었다.

라 나띠오날La National

라 나띠오날, 뉴욕에도 같은 이름의 밀롱가가 있다. 2012년에 부에노스아이레스에 갈 때는 경유지인 뉴욕에서 일주일 체류를 했었다. 뉴욕의 밀롱가는 땅고 누에보를 지향하는 곳도 있고, 정통 살론 땅고를 고집하는 곳도 있고 이것이 혼재된 곳도 있다. 세계 모든 인종들이 모여 사는 곳처럼 뉴욕의 밀롱가도 다양하다. 그런데 뉴욕의 밀롱가 라 나띠오날은 정통 살론 땅고를 추는 밀롱가였다. 매주 목요일마다 개최되는 밀롱가 직전, 비기너를 위한 초급 강습과 초중급 강습이 있다. 그리고 9시 30분부터 새벽 2시까지 밀롱가가 진행되었다. 좋은 분위기가 기억에 남는다.

부에노스아이레스의 원조 라 나띠오날의 분위기는 밀롱가 이데알과 니뇨 비엔을 뒤섞은 것의 하위 버전이다. 높은 천장의 실내, 직사각형의 밀롱가, 정면에 있는 극장식 무대, 전체적으로 이데알 혹은 니뇨 비엔과 흡

밀롱가 라 나띠오날.

사한데 이데알처럼 호화스럽거나 고급스럽지는 않고 니뇨 비엔처럼 활기차지는 않다.

부에노스아이레스 서점에서 [Glossary of Tango]라는 땅고 용어 해설서를 사서 읽고 난 후 그 책을 쓴 구스타보가 밀롱가 라 나띠오날에서 수업을 하고 있다는 것을 알고 그를 만날 겸 밀롱가에 가기로 했다. 더구나 지도를 보니까 라 나띠오날은 내가 머물던 꼬리엔떼스 아파트에서 걸어서 갈 수 있는 거리에 있었다. 직선으로 세 블록만 걸어가면 라 나띠오날이었다. 수요일 밀롱가 직전, 구스타보와 마리아가 수업을 진행하고 있어서 시간에 맞춰 라 나띠오날에 갔다.

훤칠한 키에 멋진 구레나룻을 기른 구스타보는 지적이었고 마리아는 아름다웠다. 그들은 당시 막 출간된 땅고 용어집을 수강생들에게도 판매하고 있었다. 수업 후에 곧바로 밀롱가가 진행되었는데, 밀롱가에 참석할까 하다가 할아버지들이 자리를 메우는 것을 보고 먼저 나왔다.

구스타보는 『The Quest for the Embrace: The History of Tango Dance (1800-1983)』라는 책을 지난 2015년에 출간했다. 이 책은 땅고의 역사를 시기적으로 구분하여 정리한 중요한 책이다.

야외 밀롱가, 라 글로리에따

야외 밀롱가 라 글로리에따는, 부에노스아이레스에서도 잘사는 부촌인 베그라노의 공원 안에서 개최된다. 라 바라까 데 베그라노La Barraca de Be-grano 거리에는 부에노스아이레스 센뜨로 어디에서나 볼 수 있는 그 지저분한 쓰레기도 없고, 집들은 깨끗했으며, 길거리를 걸어 다니는 사람들의 옷차림도 달랐다. 공원 가장 위쪽 높은 곳에 커다란 팔각형의 정자가 보였다. 가이드는 절반의 야외 밀롱가라고 말했는데, 야외에 있는 정자이지만 그 위에 둥근 지붕이 얹어져 있어서 실내 같은 느낌을 주기 때문이었다.

방송 촬영 팀과 함께 도착했을 때는 저녁 8시, 밀롱가가 시작하기에는 아직 이른 시간이었다. 그런데 공원 입구에서부터 땅고 음악이 들렸다. 내 피는 빠르게 뛰기 시작한다. 나는 땅고화를 들고 밀롱가로 향한다. 촬영 팀은 내가 땅고화를 들고 팔각정 안으로 들어가는 신을, 위치를 달리해서 여러 컷 찍었다. 그뒤에 나는 정말 땅고를 추기 위해 정자 안으로 들어갔다. 정자 안은 이미 발 디딜 틈이 없을 정도로 꽉 차 있었다. 사전에 촬영에 대한 양해가 되어 있었지만 오거나이저는 밀롱가 내에서는 카메라 트라이포드 없이 찍어달라고 했다. 발 디딜 틈도 없는데 사람들이 다칠 수 있는 삼각대를 설치할 수는 없다.

나는 땅고화로 갈아 신고 까베세오를 하려고 주위를 둘러보았다. 아이들을 데리고 가족끼리 온 사람들도 있고, 나이 지긋한 할아버지들부터 20대 초반의 땅게라들까지 다양한 연령대의 사람들이 서 있었다. 커다란 정자 안이기 때문에 의자 같은 것은 없다. 난간에 등을 기대고 서서 춤추는 것을 바라보거나 밀롱가 안으로 들어가 춤을 추거나 해야 한다. 내가 자리잡은 곳 옆에도 가족들이 와 있었는데, 30대 후반으로 보이는 어머니 혼자만 땅고를 출 수 있는 것 같았다. 어머니는 초등학생 정도로 보이는 어린 딸의 손을 잡고 제자리에서 땅고 스텝을 밟고 있었다. 땅고를 추고 싶은데 마땅히 출 사람이 없는 눈치였다. 누구라도 이곳에서 땅고 음악을 들으면 춤추지 않고는 견딜 수 없을 것이다. 바람은 부드럽게 공원 아래쪽에서부터 푸른 나무들을 스치며 올라오고 있었다. 주위는 조용했고 땅고 음악만 커다란 정자 안을 가득 메우고 있었다. 한가로운 일요일 저녁이었다.

"나랑 춤출 수 있니?"

가족과 함께 온 그 여자가 나에게 물었다. 30대 후반으로 보이는 그 여자는 날씬했고 지적인 외모에 키도 나와 비슷했다. 나는 '물론'이라고 대답한 뒤 사람들 사이로 들어가서 그녀와 아브라쏘를 했다. 그런데 그녀와 아브라쏘를 하는 순간, 조금 난감했다. 초보였기 때문이다. 팔에 힘이 잔뜩 들어 있었고, 다리는 뻣뻣했다. 그러나 얼마나 춤추고 싶었으면 먼저

밀롱가 라 글로리에따.

나에게 춤을 신청했을까 생각되어서 나는 정성스럽게 그녀와 춤을 추었다. 한 곡이 끝나자 그녀는 먼저 나에게 고개를 숙여 정말 고맙다고 인사를 했다. 딱 한 곡이었다.

이제 방송 촬영을 위해 카메라 앞에서 함께 춤출 수 있는 땅게라를 찾아야 했다. 그때 한 여자가 눈에 띄었다. 부에노스아이레스에 도착한 첫날 밤인 목요일 저녁의 밀롱가 니뇨 비엔에 갔을 때 함께 춤춘 땅게라였다. 얼굴도 예쁘고 눈매도 선하고 춤도 부드러웠다. 나는 그녀에게 다가갔다. 너 나를 기억하니? 그녀는 환하게 웃으며 고개를 끄덕였다. 한국에서 방송될 TV 다큐멘터리 촬영중인데 나와 함께 춤출 수 있니? 그녀는 좋다고 대답했다.

우리는 부드럽게 아브라쏘를 하고 춤을 추기 시작했다. 스태프들은 두 대의 카메라를 동원해서 홀 안의 여기저기를 스케치하고 있었다. 한 곡이 끝난 후 나는 이름을 물어보았다. '레이야'라고 그녀는 대답했다. 한 딴다가 끝났다. 나는 그녀를 카메라 앞으로 데리고 가서 인터뷰를 요청했더니 안 된다는 것이다. 자기는 아르헨티나 사람이 아니라고 했다. 어디서 왔느냐고 하자, 프랑스에서 왔다는 것이다. 그래서 영어도 잘 못하고 스페인어도 못해서 인터뷰를 하기 곤란하다고 했다. 우리 스태프들 중에도 프랑스어를 할 줄 아는 사람이 없어서 결국 레이야와의 인터뷰를 포기해야만 했다.

촬영을 모두 마친 후 저녁을 먹기 위해 이동하려고 할 때, 스태프들에게 미안하지만 나는 저녁 식사 대신 여기서 춤을 더 추겠다고 말했다. 촬영 팀이 식사를 마친 후 호텔로 돌아갈 때 나를 데리러 와달라고 부탁했다. 밥 한 끼 굶는 대신 춤을 추는 게 훨씬 더 좋았다. 몇몇 땅게라들과 춤을 추는 동안 사람들은 계속 늘어났다. 밀롱가는 밤 11시까지 한다고 했는데 9시가 지나자 사람들이 몰려들어 서 있을 공간도 없었다. 너무나 많은 사람들 때문에 론다가 돌아가는 게 불가능할 정도였다. 커다란 원형의 정자 외곽에는 아직 파트너를 찾지 못해 서 있는 사람들이 가득 서 있었고, 원형 공간 안에는 세 개의 론다가 돌아가고 있었다.

금발의 미녀 땅게라와 까베세오를 하고 아브라쏘를 했다. 그런데 몇 걸음 걷지 않아서, 오픈으로 춤을 추면 안 되겠냐고 물었다. 나는 좋다고 하고 오픈 자세로 춤을 추면서 속으로는 내가 무슨 실수를 했나? 내 춤이 마음에 들지 않아서일까? 여러 가지 상상을 했는데, 한 곡이 끝나고 서 있는 동안 그녀는 오픈 자세가 훨씬 편하다고 말했다. 하지만 이미 나도 그것을 알고 있었다. 춤을 춰보니까, 그녀는 누에보를 좋아하는 땅게라였다. 이 사람 많은 비좁은 공간에서 아브라쏘를 하고 춤추는 것에 익숙하지 않은 땅게라였다. 하지만 춤은 아주 좋았다. 어디서 왔느냐고 물었더니 이스라엘에서 왔다는 것이다. 로이드라는 그녀는 동작이 커서 밀롱가 외곽 라인에서는 출 수가 없었다. 둥근 원형의 한복판에서 그녀와 한 딴다를 추었다. 한 곡이 끝날 때마다 우리는 수다를 떨었다. 나랑 추니까 너무 편하다는 것이다. 다른 남자와 출 때는 여기저기서 툭툭 부딪치고, 아브라쏘를 하면 남자들이 너무 강하게 밀어붙이고 그랬는데 나보고 고맙다고 했다.

밤 10시가 가까워지자 음악이 멈추었다. 사람들이 대화 소리로 시끌벅적하던 실내가 잠시 조용해지자 주최 측에서 짧은 멘트를 한 뒤 모자를 들고 땅게로스 사이를 천천히 걸어 다녔다. 사람들이 지폐를 꺼내 모자에 넣기 시작했다. 금방 모자가 지폐로 수북이 쌓였다. 아, 이렇게 모금을 하는 줄 몰랐다. 가방을 차에 두고 땅고화만 가지고 왔기 때문에 나는 빈손이었다. 스태프들도 아직 돌아오지 않아서 돈을 빌릴 수도 없었다. 결국 모자가 내 앞을 패스할 때까지 나는 죄를 지은 듯 서 있어야 했다.

그때 한 동양 땅게라가 눈에 띄었다. 어디에서 왔느냐고 물었더니 미국의 워싱턴 주 시애틀에서 왔다고 했다. 시애틀의 잠 못 이루는 밤에는 실제로 내 첫사랑이 살고 있다. 시애틀이라는 단어를 듣고 순간 나는 멍해졌다. 그녀는 하지만 자신은 베트남 사람이라고 했다. 이름을 물었더니 꾸앤이라고 했다. 무슨 일로 부에노스아이레스에 왔느냐고 물었더니 오직 땅고 때문이라고 대답했다. 몇 년을 추었느냐고 했더니 4년을 추었지만 중간에 조금 쉬었다고 했다. 다시 음악이 흐르고, 나는 그녀와 마지막 춤을 추었다.

스태프들이 예상보다 조금 늦게 도착했다. 야외 밀롱가도 거의 끝나가고 있었다. 아마 많은 땅게로스들은 오늘밤 여기서 춤을 그치지 않을 것이다. 토요일 밤이다. 엘 베쏘, 라 비루따, 혹은 시내의 그 어떤 밀롱가를 찾아 또 떠날 것이다. 멀리서 바라보는 야외 정자는 한적하게 보였지만 그 안의 열기는 공원 전체를 붉게 물들이고 있었다.

길 위의 땅고

책읽기로 춤을 배울 수는 없다

나는 거리로 나갔다 아직 써지지 않은 책들이 나를 안내했다 시작과

끝이 정해진 길은 없다 끝나는 쪽에서 출발하면 그곳이

시작이 되고, 시작했던 곳은 끝이 된다

누구나 시작과 끝에 있기를 피하고 싶어하기 때문에

길의 중간은 항상 좀비들로 가득하다

책을 기름에 볶아 튀기거나 종이 사이에 온갖 양념을 넣고 냄비에 삶아도

춤이 되지는 않는다 활자들은 뜨겁다고 울타리 밖으로 튀어나가고

종이는 팔십 노인의 성기처럼 축 늘어질 뿐이다

죽은 사람들은 끝에 있는 것을 싫어한다

검은 강을 건너면 또다른 시작인 것 같지만

뒤집어보면 언제나 시작이 끝이 될 수 있다 음악이 없어도

춤은 거리를 가득 채우고 들리지 않아도

살아 있는 것들은 리듬을 타며 움직인다 오직

춤만이 죽은 것을 죽지 않은 것처럼 보이게 한다

쉬지 않고 움직이는 것만이 끝을

끝이 아니게 한다

바닥이 닿지 않게 발
끝으로만 춤을 춘다 나는
세계와 만나는 지점을 최소화하고 싶다 나의 춤은
나를 검은 점으로 만들어
하얀 종이 위에 올려놓는다

5
부 ―

땅
고
페
스
티
벌

문디알, 세계 땅고 대회 Mundial de Tango

부에노스아이레스에서는 1년 동안 거의 매주 새로운 땅고 페스티벌이 개최된다. 물론 그 핵심은 부에노스아이레스 시 정부 주최로 8월 둘째 주부터 말까지 3주 동안 계속되는 문디알 데 땅고 페스티벌이다. 이 기간 동안 전 세계 각지에서 수많은 땅게로스들이 부에노스아이레스를 방문한다. 시내 여기저기 스튜디오에서, 또 야외 공간에서 수많은 마에스트로들의 땅고 워크숍이 개최된다. 그리고 마지막 한 주는 세계 땅고 대회의 예선전과 준결승전, 결승전이 펼쳐진다. 마지막 날, 루나 파크에서 개최되는 세계 땅고 대회 결승전에는 전 세계 땅고인들의 뜨거운 시선이 집중되고, 새로운 챔피언이 탄생되면 온갖 스포트라이트가 쏟아진다.

부에노스아이레스에서 개최되는 땅고 페스티벌은 시 정부에서 직접 주최하는 문디알 세계 땅고 대회나 메트로폴리탄 페스티벌을 제외하고는 대부분 해외 관광객들을 겨냥하고 있다. 아르헨티나 정부는 땅고 페스티벌을 통해 막대한 관광 수익을 얻는다. 이런 페스티벌은 참가비도 비싸다. 우선 주최 측에서는 땅고 페스티벌을 개최하면서 경제적 이익을 남길 수 있다. 또 땅고를 보급하고 파급시키는 효과도 있다. 문디알 이전인 1990년대 말부터 개최되어 한때 가장 큰 땅고 페스티벌이었지만 지금은 세력이 많이 약화된 CITA가 3월 초에 개최된다. 부에노스아이레스의 가장 영향력 있는 땅고 언론 매체인 월간지 『엘 땅게따El Tangueta』 주최의 페스티벌도 3월 초다. 땅게라를 위한 레이디스 땅고 페스티벌도 3월에 있다. 신흥 땅고 누에보의 명문으로 부상하는 DNI 땅고 집단도 자체적으로 땅고 페스티벌을 한다.

2000년 국가 부도 사태가 발생하면서 아이러니컬하게도 아르헨티나의 경제적 궁핍은 뛰어난 댄서들이 외국으로 진출하는 계기를 만들었다. 2000년 이후 전 세계의 많은 도시들에서는 다양한 국제 땅고 페스티벌이 개최되고 있다.

일반적으로 국제 땅고 페스티벌은 워크숍, 공연, 밀롱가 등으로 구성된다. 주최 측에서는 세계 최고 수준의 땅고 댄서들을 한 커플에서 5커플 정도를 초청하여 일주일 전후의 워크숍을 개최하고, 땅고 공연을 보여주며 많은 땅게로스들이 함께 즐기는 밀롱가를 진행한다. 아랍권과 아프리카 지역을 제외한 세계의 대도시들에는 그 도시 이름을 붙인 국제 땅고 페스티벌이 대부분 개최되고 있다(매년 5월에 개최되는 두바이 땅고 페스티벌, 남아프리카 공화국의 요하네스버그와 더반 땅고 페스티벌이 있기는 하다). 국제 땅고 페스티벌은 세계 땅고의 흐름을 보여주며 전 세계 수많은 땅게로스들이 국경을 넘나들며 땅고를 추고 즐기는 소중한 시간을 제공하고 있다.

문디알이라는 약칭으로 불리는 세계 땅고 대회는 2000년대 이후 국제적으로 땅고를 보급시키는 데 큰 역할을 하고 있다. 한편 땅고 수제화를 직접 제작 판매하고 있는 다르코스 내부 가게 안에서는 수십 년 된 장인들이 손으로 직접 하나하나 땅고화를 제작하고 있다.

그러나 땅고를 추는 모든 사람들의 마음속 메카는 부에노스아이레스이다. 부에노스아이레스의 땅고 바에는 항상 세계 각지에서 찾아온 관광객들이 끊이지 않는다. 어떤 밀롱가는 절반 이상이 관광객들로 채워져 있기도 하다. 물론 관광 코스에도 등장한 밀롱가 이데알이나 살론 까닝처럼, 땅고를 추지 못하는 관광객들이 호기심으로 들어가보는 경우도 있지만, 오직 땅고를 추기 위해 지구 반대편에서 땅고화만 들고 부에노스아이레스를 찾아가는 사람들도 많다.

문디알이라는 약칭으로 불리는 세계 땅고 대회는 2000년대 이후 국제적으로 땅고를 보급시키는 데 큰 역할을 하고 있다. 국제 땅고 페스티벌의 활성화로 전 세계의 거의 모든 대도시에 땅고가 보급되면서 아르헨티나 땅고는 1930~50년대 이후 제 2차 황금시대를 맞이하고 있다. 아르헨티나의 땅고 마에스트로들은 해외 워크숍을 통해 부를 축적하고 있으며, 그들의 상당수는 경제적 환경이 안 좋은 부에노스아이레스를 떠나 이민자 출신인 자신들의 뿌리와 핏줄이 있는 이탈리아나 독일, 프랑스, 러시아 등에 땅고 스튜디오를 만들어 거주하고 있다.

그러나 여전히 아르헨티나의 수도 부에노스아이레스는 전 세계의 땅게로스들에게는 천국이다. 땅고 음악, 춤, 교육, 댄스홀 등 땅고 인프라가 가장 완벽하게 구축되어 있기 때문이다. 인구 1,600만의 거대 도시 부에노스아이레스 시에서는 매일 밤 수백 개의 밀롱가가 열린다. 매일 수많은 땅고 레슨이 열리고, 극장에서는 땅고 쇼가 쉴새없이 공연된다. 땅고를 즐기기 위해 전 세계에서 찾아온 수많은 관광객들과 부에노스아이레스의 뽀르떼뇨Porteno(항구에 사는 사람들이라는 뜻. 부에노스아이레스 토박이들은 스스로를 뽀르떼뇨라고 부른다) 땅게로스들이 새벽까지 어울려서 춤을 춘다.

부에노스아이레스 시 정부가 2003년부터 문디알 데 땅고, 즉 세계 땅고 대회를 개최하면서, 대회의 카테고리를 살론 땅고와 스테이지 땅고(에세나리오)로 이원화한 이후 누에보 땅고는 급속도로 세력을 잃어갔다. 2014년부터는 세계 대회에서 살론 땅고가 땅고 데 삐스따로 명칭이 바뀌있지만 세계 땅고 대회의 영향력은 오히려 더 확대되고 있다. 땅고 데 삐스따라는 것은 줄을 맞춰 추는 땅고를 뜻하기 때문에 살론과 밀롱게로까지 포괄한다. 전통 땅고에서 벗어나 독자적 길을 가는 것으로 생각되었던 누에보 땅고의 재산까지도 소중하게 흡수하려는 정책적 방향을 보이고 있는 것이다.

이제 마초들의 시대는 지나갔다. 남성의 리드에 의해 일방적으로 진행되는 땅고보다는 남녀가 화합하며 전개되는 땅고가 더욱 많은 지지를 받을 것이다. 수사학적 의미가 아니라, 남성의 리드 못지않게 여성의 리드도 중요해질 것이다.

아무리 시대가 변해도 땅고의 황금시대였던 1930년대부터 1950년대까지의 전통 땅고 음악은 여전히 중요한 위치를 차지하겠지만, 새로운 오케스트라들이 등장하고 새로운 세대의 작곡가들이 만든 곡들이 밀롱가에서 점점 더 연주될 것이다. 일렉트로닉스 땅고 혹은 새로운 리듬과 결합된 낯선 유형의 땅고 음악이 어느 날 밀롱가를 지배할지도 모른다. 세계의 다양한 문화와 부딪치는 접점이 광범위하게 형성되면서 땅고 춤도 다채롭게 영향을 받을 것이고 좀더 역동적 형식으로 변화할 것이다. 땅고는 문화이고 그 시대의 트렌드를 빠르게 반영한다. 이러한 변화는 우리가 생각하는 것보다 훨씬 빨리 온다. 그렇다고 그 낯섦에 당황할 필요는 없다. 어쩌면 새로운 세계는 우리 내면 깊은 곳의 무의식이 진정으로 원하는 곳, 이미 우리 내부에 존재하는 낯익은 그곳일지도 모른다.

●
●

CITA Congress International Tango Argentina

CITA는 1999년 땅고 부흥의 새로운 시대를 맞아 파비안 살라스를 중심으로 출발했다. 그 당시만 해도 국제적인 땅고 페스티벌이 많지 않았기 때문에 CITA는 크게 주목받았고, 치초는 CITA가 배출한 가장 걸출한 땅고 아티스트가 되었다. 아르헨티나의 경제적 상황이 나빠질수록 많은 아르헨티나 땅고 댄서들이 유럽과 북미 대륙 등지에서 워크숍을 하고 페스티벌 공연에 참여함으로써 수익을 거두었는데 그중에서도 CITA 출신 댄서들은 국제 땅고 페스티벌의 가장 활발한 초청 게스트 섭외 대상이었다. 땅고 누에보를 개척한 세 사람 중 한 사람인 파비안 살라스와 그의 후배인 치초, 그리고 부에노스아이레스의 영향력 있는 땅고 마에스트로 중 한 사람인 훌리오 발마세다 등 세 사람이 오거나이저를 맡아 시작한 후, 세계 각지에서 비슷한 땅고 페스티벌이 많이 생겼다. CITA는 최고의 땅고 댄서들의 변화된 모습들을 한 무대에서 볼 수 있고, 다운타운 밀롱가의 흐름을 민감하게 반영하면서도 새로운 예술 장르로 발전하고 있는 땅고 무대 예술을 종합적으로 볼 수 있는 거의 유일한 기회였다. 그러나 2010년대 들어서면서 급격히 세력이 감퇴하고, 현재는 치초와 훌리오가 오거나 이저에서 사퇴한 후 파비안 살라스 개인 체제로 운영되고 있다. CITA의 흥망성쇠는 현대 땅고의 흐름을 압축적으로 보여준다. 그중에서 2006년과 2008년, 2010년, 2012년의 CITA를 집중적으로 분석해보자.

매년 3월 부에노스아이레스에서 열리는 CITA는 세계 땅고의 흐름이 집대성된 아르헨티나 땅고 최대의 축제 중 하나였다. 대회를 주관하고 있는 파비안 살라스 때문에 땅고 누에보적 성향이 강하다고 알려져 있으나 꼭 그렇지는 않다. 2000년이나 2001년 CITA에서 땅고 누에보는 소수에 불과했다. 하지만 현대 땅고의 세계적 흐름을 파악하고 그것을 반영함으로써 대회의 명성과 가치를 인정받은 CITA는 급증하는 땅고 누에보의 수요를 적극적으로 반영하여, 해가 거듭될수록 땅고 누에보의 비중을 높여나갔다.

2003년 CITA는 전통 땅고를 새롭게 개혁시킨 새로운 땅고의 흐름을 제시했다. 뉴 페이스 댄서들이 대거 무대에 등장했으며 새로운 피구라들이 관객들을 매혹시켰다. 일렉트로닉스 땅고의 새로운 방향을 제시한 고탄 프로젝트의 데뷔 앨범이 세계적 반향을 불러일으켰고 이러한 흐름은 CITA 무대에도 반영되었다. 물론 어느 시대에나 보수는 있는 법이다. 아무리 문명이 진화하고 세월이 흘러도 땅고 밀롱게로나 혹은 땅고 실론 스타일을 선호하는, 고전적 문법과 규칙을 따르는 땅고가 존재할 것이다. 그러나 춤이라는 것이 고정 불변의 것이 아니고, 그 시대에서 생성되는 리듬과 사유의 깊이가 육체적 몸짓에 실려 표현되는 것이라면, 춤은 변해야 한다. 변하지 않는 춤은, 박물관 속에 진열된 박제된 춤과 같다.

2006년 CITA의 공연에서는 눈에 띄는 신인의 등장이 없다. 기존의 마에스트로들도 특별하게 새로운 공연을 보여주지 못해서 특징적인 움직임은 개별 공연에서는 찾아볼 수 없다. 가령 2003년의 경우처럼 신인들의 대거 등장과 새로운 피구라의 출현으로 무대를 긴장시켰던 설렘과 환희가 느껴지지 않은 것이다. 심지어 CITA의 기획자인 파비안 살라스는 2005년 공연과 똑같은 음악으로 거의 똑같은 춤을 추고 있을 정도다(CITA의 무대 공연은 땅고, 발스, 밀롱가 중에서 각각 두 장르를 선택해서 공연하기 때문에, 파비안 살라스는 땅고 누에보가 아닌 밀롱가를 출 때는 2005년과는 조금 다른 춤을 보여주기는 했다).

세바스티안 & 마리아나 커플의 공연은 2006년 CITA에 참여한 그 어떤 마스터들의 공연보다도 역동적이고 새로운 유형의 피구라들을 많이 선보이고 있어서 춤 자체의 완성도는 가장 높았다. 2006년 CITA의 가장 중요한 순간은 각 거장들의 개별적인 공연에서 일어난 것이 아니라, 3명 혹은 4명 혹은 5명이 함께 춤을 춘 군무Corporacion Tango에서 찾아볼 수 있다. 4명 때로는 3명이 함께 춤을 추는 이 모험에 가득찬 땅고는, 커플 땅고의 매력을 그대로 유지하면서도 전혀 새로운 영역의 땅고를 창조하고 개발해서 우리들에게 역동적 환희를 제공한다. 땅게로 2명 땅게라 1명 등 3인이 추는 땅고에서는, 땅게로들은 흰색과 회색 등 비슷한 계열의 정장을 입고 수시로 땅게라와 교체하면서 2인 3각의 아찔한 모험을 보여주었다. 또 4명이 추는 춤에서는, 두 커플이 각각 적색과 청색으로 드레스를 맞춰 입고 등장해서 2명의 땅게로와 2명의 땅게라가 서로 팔을 두르고 사각형의 형태를 만들었다(이때 대각선에 있는 땅게라들은 서로의 팔을 잡고 안정되게 사각형의 틀이 깨어지지 않도록 균형을 유지하고 있다). 때로는 두 커플씩 분리되어서 춤을 추거나 파트너를 교체하면서 리드미컬한 춤을 보여주었다. 적과 청으로 분리된 두 커플의 연결 고리를 확보하기 위해 적색 드레스의 땅게라는 손에 청색 장갑을, 청색 드레스의 땅게라는 손에 적색 장갑을 끼고 연결 동작의 시각적 연계를 무리없이 수행한다.

세바스티안 & 마리아나 커플과 다미안 & 셀린느 커플, 그리고 치초가 등장해서 펼쳐 보이는 5명의 혼합 땅고는, 가장 뛰어난 무대 공연의 하나를 보여주었다. 5명의 마스터들이 서로 얽혔다 풀어지고 다시 다른 사람과 얽히면서 만들어가는 혼합 땅고는 포에버 땅고 유의 전통적인 무대극을 뛰어 넘는 신선한 공연이었다.

오프닝 밀롱가에서 CITA의 신인급인 에두아르도 & 세실리아Eduardo & Cecillia는 무게중심을 비틀거리는 치명적 실수를 하기도 했지만, 무대 공연에서는 훌륭한 테크닉으로 많은 박수를 받았다. 2006년 CITA 무대의 특징은 연출이다. 각 개별적인 마스터들의 공연과 파스적인 요소를 갖고 있는 코믹한 댄스를 삽입해서 즐거움을 주는 방식은 예전과 비슷했지만, 2004년 2005년에 등장했던 남+남, 여+여의 동성 커플 댄스 대신 훨씬 더 난이도가 높고 복잡한 혼합 땅고를 보여주었다. 한 커플의 공연이 끝난 뒤 암전, 그뒤 다시 새로운 커플의 땅고가 시작되는 진형적 방식을 탈피해서 막 춤을 끝낸 커플이 아직 무대에 남아 있을 때 다음 커플이 등장해서 춤을 춘다. 춤을 끝낸 커플도 함께 그 곡에 맞춰 춤을 추다가 서서히 사라지는 이런 연결 고리의 연출은 CITA가 저마다 자신만의 영역을 갖춘 마스터들의 장기 자랑 무대가 아니라, 땅고를 사랑하고 새로운 땅고 예술을 만들기 위해 위대한 마스터들이 함께 힘을 합쳐 노력하는 인상을 주는 데 성공하고 있다.

2008년 CITA는 3월 15일부터 25일까지 개최되었다. 1999년 시작된 CITA의 10주년이 되는 해였다. CITA가 세계 땅고의 흐름을 가장 민감하게 반영하고 최고 수준의 땅고 공연을 보여준다는 데는 누구도 이의가 없을 것이다. 2008년 CITA의 특징은 전체적으로 공연 수준이 고르게 변했다는 것이다. 그동안 CITA를 주름잡았던 치초, 세바스티안, 파비안 살라스 등 누에보 3인방은 월등한 기량을 보여주지 못하고 답보 상태에 있고, 신인들이 대거 등장했지만 아직은 갈 길이 먼 떠오르는 별에 불과했다. 노장 니토 & 엘바Nito & Elva, 발스의 황제 홀리오 발마사다 & 꼬리나 커플도 땅고 누에보에 가까운 춤을 보여주었다. 머리가 희끗한 니토와 엘바가 플라네오planeo와 트라바다travada를 하는 모습을 보게 될 줄이야. 대중문화로서 땅고의 트렌드는 빠르게 변한다. 기대했던 치초는 새로운 파트너 후아나와 매끄러운 호흡의 일치를 보여주지는 못했다. 치초의 제자에서 파트너가 된 후아나는 첫 무대에 너무 긴장해서 몸이 굳어 있었으며 그녀의 유연한 발동작도 뻣뻣하게 이루어지고 있었다. 2007년 12월 한국에 와서 공연할 때보다도 훨씬 경직된 모습이었다. 두번째 무대에서 치초는 무대의 불을 거의 꺼버리고 그들의 몸 실루엣 정도만 보이게 했다. 후아나는 편한 마음으로 훨씬 부드럽고 유연하게 동작을 했다.

세바스찬 & 마리아나는 원숙기로 접어들고 있다. 예전처럼 파격적인 무대 연출은 없었지만 음악과 혼연일체가 된 정확하고 깔끔한 동작은 청량감을 선사해준다. 음의 높낮이와 강약, 그리고 완급까지 정확한 스텝으로 탁월하게 표현하고 있다.

2008년 극장 공연에서 가장 인상적인 커플은, 다이내믹하고 극적인 동작으로 무대를 압도한 다미안 & 셀린느였다. 2005년 제1회 서울 땅고 페스티벌에 초청되어 워크숍을 했던 이 커플은, 지금까지보다 훨씬 더 순수 현대 무용에 근접한 공연을 보여주었다. 현대 무용의 뛰어난 성취를 흡수하여 새로운 땅고 무대 미학을 창조한 다미안 & 셀린느의 공연은 보이지 않게 부드러운 리드를 하는 다미안과, 엣지가 섬세하게 살아 있는 셀린느의 발동작이 조화가 되면서 높은 수준의 미학성을 획득한다. 그러나 땅고의 전통에서 너무 벗어나 현대 무용에 가깝게 시도되는 이런 공연은 결국 땅고가 무엇인가라는 원론적 질문을 던지게 되고 다시 전통으로 회귀하는 이유가 되었다.

신인들 중에서는 오라시오 고도이Horacio Godoy & 세실리아 키로가Cecilia Quiroga와 마리아 파스 히오르기Maria Paz Giorgi & 에브렌 사인Evren Sayin의 공연이 새로웠다. 오라시오는 마치 새끼 세바스찬을 보는 듯 절도 있는 스텝으로 치초, 세바스찬의 뒤를 잇는 차세대 주자로서의 인상 깊은 모습을 보여주었다. 또 마리아와 에브렌의 공연은 안무의 상상력이 참신했지만 땅게라 마리아의 기량이 미흡하고 몸이 무겁고 둔해서 땅게로 에브렌의 발랄함을 따라가지 못했다.

밀롱가 스텝은 더 빨라지고 있으며 작고 섬세한 동작의 반복으로 재미를 주는 경향이 대세를 이루고 있다. 일단 전체적으로 속도가 빨라졌다.

아다지오의 느린 속도로 천천히 기를 끌어들여 조금씩 뱉어내는 호흡법처럼 속도의 시대에 느리게 걷기를 시도하는 커플들은 거의 눈에 띄지 않는다. 대신 한 박자를 두 박자로 쪼개서 아주 빠른 발놀림, 현란한 풋워크를 구사하는 발동작의 마술이 늘어나고 있다.

또 하나는, 남녀 커플의 다리 사이의 공격이 더욱 대담하고 더욱 치열해지고 있다는 것이다. 땅게라의 두 다리 사이로 더 깊게, 더 높게, 땅게로는 발끝을 공격적으로 집어넣고 있다. 그리고 살사, 맘보 등 라틴 댄스 동작들이 적극적으로 땅고에 응용되었었는데 최근에는 라틴 댄스뿐만이 아니라 라라라 휴먼 댄스나 피나 바우쉬의 현대 무용들에서 창조적으로 영향을 받은 안무들이 늘어나고 있다. 이것은 양날의 칼이다. 땅고가 단순히 아르헨티나의 전통을 계승한 문화 상품으로서가 아니라 삶의 미학을 발견하는 예술의 영역으로 접근하고 있다는 뜻이기도 하지만, 땅고의 존재론에 대한 원칙적인 질문을 던지는 계기로 작용하기도 했다.

2010년과 2012년의 CITA에 나는 직접 모든 워크숍과 극장 공연, 밀롱가에 참여했다. 2010년 CITA는 2번의 극장 공연과 3번의 밀롱가 공연이 개최되었다. 오프닝 밀롱가는 니뇨비엔에서 개최되었는데 라이브 밴드 공연이 시작되고 새벽 1시가 지나서 내 옆자리에 앉은 파비안 살라스가 일어나더니 행사 시작을 알렸다. 마에스트로 커플들을 하나하나 호명하며 무대로 불러낸다. 수십 커플의 마에스트로들로 무대가 꽉 차고, 즉흥 공연이 끝난 후 다시 라이브 밴드와 함께 밀롱가가 시작되었다가 새벽 1시 30분쯤 본격적으로 공연이 시작된다. 총 10여 커플의 공연과 라이브 밴드의 연주, 2명의 기타와 남자 보컬 2명 등 총 4명의 공연을 끝으로 순서가 모두 끝나고 새벽 3시부터 다시 밀롱가가 시작되었다.

2010년 3월 15일 밤 11시 파라과이 400번지에 있는 극장 떼아뜨로 아떼네오에서 극장 공연 첫날 행사가 열렸다. 호텔에서 늦게 출발해 밤 10시 겨우 되어서야 극장에 도착했다. 통로 자리를 배정받아서 무대를 잘 볼 수 있었다. 예년에 비해 뛰어난 공연은 없었다. 기대했던 다미안 & 셀린느도 예상 외로 코믹한 땅고를 추었고 치초 & 후아나의 공연도 평균 수준이었다. 오히려 신인들이 더 박수를 받았다. 공연이 끝나니 밤 12시 반이 지났다. 밀롱가를 가는 사람들도 있었지만 너무 피곤해서 나는 호텔로 들어오자마자 씻고 쓰러져 시체처럼 잤다. 워크숍 이틀을 마치고 나니까 걸을 힘도 없었다. 마지막 수업 때는 졸음까지 오고 도저히 서 있을 수가 없었다.

극장 공연 마지막 날에는 알람을 해놓고 호텔방에 누웠는데도 알람 소리를 못 듣고 자다가 눈을 뜨니까 10시 7분 전이었다. 공연은 10시 시작이었다. 낮에 종일 워크숍에 참가했더니 너무 피곤했었다. 허겁지겁 자리에서 일어나 세수도 안 하고 그냥 달려갔는데 택시를 잡으려고 했더니 돈을 안 가지고 나왔다. 더구나 호텔 키도 방에 놓고 나왔다. 다시 프런트에서 키를 받아 돈을 가지고 나와서 곧바로 택시를 잡았다. 그런데 이 택시기사가 서울의 총알택시보다 빨랐다. 혼잡한 부에노스아이레스의 도로를 이리저리 빠져나가며 극장 앞에 도착했을 때 10시 3분, 믿을 수 없는 시간이었다. 사람들이 길게 줄을 서 있어서 공연은 10시 한참 지나서 시작했다.

2010년 CITA의 스타는 세바스티안 & 마리아나였다. 1부의 아홉번째 무대에 선 그의 공연은 조명이 꺼지고 난 뒤에 엄청난 박수와 환호가 쏟아졌다. 1부의 마지막 팀인 니토 & 엘바가 무대에 서서 조명을 기다리고 있었지만 박수와 환호성이 끊이질 않았다. 정말 잊지 못할 무대였다. 세바스찬의 모든 기교와 그가 새롭게 시도하고 있는 누에보 시스템의 과학적 결과가 반영된, 그리고 그의 오랜 파트너인 마리아나와의 환상적 조화가 이루어진 아름답고 힘 있으며 파워풀한 테크닉과 열정의 미학이 조화된 무대였다.

기차가 움직이는 듯한 음악에 맞춰 매우 인상적인 퍼포먼스를 선보인 오라시오 고도이 & 세실리아 베라. 이들이 다운타운의 밀롱가에서 추는 것을 보면 밀롱가에서 성장하는 부에노스아이레스 댄서들의 묘미를 느낄 수 있다. 떠오르는 샛별로 관심을 모았던 나베이라 가문의 아들 페데리코 나베이라 & 이네스 무조파파도 빠르고 역동적인 테크닉과 화려한 리듬으로 박수를 받았다. 극장 공연에서는 가장 새로운 테크닉들을 다양하게 선보여 박수를 받은 아드리안 & 알레한드라가 가장 돋보였다.

코믹 땅고의 세계 최고 댄서인 에두아르도 까카푸시 & 마리아나 플로레스의 공연은 언제나 공연의 긴장감을 풀어주고 관객들을 즐겁게 한다. 코믹 땅고이지만 사실 그들의 테크닉은 매우 뛰어나다. 단순한 눈요기가 아닌 고난도의 테크닉과 땅고 스피릿이 결합된 공연이었다. 〈미션 임파서블〉 음악에 맞춰 최고의 테크닉과 어우러진 코믹 땅고의 진수를 보여주었다. 백발 성성한 노장 니토 & 엘바는 부부가 파워풀한 땅고 누에보의 기수들 앞에서도 전혀 주눅 들지 않고 다양한 기교와 세련된 무대 공연을 펼쳐 큰 박수를 받았다.

2010년과 2012년 CITA에 두 번이나 참가하면서 느낀 점은 이제 CITA가

서서히 추락하고 있다는 것이다. 그리고 그와 함께 치초 시대의 몰락이 시작되고 있다. 그 원인들을 분석해보자.

상업적으로 변질된 CITA

1999년 CITA가 등장할 때만 해도, 2000년대 중반, 정확하게는 부에노스아이레스 시에서 세계 땅고 대회를 개최하기 전까지만 해도, CITA는 부에노스아이레스 시 안에서도 마땅한 국제적인 땅고 페스티벌이 드물었기 때문에 큰 주목을 받았다. CITA의 무대에 한 번 서는 것만으로도 영광이었고 커리어에 커다란 족적을 남겼다. 하지만, 지명도 없는 젊고 실력 있는 땅게로스들이 다운타운 후미진 곳에서 열심히 연습하고 후배들과 땀 흘리는 동안 돈맛을 본 마에스트로들은 저렴한 레슨비를 받고 부에노스에서 강습하려고 하지 않고 많은 개런티를 받으며 유럽과 미주 대륙을 휩쓸고 다니기 시작했다. 4~5일 참가하는 국제 땅고 페스티벌에 몇 번 초청되면 부에노스아이레스의 회사원 1년 연봉을 훨씬 웃도는 개런티를 받는다. 그들은 점차 나태해지기 시작했다.

CITA의 수업은 대부분 지루하고 새로움이 없었다. 아주 가끔 뛰어난 마에스트로들이 없는 것은 아니지만 다운타운의 뜨거운 열기에 비하면 해외 땅게로스들의 호주머니를 노리고 개최되는 부에노스의 땅고 페스티벌은 이제 우후죽순처럼 생기나 일주일에 한두 개의 페스티벌이 항상 진행될 정도이다. CITA는 그중에서도 가장 상업적으로 시스템화되어 있다. 그 시스템의 최종 목적은, 질 좋은 강습으로 땅고를 보급하고 인프라를 확대하는 것이 아니라 최대 수익을 창출하는 것이다.

자기 개발이 없는 마에스트로

2012 CITA에는 중요한 두 커플의 이름이 보이지 않는다. 홀리오 발마사다와 꼬리나, 세바스티안 아르체와 마리아나 몬테스(최근 가장 좋은 공연을 보여준 데미안 & 셀린느도 빠졌지만). 홀리오는 누에보 성향의 CITA를 부에노스의 전통 세력과 연결해주던 정치적으로 아주 중요한 인물이었다. 그가 CITA를 떠난 자세한 이유는 모르겠지만 그는 밀롱가 살론 까닝에서는 수업을 진행했다. 한때 치초와 함께 전 세계 땅고 페스티벌을 휩쓸고 다녔던 치초의 후배이자 제자인 세바스티안 커플은 치초와 결별했고 CITA를 떠났다.

미겔 앙헬 쏘또도 다운타운에서 레슨을 진행하고 있고 기력이 쇠한 꼬뻬죠도 아들 막시를 내세우는 눈물겨운 부정을 보이며 아바스또 낡은 스튜디오에서 강습을 진행하고 있지만 거물로 성장한 마에스트로들의 강습을 부에노스아이레스에서 찾아보기 힘들다. 땅고 댄서라고 부르기에 이제는 너무나 초라하게 변해버린 CITA의 행정가 파비안 살라스, 그는 한때 구스타보 나베이라와 함께 땅고 누에보를 만들었던 인물이지만 이제는 10년 전에 만든 피구라로 아직까지 명맥을 유지하려고 하고 있다. 치초 역시 새로운 세대들이 눈부시게 성장하는 것에 비해 정체 상태에 있고, 새로운 패러다임으로 땅고를 바꾸지 않는 한 그가 변하는 것은 불가능해 보인다. 이제 치초의 춤에는 피로감이 쌓여 있다. 그의 뛰어난 뮤지컬리티, 물 흐르듯이 자연스럽게 흐르는 피구라들도 너무나 낯익은 동작이 되어 하나의 코스튬으로 전락해버렸다.

새로운 세대의 등장

고인이 된 가비토, 그리고 까를로스 꼬뻬쇼 같은 땅고 살론의 구세대들, 라울 브라보나 호르헤 뻴뽀 같은 땅고 밀롱게로들, 2011년 타계한 오스발도 쏘또나 미곌 앙헬 쏘또 같은 한 시대를 풍미했던 땅게로들, 모두 2000년대 이후 등장한 감각적인 젊은 세대의 땅게로스들에게 서서히 자리를 내주고 있다. 2010년 문디알 챔피언인 세바스티안 & 이네스나 그 이전 챔피언인 세바스티안 아차발, 서울에서 워크숍을 한 적이 있는 크리스티안 & 비르히니아 등 젊은 세대들의 발전은 눈부시다. 최근 땅고의 가장 중요한 흐름은 퓨전화 경향을 보여주고 있다는 것이다. 땅고 누에보가 등장했을 때 그것은 전통 땅고와 너무나 달라, 전혀 다른 춤으로 생각된다고 말하는 사람도 있었다. 하지만 10여 년이 지난 후부터 서서히 전통과 현대가 뒤섞이면서 새로운 감각의 땅고가 만들어지고 있다. 땅고 살론의 젊은 새대들은 누에보의 과학적인 이론을 받아들이고 화려한 테크닉을 흡수해서 땅고의 신천지를 개척하고 있다.

이제 누에보는 낡은 단어다. 새로운 땅고로 기성세대들에게 반기를 들었던 누에보도 전통을 흡수해서 크게 변모하고 있다. CITA에 땅고 살론 클래스도 생겼고 전통을 흡수하려는 노력도 보이지만, 그러나 본질적 변화는 일어나지 않고 있다. 그런 의미에서 세바스티안은 치초의 그늘에서 벗어나 땅고 살론과 에세나리오, 누에보와 트래디셔널이 혼합된 신경지를 개척하고 있다. 전통과 현대, 누에보와 살론으로 구분 짓던 시대는 끝났다. 땅고의 새로운 시대가 시작되고 있는 것이다.

미스테리오 땅고 페스티벌Misterio Tango Festival

이상하게도, 여기 참석하려고 하는 게 아닌데 꼭 미스테리오 땅고 페스티벌에 저절로 참여하게 되었다. 2011년에 부에노스아이레스에 있을 때도 우연히 밀롱가에서 만난 중국 친구를 통해 미스테리오 땅고 페스티벌이 열리고 있다는 것을 알았다. 미스테리오 땅고 페스티벌은 매년 2월 초에 열린다. CITA도 그렇지만, 부에노스아이레스에서 개최되는 대부분의 땅고 페스티벌처럼 미스테리오 땅고 페스티벌 역시 주참가자는 외국인들이다. 해외 인터넷 사이트들을 통해서 광고를 하고 땅게로스들을 불러 모은다.

일요일 밤, 파울라를 보려고 클럽 그리셀로 갔다가 밀롱가를 갈까 망설였는데 참석자늘 연령대가 조끔 높다. 택시를 타고 라 비루따로 선너샀다. 미스테리오 땅고 페스티벌 마지막 날이었다(그 전해도 미스테리오 마지막 날 참석했었다). 참으로 신나게 논다. 꼭 땅고에 제한되지 않고 삼바, 살

땅고의 젊은 피가 들끓고 있는 밀롱가 라 비루따. 미스테리오 땅고 페스티벌을 비롯해서 수많은 땅고 행사가 개최된다.

사, 힙합 등 다양한 춤을 총동원해서 신나게 페스티벌을 즐기고 있었다. 까를로스 꼬뻬쇼 아들인 막시 꼬뻬쇼가 진행하는 수업을 잠깐 보고 집으로 돌아왔다. 밤 12시가 지났다. 마에스트로들의 공연은 새벽 1시 30분 이후 개최될 것이다. 기다렸다가 공연을 보고 싶었지만 강행군으로 너무나 피곤했다.

　미스테리오 땅고 페스티벌 마에스트로 명단에는 교통사고로 파트너 미세를 잃은 하비에르 이름 혼자만 있었는데 그는 비르히니아 빤돌뻬와 공연을 했다. 미스테리오 페스티벌은 부에노스에서도 가장 젊은 축제 중 하나다. 페스티벌 시작할 때 밀롱가 라 비루따 입구에서 치초를 봤는데, 미스테리오 관계자들과 서서 한참 동안 심각한 이야기를 하고 있었다. 미스테리오 페스티벌에는 치초는 참가하지 않고 세바스티안 아르쎄만 참석했다. 땅고의 세대교체가 이루어지고 있다.

●
●

세이떼 땅고 페스티벌Yeite Tango Festival

세이떼 땅고 페스티벌은 부에노스아이레스의 가장 젊은 피들이 의기투
합하여 만든 땅고 축제다. 지난 2011년 3월 처음 시작한 이후 매년 3월 초
개최되고 있다. 나는 2011년 부에노스아이레스에 갔을 때부터 그다음 해
제2회 페스티벌까지 참여를 했었다. 여기에서 세바스티안 아차발 & 록산
나 수아레스 커플의 엔로스께 세미나리오를, 그리고 한국에서 워크숍을
진행하기 전의 후안 마르틴 까레라 & 스테파니아 커플의 히로 세미나리
오를 들었다. 세미나리오는 일반적으로 하나의 주제를 선택해서 단계별
로 업그레이드 해가면서 3클래스를 연속으로 진행한다.

빨레르모 지역의 꼬르도바에 있는 '클럽 아수카' 에서 2회 세이떼 땅고
페스티벌 웰컴 밀롱가가 열렸다. 세바스티안 아차발과 록산나 수아레스
가 공연을 했다. 워크숍은 일주일 동안 살론 까닝과 비쌰 끄레스뽀Villa Cre-
spo의 밀롱가 디에스Milonga 10를 전전한 뒤 다시 클럽 아수카에서 페어웰

밀롱가로 마감되었다. 페어웰 밀롱가가 밤 11시 30분부터 시작한다고 안내 책자에 되어 있어서 버스를 타고 갔는데 12시 10분전에 도착했지만 밀롱가에 한 사람도 없었다. 잠시 후 안에서 청년 한 명이 나와 10분 뒤인 12시부터 시작한다고 했다.

나는 근처에 있는 주유소 카페에서 아이스크림 먹으며 기다렸다. 주유소 내부에 형광등이 환하게 켜진 마트와 카페가 있었고 24시간 영업을 하고 있었다. 와이파이가 터져서 휴대전화로 인터넷에 접속해서 한국의 뉴스도 보고 아트탱고 카페에 들어가 글도 올렸다. 인터넷을 하면서도 창밖으로 밀롱가 입구를 바라보고 있었는데 여전히 사람들이 드문드문 들어갔다. 12시 30분까지 카페에 앉아 있다가 밀롱가로 들어갔더니 10여 명 앉아 있었다. 춤을 추는 사람은 아무도 없다. 사실 나도 춤을 추려고 밀롱가에 온 것은 아니다. 빠블로 지오르히니 & 노엘리아 꼴레띠의 공연을 보기 위해서 일부러 이곳을 찾아왔다. 그들이 진행하는 쁘락티까와 에세나리오 워크숍에 참여하면서 훌륭한 댄서라는 생각을 했고 한국에 돌아가면 그들을 초청할 계획이었지만, 이번 공연을 보고 최종 확정하려고 했다.

내가 서울에 초청할 부에노스아이레스의 댄서에 대해서는 나 나름대로 몇 가지 조건이 있었다. 테크닉으로도 완벽하게 좋아야 했고 티칭이 뛰어나야 했으며 마지막으로 인성이 좋아야 했다. 빠블로Pablo & 노엘리아Noelia가 이런 조건에 딱 부합되었다. 땅고를 추면 그 사람의 전 존재가 드러난다. 가벼운 기교만으로 눈을 현혹시키는 춤은 결코 깊은 느낌을 주지 못한다. 부에노스아이레스의 수많은 땅고 댄서들이 해외 투어를 통해 많은 돈을 벌어들인다. 해외 공연과 워크숍을 통해 그들은 자신들의 이름을 알리며 명예를 얻고 개런티를 받으며 부를 축적한다. 땅고가 2000년대 세계 대중문화의 트렌드가 됨으로써 부에노스아이레스의 실력 있는 댄서를 원하는 곳은 점점 더 많아지고 수많은 오거나이저들이 땅고 워크숍과 땅고 페스티벌과 땅고 마라톤 등을 기획해서 마에스트로들을 초청하고 있다.

빠블로와 노엘리아라는 이름을 갖고 있는 커플들이 유난히 많다. 빠블로라는 이름을 가진 땅게로가 노엘리아라는 이름의 땅게라를 좋아하기 때문인지(혹은 그 반대의 경우도 성립함) 지금 활발하게 현역에서 활동하는 댄서들 중에서도 빠블로의 파트너에 노엘리아라는 이름을 가진 땅게라가 3명이나 있다. 땅고 누에보를 추는 DNI의 대표인 다나의 전 파트너 빠블로 비자라사. 한국 밀롱가에서도 인기 있는 빠블로 로드리게스와 노엘리아 우르타도. 그리고 E.A.T에서 땅고 클래스를 진행하는 빠블로 우골리니와 노엘리아 바르시 그리고 세이떼 땅고 페스티벌에서 공연하는 빠블로 지오르히니와 노엘리아 꼴레띠. 그러나 지금은 빠블로 로드리게스와 노엘리아 우르타도의 파트너십은 깨졌다. 노엘리아 우르타도는 새로운 파트너 깔리또스와 함께 한국을 세 번이나 방문해서 워크숍과 공연을 진행한 바 있다. 빠블로 로드리게스 역시 우르타도와 결별 이후 나타샤라는 감각적인 파트너를 맞이했다가 현재는 또다른 파트너와 춤을 추고 있다. 그는 2017년에는 꼬리나 에레라와 서울을 방문해서 공연과 워크숍을 진행했다.

2012년 세이떼 땅고 페스티벌은 빠블로 지오르히니와 노엘리아 꼴레띠 부부를 위한 축제였다. 첫날 오프닝을 장식한 문디알 땅고 살론 챔피언 출신인 세바스티안 아차발과 록산나의 춤도 마지막 날 빠블로&노엘

제2회 세이떼 땅고 페스티벌 웰컴 파티가 개최되었던 밀롱가 아수까.

리아가 보여준 엄청난 에너지 앞에서는 빛을 잃었다. 밀롱가의 공연은 그
자리에 참석한 관중들의 환호로 즉각 판가름이 난다. 빠블로 & 노엘리아
의 공연은 장내가 떠나갈 듯한 함성과 휘파람 소리에 뒤덮여 귀가 멍멍해
질 정도였다. 2곡을 추고 앙코르 곡으로 한 곡 더 추고 계속 이어지는 박
수에 마지막 한 곡까지 총 4곡을 추었다. 특히 마지막 네번째 춤이 드라마
틱하고 절묘했다. 나는 그들을 초청하기로 결정했다.

땅고 마라톤 Tango Marathon

서울 땅고 마라톤

땅고 이벤트는 크게 땅고의 실력을 겨루는 대회인 땅고 챔피언십, 마에스트로들의 워크숍과 밀롱가가 함께 진행되는 땅고 페스티벌, 많은 땅게로스들이 모여 장기간 땅고를 즐기는 땅고 마라톤으로 구별할 수 있다. 이 중에서 가장 압도적으로 대중적 지지를 받고 있는 것이 땅고 마라톤이다. 2000년대 초반부터 국제 땅고 페스티벌이 세계의 많은 대도시에서 진행되고 있는 것에 비해 땅고 마라톤 열풍이 불기 시작한 것은 최근이다.

아시아에서 땅고 마라톤을 진행하고 있는 도시는 싱가포르, 타이페이, 베이징, 상하이, 도쿄, 홍콩, 발리, 서울, 호치민 등 아홉 군데나 된다. 서울 땅고 마라톤은 2015년 코리아 땅고 마라톤으로 시작했다가 2016년부터 서울 땅고 마라톤이라는 이름으로 시행되고 있다.

2016년 서울 땅고 마라톤에는 세계 최고의 땅고 디제이로 이름을 떨치고 있는 아르헨티나 출신 땅게라 라 루비아La Rubia가 메인 디제이로 초대되었고, 베이징, 싱가포르, 자카르타 등에서 온 국제 땅고 디제이들이 음악을 맡아 금, 토, 일 사흘 동안 총 21시간의 음악을 틀고 땅고 마라톤을 진행했다. 또 그 기간에 아시아 전역에서 국제 땅고 이벤트를 진행하고 있는 오거나이저들 20여 명이 내한하여 아시아 땅고 연맹(A.T.A)의 창립 총회를 가졌고, 국제 댄스 연맹(IDO) 주최의 월드 아르헨티나 땅고 컵 대회 World Arjentina Tango Cup가 함께 진행되었다.

도쿄 땅고 마라톤

도쿄 땅고 마라톤은 2015년 처음 개최되었다. 오거나이저는 도쿄에서 개최되는 문디알 아시아 땅고 챔피언십의 살롱 부문과 에세나리오 부문을 모두 석권한, 부에노스아이레스 출신 댄서 마르틴 초렌Martin Choren과 일본의 땅게라 유카 추시야Yuka Tsuchiya다.

지난 2016년 5월 27일부터 29일까지, 금, 토, 일 사흘 동안 개최된 도쿄 땅고 마라톤은, 첫날인 5월 27일 Noche de Gala가 도쿄 시내에서 가장 큰 댄스 플로어 중 하나인 도호 댄스홀에서 개최되었다. 도쿄 유라쿠쵸의 도호 드윈다워 7층에 위치한 도호 댄스홀은 주로 스포츠 댄스를 즐기는 사람들이 즐겨 찾는 곳인데, 그 규모의 크기나 화려함이 뛰어나서 오프닝 무대로 손색이 없었다.

밤 8시 15분부터 시작된 밀롱가는 3시간 동안 지속된 뒤 정확하게 11시 15분에 끝났다. 9시 45분부터 2016년 도쿄 땅고 마라톤에 초대된 마에스트로들의 공연이 있었다. 모두 2곡씩 공연을 했고, 마지막에 댄서들이 함께 즉흥으로 밀롱가 론다를 돌며 춤을 한 곡 더 추었다. 2008년 문디알 땅고 살론 세계 챔피언인 히로시Hiroshi Yamao & 교코Kyoko Yamao를 비롯해서, 2014년 문디알 세계 챔피언인 막시밀리아노Maximiliano Cristian 커플, 그리고 아시아 땅고 투어중인 빠블로Pablo Giorgini & 노엘리아Noelia Coletti, 루카스Lucas Carrizo & 빠울라Paula Tejeda 및 레네Rene Torres & 준코Junko Mori, 그리고 한국의 다다Odysseus Dada & 카이Lea Kai가 공연을 했다.

밀롱가가 진행되는 동안 특별한 이벤트로, 와인을 물감처럼 이용하여 땅고 그림을 그리는 땅고 화가 리자라수Lizalazu가 초대되어 밀롱가 현장에서 거대한 이젤을 세워놓고 직접 땅고 그림을 그렸고, 무대 위에서는 의상 디자이너가 오거나이저인 유카의 몸의 치수를 재고, 천을 재단하여 현장에서 즉석으로 땅고 드레스를 만드는 즉흥 이벤트를 펼쳤다.

전체적으로 첫날 행사는 매우 다채롭고 짜임새가 잘 연출된 파티였다. 5월 28일 토요일 본격적으로 땅고 마라톤이 논스톱으로 두 개의 밀롱가 공간에서 연이어 15시간 동안 진행되었다. 오후 2시부터 테즈카 스튜디오Tezuka Studio에서 밀롱가가 진행되었고, 마에스트로들과 인터내셔널 댄서들의 공연이 있었으며, 밤 11시부터는 장소를 라 에스타시온La Estacion으로 옮겨 아침 5시까지 밀롱가가 진행되었다. 그리고 다음날인 5월 29일 일요일에는 오후 3시 30분부터 도쿄 땅고 챔피언십 예선전이 펼쳐졌다. 심사위원은 루카스, 빠울라, 까리나, 막시밀리아노, 빠블로 등 5명이었다.

챔피언십은 모두 14커플이 참가한 가운데 9커플이 준결승에 올랐고, 결승 전에는 5커플이 참가했다. 준결승과 결승 사이에 밀롱가가 진행되었다.

도쿄 땅고 마라톤 챔피언십에 참가한 선수들의 수준은 예상외로 상당히 높았다. 일본 선수가 대부분이었지만 중국에서도 한 커플, 그리고 아르헨티나와 폴란드 국적의 커플, 한국에서는 리오Rio & 라일라Laila 커플이 참가했다. 챔피언은 문디알 아시아 대회 최종 2위까지 했던 에세끼엘Eze-quiel Gomez & 아가타Agata Jarjilo 커플이 차지했으며 리오 & 라일라 커플은 2위를 했다. 챔피언들에게는 8월에 개최되는 세계 땅고 대회에 참여할 수 있도록 도쿄-부에노스아이레스 왕복 비행기 티켓이 증정되었다. 에세끼엘 & 아가타 커플은 2016년 세계 땅고 대회의 파이널 론다까지 진출했다.

outro

●
●

땅고, 육체로 쓰는 영혼의 서사시

걸을 수만 있다면 누구나 땅고를 출 수 있다. 땅고를 추면서 갖는 가장 큰 고민은 여전히 어떻게 걸을 것인가 하는 문제다. 땅고에는 땅고 살론, 땅고 밀롱게로, 땅고 누에보, 땅고 에세나리오 등 수많은 장르가 있다. 각 장르의 특성에 따라 걷기 또한 다르다. 각 장르 안에서도 어떤 태도로 세상을 대할 것인가에 따라 수많은 걷기가 있다. 나는 나의 걸음을 찾아야 한다. 걷기야말로 땅고의 시작이고, 땅고의 끝이다. 땅고를 춘다는 것은 걷기에 대한 자신의 방법론을 찾아가는 과정이다. 그것은 나의 걸음이 이 세계 내에서 타인과 상충되지 않고 조화롭게 걸을 수 있는 방법을 모색하면서 획득된다.

지금은 땅고의 음악이나 춤 모두가 하나의 패션이 되고 있다. 휴대전화 광고에도, 스릴러 장르의 영화 속에서도 땅고 음악은 쉽게 만나볼 수 있다. 땅고 춤은 현대 무용의 새로운 영역으로 재발견되고 있다. 세계적으로 땅고는 문화의 중요한 트렌드로 떠오르고 있다. 그러나 여전히 땅고의 본질이 아닌 외양에만 치우쳐 문화적 사치품이나 장식으로만 인식되고 있다. 땅고의 매혹은 서로 다른 사람들 사이의 종합적 길 트기에 있다. 두 사람이 함께 음악을 듣고 움직이면서 세계 이해에 대한 감정을 공유하며 그것을 몸으로 표현한다. 땅고의 걷기는 창조적 상상력을 수반하면서 이루어진다.

19세기 후반 남아메리카 대륙의 커다란 엉덩이 밑부분에 있는 라 쁠라따 강 주변에서 발생한 땅고가 1세기 만에 인류의 보편적 문화가 될 수 있었던 이유는, 영장류만의 특징인 이족보행을 가장 자연스럽게 극대화해서 표현했기 때문이다. 우리는 걷는 과정을 통해서 세상에 대한 이해를 획득한다. 함께 걷는 동안, 내가 아닌 타인에 대한 이해의 영역을 확장한다. 내 걸음 속에 리듬을 넣어 상대방과 함께 걸으며 추는 춤, 그것이 땅고다.

춤은, 육체로 쓰는 시다. 춤은 육체를 건강하게 하고 정신에 활력을 준다. 온몸의 세포를 활짝 열고 음악을 흡수해서 그것을 해석하는 내면의 움직임을 육체로 표현한다. 높낮이의 비약과 강약의 차이가 뚜렷하면서도 비극적 아름다움을 갖고 있는 땅고의 비장미는 한국적 한의 정서와 맥이 통한다. 이민자들이 고국의 풍경과 두고 온 가족들을 그리며 사무친 외로움을 육체로 풀어내던 땅고의 한은, 일제 치하에서 우리 민족이 〈아리랑〉을 부를 때의 감정과 유사한 부분이 있다. 아르헨티나 군부 독재 시절 땅고를 춘다는 것은 기성 체제에 대한 저항이고 자유를 희구하는 산절한 외침이었다. 그 진정성이 땅고의 아름다움을 만들어냈다.

땅고를 추는 사람들 중에는 모든 춤을 섭렵하고 마지막으로 땅고에 안착하는 사람들이 있는가 하면, 나는 몸치였다고 고백하는 사람들이 의외로 많다. 한 발 위에 자신의 무게중심을 올려놓고 추는 땅고는 스스로의 균형을 유지하는 것이 쉽지 않아서 마음 급한 사람은 땅고와 가까워질 수 없다. 스스로 몸의 균형을 잡은 뒤 또 상대의 힘과 긴장 관계를 유지해야 한다. 그래서 작용, 반작용의 역학 관계로 두 사람이 하나가 되어 자연스러운 걷기가 이루어지기까지 적지 않은 시간이 필요하다.

나는 땅고를 추기 시작했다. 어지럽게 흩어졌던 삶들이 조금씩 제자리를 잡아갔다. 땅고는 화두를 붙들고 선수행하는 것과도, 시를 쓰는 것과도, 그림을 그리는 것과도 비슷하다. 그것은 고도의 정신적 집중과 상상력이 필요한 하나의 창작 행위와 같았다. 지금 나는 생각한다. 내 인생에서 가장 멋진 결정은 땅고를 추기 시작한 것이었다고. 그때부터 내 삶이 시작되었다고. 땅고의 매력 중 하나는 남녀가 그림자처럼 함께 움직이는 것이다. 땅고를 추기 전에는 정말 신기했다. 어떻게 두 사람이 약속한 것처럼 하나로 움직일 수 있을까. 땅고를 비롯한 라틴 춤이 남성 위주의 마초적 춤이라고 생각하는데, 그렇지 않다. 땅고에서 방향을 안내하는 사람은 남자(혹은 리더)지만 그 길 위에서 공작처럼 활짝 날갯짓을 하며 아름다운 자태를 뽐내는 사람은 여자(혹은 팔로워)다. 두 사람의 마음이 하나가 되지 못하면 땅고는 출 수가 없다. 서로 상대를 배려하고 힘의 무게중심을 이동시키며 균형을 잡고 추는 땅고는, 이 세상의 벼랑길 위에서 균형을 잡는다는 것이 가장 중요하다는 것을 알려주며 혼자가 아닌 함께 가는 인생의 길을 함축해서 보여준다.

땅고를 추면서 나는, 사유한다. 깨끗한 공간에 삶의 긴장감과 변화를 설계하는 상상력이 무엇보다 필요한 땅고, 텅 빈 공간을 찾아 새로운 스텝을 옮길 때의 그 찰나가 너무나 좋다. 그것은 사유의 순간이다. 가시거리가 전혀 없는 안개 속의 생을 끝까지 응시하는 통찰력을 나는 땅고로부터 배운다. 선방에서 두꺼운 벽을 바라보며 막막한 화두를 붙잡고 있는 것보다 훨씬 더 역동적 창조의 순간을 그것은 준다. 그것이 나의 땅고다.

땅고는 육체의 언어이기 때문에 전 세계 어디를 가도 땅고를 출 수 있는 공간만 있으면 땅고를 즐길 수 있다. 걸을 수만 있으면 누구나 친구가 될 수 있다. 시를 쓰듯 나는 땅고를 추며 함께 걷는다. 시는 영혼의 춤이고, 춤은 육체의 시다. 너 자신을 춤추게 하라.

땅게라 레퀴엠

땅게라 가라사대 당신의 이마에서 땀방울이 불꽃 보석처럼

빛나는군요 등은 뜨거운 소나기를 맞은 것처럼 흠뻑

젖었어요 왜 이렇게 늦게 온 거죠? 누가

당신을 타오르게 한 거죠? 땅게로 가라사대

내 춤의 첫 상대로 당신과 까베세오 할 수

없었어요 딱딱한 의자의 관성에 익숙한 세포들에게서

내 몸은 벗어나지 못했고 아스팔트의 냉정함에 부딪쳤던

내 발은 무거웠거든요, 땅게라 가라사대 난

당신이 나를 바라보기 전 다른 여자들과 먼저

춤추러 나가는 게 싫어요. 밀롱가에 들어와서 제일 먼저 눈

맞추는 땅게라가 저였으면 좋겠어요, 땅게로 가라사대

내 몸의 세포가 달을 향해 활짝 열리고

내 발의 날개가 가볍게 공기 속으로 이동할 때

당신의 눈을 바라보고 싶어요. 당신에게는 내 구멍난

양말을 조금도 보이기 싫습니다, 땅게라 가라사대 어떡하죠? 우리는

영원히 처음일 수 없는 건가요? 난

당신의 몸에서 다른 여자의 냄새를 맡는 게 싫고 당신은

거친 호흡을 내가 느끼는 게 싫다면, 땅계로

가라사대 내 서툰 걸음 받아들여준다면

당신과 처음부터 등이 젖을 때까지 춤추고 싶어요, 땅

계라 가라사대 당신이 제일 먼저 바라만 봐준다면 다

그 무엇도 받아들일 수 있어요. 땅고 안에서

는,

걸어본다 12 | 부에노스아이레스

오직 땅고만을 추었다

ⓒ 오디세우스 다다 2017

초판 1쇄 인쇄 2017년 3월 2일
초판 1쇄 발행 2017년 3월 15일
지은이 오디세우스 다다
펴낸이 김민정
편집 김필균 도한나
디자인 한혜진
마케팅 정민호 나해진 김은지
홍보 김희숙 김상만 이천희
제작 강신은 김동욱 임현식
제작처 영신사
펴낸곳 (주)난다
출판등록 2016년 8월 25일 제406-2016-000108호
주소 10881 경기도 파주시 회동길 210
전자우편 blackinana@hanmail.net 트위터 @blackinana
문의전화 031-955-2656(편집) 031-955-8890(마케팅) 031-955-8855(팩스)

ISBN 979-11-960030-3-6 03810